रेत, समुन्दर और सांसों का सफ़र

एक रूहानी प्रेम कथा

प्रकाश कुमार

Made with ♥ on the Notion Press Platform
www.notionpress.com

क्रम-सूची

प्रस्तावना

"रेत, समंदर और सांसों का सफ़र" केवल एक प्रेम कथा नहीं है, बल्कि आत्मा की यात्रा है। यह इश्क़ और मोहब्बत की एक रुहानी दास्तान है—एक ऐसी दास्तान जहाँ न तो चाँद और सितारे तोड़ने की बातें हैं, न ही मासूका के कहने पर किसी समुंदर में कूद जाने का दिखावा। और न ही यह उन बड़े-बड़े ख्वाबों का अफसाना है जो अक्सर अधूरे रह जाते हैं।

यह कहानी साधारण है, लेकिन उसकी सादगी ही इसे असाधारण बनाती है। यहाँ सबकुछ सहजता से घटित होता है—इश्क़ भी, उसका इज़हार भी, और उसका असर भी। यह किताब उन लम्हों की गवाही है जहाँ प्रेम किसी शोरगुल में नहीं, बल्कि खामोशी में पनपता है; जहाँ मोहब्बत किसी तामझाम से नहीं, बल्कि आत्मा की गहराइयों में महसूस होती है।

यह सफ़र रेत की नर्मी, समंदर की गहराई और सांसों की लय के साथ चलता है—एक ऐसा सफ़र जो पाठक को भीतर तक छू लेता है।

हर पल, हर लम्हा एक नया मोड़ लेकर आता है—कभी सुकून की ठंडी छाँव, तो कभी तूफ़ान की बेचैन लहरें। यह सफ़र उन सभी के लिए है जो जीवन को महसूस करना चाहते हैं, जो उसकी सुंदरता, उसकी पीड़ा और उसकी उम्मीद को समझना चाहते हैं।

प्रेम, विरह और आत्मिक जुड़ाव की यह यात्रा आपके भीतर की गहराइयों को छू जाएगी। यह कहानी आपको याद दिलाएगी कि जीवन केवल जीने का नाम नहीं, बल्कि उसे महसूस करने का, उसे अर्थ देने का और उसकी धड़कनों को सुनने का नाम है।,

यह कहानी उस प्रेम की व्याख्या करती है जो सामान्य विरह, याद और तड़प से परे है। यह प्रेम पाने की चाह नहीं, बल्कि केवल देने की आकांक्षा है—जैसे दीपक अंधकार को दूर करने के लिए स्वयं को जलाता है, या नदी अपने किनारों को सींचते हुए आगे बढ़ती जाती है।

प्रेम का यह रूप निस्वार्थ है, जहाँ हृदय किसी प्रतिफल की अपेक्षा नहीं करता। यह उस करुणा की तरह है जो माँ अपने बच्चे को देती है, उस समर्पण की तरह है जो वृक्ष अपनी छाया और फल देकर करता है। यहाँ प्रेम का अर्थ है—सिर्फ देना, सिर्फ बहना, सिर्फ समर्पित होना।

इस भावुक और सुंदर दृष्टिकोण में प्रेम कोई सौदा नहीं, बल्कि एक अनंत प्रवाह है। यह कहानी हमें यह सिखाती है कि सच्चा प्रेम वही है जो बिना किसी प्रत्याशा के, केवल दूसरों के जीवन में प्रकाश और सुख भरने की चाह रखता है।

यह पुस्तक उन रूहों को समर्पित है,
जो इश्क़ को सिर्फ़ चाहत नहीं, बल्कि इबादत मानते हैं।

आभार संदेश

"अपनी पहली रचना, रेत, समंदर और सांसों का सफ़र आपके सामने रखते हुए मुझे अपार ख़ुशी हो रही है। यह सफ़र मेरे लिए एक ख़्वाब की तरह है, जहाँ हर लम्हा एक नयी ताजगी और हर लफ़्ज़ एक नयी रूहानी महक लेकर आता है।"

शब्दों की इस यात्रा में मैं उन सभी आत्माओं का ऋणी हूँ, जिन्होंने मुझे प्रेरणा, मार्गदर्शन और संबल दिया। यह पुस्तक केवल मेरे प्रयास का परिणाम नहीं है, बल्कि उन अनगिनत हाथों और दिलों की छाप है, जिन्होंने मुझे आगे बढ़ने की शक्ति दी

रेत, समंदर और सांसों के सफ़र का सिलसिला तभी पूर्ण होता है, जब जीवन से जुड़े रिश्ते साथ चलते हैं। किसी भी सफ़र में रिश्तों की भूमिका बहुत अहम् होती है.

लेखन भी एक सफ़र ही है, और उसमें रिश्तों का सहारा हमें संवेदनशीलता, गहराई और प्रेरणा देता है ।मेरी भी लेखन की यात्रा में रिश्तों ने एक अहम् भूमिका निभाई.

इसमें सबसे पहले मैं अपने पिता स्वर्गीय डॉक्टर प्रताप नारायण और अपनी माँ स्वर्गीया श्रीमती शांति श्रीवास्तवा के प्रति अपनी गहन कृतज्ञता व्यक्त करता हूँ, जिनकी ममता और संस्कार मेरे हर विचार की जड़ में बसे हैं। जिन्होंने ने अपने अनुशासन और स्नेह से सींच कर मुझे इस लायक बनाया की मैं अपने पैरों पे खड़ा हो सकूँ. आज जो कुछ भी मैं हूँ, उसकी वजह मेरे माता पिता ही हैं.

मेरी पत्नी सुषमा, जो लेखन के ब्यस्त और बोझिल पलों में,अपने विचारों से कहानी में उर्जा भरती और ताज़ी फ़िल्टर कॉफ़ी से, रिफ्रेश करते हुए हर पल बिना किसी शिकवा के सहारा बनी रही.

मेरी दो बेटियाँ प्राची,उसके पति भव्य और छोटी बेटी श्रेया जो जीवन में उजाला और हंसी भर देती हैं, उन्होंने हमेशा करेक्टेर्स को analyse कर उसको ज्यादा जीवन्त बनाने का सुझाव दे कर मेरे लेखन को सहज बनाया.

आभार संदेश

मेरे बड़े भाई श्री प्रभात कुमार जो खुद एक लेखक हैं ,मेरी लेखन यात्रा में एक प्रेरक श्रोत बन कर आये.

पहली बार कुछ भी लिखना कोई आसान काम नहीं होता.बार बार ऐसा लगता है की आप कही भटक गए हैं या फिर सब कुछ छोड़ कर बैठ गए हैं. ऐसे में जरूरत होती है ऐसे लोगों की जो आपको सुस्त न पड़ने दें.

ऐसे पलों में , मेरी भाभी शीमती अनीता सिन्हा ,प्रशांत,मेरा छोटा भाई , उनकी पत्नी रीना, प्रतिभा,(मेरी छोटी बहन , विज्ञान कुमार (उसके पति), उन्होंने हमेशा अपनी उत्सुकता और निरंतर सुझाव से मुझे न तो लेखन से भटकने दिया और न ही कभी मुझे सुस्त बनने दिया.

विशेष धन्यवाद काव्या और वेदांत को, जिनके निःस्वार्थ प्रेम,जो एक इबादत से कम नहीं था, इस पुस्तक को लिखने की सबसे बड़ी प्रेरणा रही।

अंततः, मैं उस अदृश्य शक्ति को प्रणाम करता हूँ, जिसने हर कठिन क्षण में मुझे संभाला और इस रचना को पूर्णता तक पहुँचाया।

इन सबके योगदान से मेरी लेखन का यह सफ़र आसान बना। आप सबका साथ और सहयोग के लिए हृदय से आभार।

1

मनाली गेस्ट हाउस की खिड़की, ठंडी रात और बर्फ़ का पहला रोमांटिक अनुभव

मैंने मनाली के उस गेस्ट हाउस के कमरे की खिड़की को खोल कर बाहर देखा, आज भी वही नजारा था, कुछ ऑफिसियल काम से आया था यहाँ पे. पर यहाँ आ के बुरी तरह से फंस गया. पहले से ये पता भी कहाँ होता है की कोई इस तरह से भी फंस सकता है.

आज मनाली में मेरा तीसरा दिन था। खिड़की खोलते ही वही दृश्य सामने था—सफेद चादर में लिपटी हुई दुनिया। सामने फैली एक चादर— सफ़ेद, निर्मल, अनंत। पेड़, घर, सड़कें... सब कुछ जैसे किसी चित्रकार ने एक ही सफ़ेद रंग, से रंग दिया हो। मानो चित्रकार ने सिर्फ़ शांति का रंग चुना हो।

हवा में ठंडक, दिल में एक सुकून, और मन में यह एहसास— कि प्रकृति भी कभी-कभी कविता बन जाती है।

सड़कें, पेड़, घर—सब बर्फ़ की चादर में ऐसे लिपटे हैं जैसे किसी रहस्यमयी दुनियाँ का हिस्सा हों। इस सफ़ेद खामोशी में हर पेड़ प्रहरी बन खड़ा है, हर घर अपनी खिड़की से कोई गुप्त कहानी सुनाने को तैयार।

जब जब हवा का एक झोंका आता तो, लगता है जैसे प्रकृति ने हमें इशारा किया हो– "अब ठहरो नहीं, आगे बढ़ो... इस चुप्पी के भीतर छिपे रोमांच को खोजो।"

मनाली की बर्फ़ अब सिर्फ़ शांति नहीं, बल्कि एक साहसिक यात्रा का द्वार है। हर कदम पर लगता है जैसे आप किसी जादुई दुनिया में प्रवेश कर रहे हो—जहाँ खामोशी भी रहस्य है, और हर सांस में रोमांच की गूँज।

मैं फॉरेस्ट डिपार्टमेंट के गेस्ट हाउस में ठहरा था। ऑफिसियल टूर पे था, पर अब वो "टूर" एक ठहराव बन चुका था। बर्फवारी से नेटवर्क ठप, टीवी बंद, इंटरनेट गायब। दुनिया से मेरा संपर्क जैसे कट गया था।

मैं उस गेस्ट हाउस में पूरी तरह बंद होके रह गया था,

मनाली के उस गेस्ट हाउस में मैं था और एक केयरटेकर जो अपने काम में व्यस्त रहता।

शुरुआत में बर्फ़ का गिरना किसी जादू जैसा था, सब कुछ बहुत रोमांटिक लगा था।

बर्फ गिरती थी तो लगता था जैसे कोई फिल्म चल रही हो। हर परत नई कहानी कहती थी, हर सफ़ेद कण किसी रोमांस का हिस्सा लगता था।

लेकिन दूसरे दिन से ही समझ में आ गया कि ये मौसम अभी ठहरेगा, और वही दृश्य बार-बार सामने आएगा।

तब रोमांस की जगह अब एकरसता ने ले ली थी। खामोशी अब उतनी मोहक नहीं रही, बल्कि भीतर कहीं एक ऊब का अहसास जगाने लगी।

दिनचर्या का यह सादा सिलसिला अपने भीतर एक मौन और ऊबन वाली कविता समेटे हुए है।

कोई रोमांच नहीं रह गया है सुबह का नाश्ता, दोपहर का लंच, शाम की कॉफी और रात का डिनर—मानो जीवन की घड़ी के चार स्थिर पड़ाव हों।

इनके बीच नींद आती है, जैसे किसी किताब का आख़िरी पन्ना, जो अगले दिन फिर से वही कहानी शुरू कर देता है।

खिड़की से बाहर झाँकना इस दिनचर्या का सबसे जीवंत क्षण है—जहाँ हवा का हल्का झोंका, पेड़ों की सरसराहट या राह चलते लोगों की आहट यह याद दिलाती है कि जीवन केवल भीतर की चुप्पी नहीं, बाहर की हलचल भी है। यह झाँकना एक पुल है, जो मुझे इस दुनिया से जोड़ता है, भले ही दिन का पूरा हिस्सा बिलकुल नीरस लगे .

पर इस सादगी में भी एक गहरी सुंदरता है—मानो जीवन मुझे ठहरकर यह सिखा रहा हो कि रोमांच केवल घटनाओं में नहीं, बल्कि साधारण क्षणों की परतों में भी छिपा होता है।

बर्फ़ की खामोशी अब मेरे भीतर उतर आई है। उसकी ठंडी परतें मेरी रगों में फैल गई हैं, और हर गति को धीमा कर रही हैं। काम, जो कभी जीवन के उमंग से भरे लगते थे, अब एकरस हो गए हैं—मानो हर क्रिया केवल निभाने के लिए हो, बिना किसी चमक या उमंग के।

यह खामोशी मुझे ऐसे घेरे हुए है जैसे जीवन ने धीरे से कान में कह दिया हो—"अब बस जीते रहो, बिना किसी रोमांच के।" हर दिन एक सफ़ेद पन्ने की तरह खुलता है, जिस पर कोई रंग नहीं चढ़ता। समय बहता है, पर उसकी धारा में कोई चंचलता नहीं, केवल ठहराव है।

इस मौन में एक अजीब सा भार है—जैसे बर्फ़ ने न केवल धरती को, बल्कि मेरे भीतर की आग को भी ढक लिया हो। और मैं, उस ढकी हुई आग का कैदी, बस सांस लेता हूँ, जीता हूँ, पर भीतर कहीं एक अनकहा सवाल दबा रहता है: क्या यह खामोशी ही अब मेरा स्थायी साथी है?

अब मैंने तय कर लिया था कि यह समय यूँ ही नहीं फिसलने दूँगा। बर्फ़ की खामोशी और दिनचर्या की एकरसता को मैंने अपने शब्दों में कैद करना शुरू कर दिया।

हर लम्हा, चाहे वह साधारण ही क्यों न हो, मेरी डायरी के पन्नों पर एक नया रूप लेने लगा।

सुबह की चाय की भाप, दोपहर की थकान, शाम की कॉफी की हल्की कड़वाहट—सब कुछ अब केवल क्षण नहीं रहे, बल्कि अनुभव बन गए।

मैंने उन्हें लिखना शुरू किया, जैसे कोई ख़ज़ाना संजो रहा हूँ। हर पंक्ति में एक छोटा-सा रोमांच छिपा था, क्योंकि वह मुझे याद दिला रही थी कि जीवन केवल जीने के लिए नहीं, बल्कि महसूस करने के लिए है।

डायरी के पन्ने अब मेरे साथी बन गए थे। उनमें मैंने अपनी धीमी चाल को, अपनी खामोशियों को, और अपने भीतर की बेचैनी को जगह दी। यही लिखना, यही कैद करना, मेरे लिए रोमांच बन गया—मानो मैं अपने ही जीवन का खोजी यात्री हूँ, जो हर साधारण क्षण में एक नई कहानी तलाश रहा है।

अब मेरी डाईरी में थी ....

पहले दिन की बर्फ़— मानो किसी रोमांटिक फ़िल्म का दृश्य। हर गिरता हुआ फाहा एक नया जादू था।

दूसरे दिन की खामोशी— सफ़ेद चादर में लिपटी दुनिया, जहाँ हर आवाज़ दब गई थी, और सिर्फ़ ठहराव बाकी था।

तीसरे दिन की बेचैनी— वही दृश्य बार-बार दोहराया गया, और रोमांस की जगह ऊब ने ले ली। खिड़की से बाहर झाँकना अब सिर्फ़ यह याद दिलाने के लिए था कि मैं अभी भी ज़िन्दा हूँ।

डायरी के पन्ने अब मेरे भीतर का आईना बन गए हैं। हर शब्द, हर वाक्य, मेरे बदलते मन का चित्र खींच रहा है।

तीन दिन की खामोशी और एकरसता के बाद मैंने केयरटेकर से बातें करनी शुरू कीं।

उसने मनाली की लोककथाएँ सुनाईं, पुराने किस्से बताए, और बताया कि बर्फ़ गिरने के बाद यहाँ के लोग कैसे जीते हैं।

उसकी बातें मुझे एक नई दुनिया में ले गईं— जहाँ बर्फ़ सिर्फ़ ठंड नहीं, बल्कि जीवन का हिस्सा है। जहाँ हर गिरता फाहा किसी कहानी का आरंभ बन

जाता है।

डायरी के पन्नों पर अब सिर्फ़ मेरी बेचैनी नहीं, बल्कि उन लोककथाओं की गूँज भी दर्ज होने लगी है। समय काटने के लिए मैंने केयरटेकर से हिमाचली डिश बनाने को कहा। उस बर्फ़ीली खामोशी में मैंने कई लोकल व्यंजन चखे और बनाना भी सीखा।

दिन तो यूँ ही गुजर जाता था— कहानियों और स्वादों के सहारे। लेकिन रात का समय बड़ा ही भयावह लगता था। सन्नाटा इतना गहरा हो जाता कि खिड़की के बाहर की सफ़ेद चादर मानो भीतर की खाली जगह को भी उजागर कर देती।

रात का समय—बर्फ़ की हर गिरती परत जैसे अतीत की एक परत को चुपचाप बड़े ख़ामोशी से खोल रही थी । बाहर की सफ़ेदी में एक गहरी खामोशी थी, और भीतर यादों का शोर धीरे-धीरे जाग रहा था।

चिमनी में जलती लकड़ियाँ कभी गर्म लम्हों की याद दिलातीं, तो कभी उन रिश्तों की जो अब ठंडे पड़ चुके थे। आग की लपटें मानो अतीत के पन्नों को पलट रही थीं—कभी उजले, कभी धुंधले।

हाथ में गर्म रम थी, जिसकी हर सिप में एक मीठी कड़वाहट उतरती रही। वह स्वाद किसी भूले हुए रिश्ते जैसा था—धीरे-धीरे गले में उतरता, और भीतर एक हल्की टीस छोड़ जाता।

बाहर बर्फ़ गिर रही थी, भीतर यादें उठ रही थीं। यह मौन रात एक अजीब-सी यात्रा बन गई थी—जहाँ हर परत, हर लम्हा, हर घूँट मुझे अपने अतीत से जोड़ रहा था।

कमरे की दीवारें गवाह थीं उस खामोशी की, जो बाहर की ठंडी हवा से भी ज़्यादा ठंडी थी। लेकिन उसी खामोशी में चिमनी की आग की लपटें मानो किसी पुराने यादें जगाती थीं।

उस रात गेस्टहाउस के बंद दरवाज़ों के पीछे, मुझे ऐसा लगा कि मैंने खुद को खोया नहीं—बल्कि कुछ पा लिया था। अकेलेपन की उस गहरी खामोशी में, मन जैसे दो दिशाओं में बंट गया था: एक ओर अतीत की गलियों में भटकता

हुआ, दूसरी ओर भविष्य की योजनाओं में उलझा हुआ।

अतीत की ओर जाते ही पुरानी यादें जैसे बर्फ़ की परतों से झाँकने लगीं—धीरे-धीरे, पर बेहद जीवंत। हर स्मृति एक लौ थी, जो चिमनी की आग में जलती लकड़ियों के साथ मिलकर कमरे को रोशन कर रही थी। बाहर मनाली की बर्फ़ गिर रही थी, और भीतर आग की लपटें नाच रही थीं। दोनों मिलकर एक अनकही कविता रच रहे थे—जहाँ खामोशी भी प्यार की भाषा बोल रही थी।

उस रात, मैंने महसूस किया कि अकेलापन केवल खालीपन नहीं होता। वह एक दर्पण भी है, जिसमें हम अपने अतीत को फिर से पा सकते हैं, और भविष्य को नए अर्थ दे सकते हैं। गेस्टहाउस की दीवारों के भीतर, बर्फ़ और आग ने मिलकर मुझे यह सिखाया कि खामोशी में भी रोमांच छिपा होता है—बस उसे सुनने की कला चाहिए।

उन पुरानी यादों की ताजगी ने मुझे फिर से उसी टाइम ज़ोन में पहुँचा दिया था, जहाँ हर लम्हा अपनी चमक लिए था और हर मुस्कान के पीछे कोई अनकही कहानी छुपी रहती थी। जीवन की आपाधापी ने उन लम्हों को दबा दिया था, समय की रेत में कहीं गुम कर दिया था। लेकिन मनाली की बर्फ़ीली खामोशी ने उन्हें फिर से जगाया—जैसे किसी गुजर गए लम्हों की धड़कन अचानक कानों में गूँज उठी हो।

बर्फ़ की परतें बाहर गिर रही थीं, और भीतर स्मृतियों की परतें खुल रही थीं। हर गिरती हुई बर्फ़ का टुकड़ा मानो अतीत का कोई दृश्य सामने ला देता था—कभी हँसी की गूँज, कभी किसी नज़र का जादू। चिमनी की आग उस ठंड में गर्माहट भर रही थी, और उसी गर्माहट में यादें फिर से जीवित हो रही थीं।

उस रात, खामोशी केवल मौन नहीं थी; वह एक भाषा थी, जो मुझे मेरे अतीत से जोड़ रही थी। और मैं, उस भाषा को सुनते हुए, महसूस कर रहा था कि खोई हुई चीज़ें कभी सचमुच खोती नहीं—वे बस सही समय का इंतज़ार करती हैं, फिर से लौट आने के लिए।

जब बाहर का मौसम ऐसा हो, आपके पास कुछ भी काम नहीं होता, आप तनहा हों, तो सारी यादें सामने आ जाती हैं— जैसे किसी पुराने सिनेमा की रील धीरे-धीरे चलने लगे।

आज की सर्द और तनहा रात ने सचमुच मेरे भीतर वही रील चला दी थी।

सबसे पहले जो दृश्य ताज़ा हुआ, वह था वेदांत और काव्या के साथ बिताए हुए लम्हों का। उनकी मौजूदगी में हर पल मानो बर्फ़ की सफ़ेद परतों पर रंगीन तस्वीरों की तरह उभर आता था—चमकदार, जीवंत और दिल को छू लेने वाला।

वेदांत और काव्या के साथ बिताए हुए पल कभी हँसी से भरे थे, कभी चुप्पियों से। उन चुप्पियों में भी एक अनकहा संवाद था, और उन हँसी में एक गहरी कहानी। जीवन की आपाधापी ने उन्हें दबा दिया था, पर मनाली की सर्द रातों और चिमनी की आग ने उन्हें फिर से जीवित कर दिया।

यह कहानी उन लम्हों की है जो समय की रेत में खोकर भी वापस लौट आए—और लौटकर यह साबित कर गए कि अधूरा भी कभी-कभी पूरा होता है। जैसे किसी पुराने प्यार की धड़कन अचानक कानों में गूँज उठे, वैसे ही ये यादें फिर से दिल के करीब आ गईं

अब जब **वेदांत और काव्या** अपनी-अपनी दुनिया में व्यस्त हैं, और मैं इस ठंडी रात में अकेला बैठा हूँ, तो यादें किसी पुराने फिल्म की तरह परदे पर लौट आती हैं। हर मुस्कान, हर बातचीत, हर साझा लम्हा—मानो समय की धूल झाड़कर फिर से सामने खड़ा हो गया हो।

यह कहानी सिर्फ़ दो लोगों की नहीं है, बल्कि उन लम्हों की है जो अधूरे थे कभी और खुद में ही अपनी ख़ूबसूरती छुपाए बैठे थे। समय ने उन्हें धीरे-धीरे सँवारा, जैसे बर्फ़ की परतें किसी पुराने निशान को ढककर उसे नया रूप दे देती हैं।

मनाली की बर्फ़ीली खामोशी और चिमनी की आग ने उन यादों को एक नया जीवन दिया। इस मौन में, मुझे लगा कि उनकी कहानी केवल मेरे भीतर ही नहीं दबनी चाहिए, बल्कि सबके साथ बाँटने लायक है।

क्योंकि कुछ रिश्ते ऐसे होते हैं जो समय की रेत में दब तो जाते हैं, पर उनकी गूँज सचमुच, कभी ख़त्म नहीं होती।

शायद यही सच है— हमारे हाथ कुछ भी नहीं, हम तो बस कठपुतली हैं, डोर किसी और के हाथ में है। और उसी डोर ने कभी वेदांत और काव्या को एक-दूसरे से मिलाया था।

बचपन से ही माँ, दादी और पड़ोस की चाची की जुबान पर एक ही बात रहती थी— "जोड़ियाँ ऊपर से बनकर आती हैं।" तब लगता था कि यह बस एक पुरानी कहावत है, जिसे हर कोई यूँ ही दोहराता है। लेकिन वक्त ने धीरे-धीरे समझाया कि यह कहावत नहीं, बल्कि एक गहरा सच है।

जब वेदांत और काव्या मिले, तो ऐसा लगा मानो धागे किसी अदृश्य डोर से बाँध दिए गए हों। उनकी मुलाक़ात संयोग नहीं थी, बल्कि नियति का लिखा हुआ अध्याय था ।

एक दिन ऐसा आया जब यह कहावत आँखों के सामने सच होती दिखी। वेदांत और काव्या की मुलाक़ात इतनी नाटकीय थी कि मन ने पहले तो मानने से इनकार कर दिया। लगा जैसे कोई फ़िल्म चल रही हो— किरदार, संवाद और भावनाएँ सब कुछ सजीव।

वेदांत की आँखों में एक अनकहा सवाल था, और काव्या की मुस्कान में उसका जवाब। दोनों के बीच कोई शब्द नहीं, लेकिन खामोशी में भी एक गहरी बातचीत थी।

जो कुछ घटित हुआ, वह कल्पना नहीं थी— वह एक हकीकत थी। और उसी हकीकत ने यह साबित कर दिया कि जोड़ियाँ सच में ऊपर से बनकर आती हैं।

किसी अनजान मोड़ पर, किसी अनजानी राह में, दो लोग मिले— जैसे नियति ने उन्हें उसी पल के लिए सँजोकर रखा हो। न कोई योजना थी, न कोई पूर्व जानकारी। बस एक सहज संयोग था, जो दिल को छू गया।

ऐसा लगा जैसे ऊपर किसी ने धागों को जोड़कर एक कहानी बुनी हो, और हम सब सिर्फ़ उसके पात्र हों।

ये कहानी, जो मैं आपके सामने पेश करने जा रहा हूँ उसके एक एक पल का गवाह था मैं. इस कहानी के दो ही मुख्य किरदार है, काव्या और वेदांत और कुछ अन्य भी जैसे काव्या के पापा और मम्मी.

वेदांत मेरे बचपन का दोस्त था. उसने और मैंने स्कूलिंग के साथ साथ,ग्रेजुएशन तक की पढाई की, साथ ही आईएफएस की तैयारी की और एक साथ ही सेलेक्ट भी हुए और अंत में साथ साथ आईएफएस की ट्रेनिंग भी ली, देहरादून में. ट्रेनिंग ख़त्म होने के बाद, हमारी पोस्टिंग अलग अलग हो गयी. पर हमारे रिश्ते इतने गहरे थे की, पोस्टिंग के बाद अलग अलग जगह रहने पर भी सब कुछ वैसा ही बना रहा. अलग जगहों की दूरियों ने कभी भी हमारे दिलों के बीच दूरियां नहीं ला सकी.

इस कहानी में जो कुछ भी घटित हुआ या जो कुछ भी कथावस्तु है वो या तो वेदांत की डायरी से लिया गया है या उसके साथ गुफ्तगू में सामने आई.

कुछ काव्या से बात करके, कुछ काव्या की डाइरी से जिसे वेदांत ने मेरे साथ शेयर किया था.

तो कहानी की शुरुआत वेदांत की डायरी से ही शुरू करूंगा

सबको अजीब लग सकता है कि मैं वेदांत की प्राइवेट डायरी से कैसे वाकिफ हुआ?

तो सबसे पहले बता दूँ—वेदांत मेरा सबसे अच्छा दोस्त था। हमारे बीच कोई सीक्रेट नहीं था, सब कुछ शेयर करते थे हम।

यह शेयरिंग स्कूल से ही शुरू हो गई थी। टिफ़िन से लेकर वक़्त तक, ग़म से लेकर खुशियों तक, और बड़े होने पर अपने फ़्यूचर तक। हमारी बॉन्डिंग इतनी गहरी थी कि हमने करियर भी एक ही चुना।

वेदांत को डायरी लिखने का शौक बचपन से ही था। मुझे भी थोड़ा शौक था, लेकिन इसका ज्यादा शौक और अनुशासन के साथ लिखने का काम वेदांत ही करता था।

हमारा एक अनलिखा कॉन्ट्रैक्ट था— कि हम पूरी ईमानदारी से अपनी डायरी लिखेंगे और रोज़-रोज़ उसे शेयर करेंगे।

हमारी डायरी पुराने ज़माने की नहीं थी, जहाँ काग़ज़ के पन्नों पर लिखा जाता था। बल्कि नए ज़माने की डायरी थी— जहाँ हर शब्द डिजिटल स्क्रीन पर दर्ज होता था, और हर भावना तुरंत साझा हो जाती थी।

डाईरी लिखने के लिए हम अपने लैपटॉप का उपयोग करते थे.

लैपटॉप पर लिखे गए अनुभव एक फोल्डर में जमा होते, और फिर हम उन्हें एक-दूसरे से शेयर कर देते। उस डायरी के पन्नों में हम वही सब कुछ लिखते थे जो हमारा दिल शिद्दत से महसूस करता था।

वो डायरी हमारे लिए सिर्फ़ शब्दों का संग्रह नहीं थी, बल्कि एक खुली किताब थी— जहाँ हमारी दोस्ती, हमारी सोच, हमारे सपने और हमारी भावनाएँ बिना किसी पर्दे के दर्ज होती थीं।

2
डाईरी के बोलते पन्ने

तो शुरुआत वेदात की डायरी के इन पन्नों से ही करता हूँ...जो कुछ इस तरह से शुरू हुई.

ज़िंदगी में कुछ चीज़ें अचानक हो जाती हैं। जब मैंने IFS की तैयारी अपने दोस्तों के साथ शुरू की,तो यही सोचा था कि अगर चुना गया तो पूरे समर्पण के साथ अपना काम करूँगा। जंगल मुझे बचपन से ही पसंद थे। उनकी खुली, पवित्र और शुद्ध हवा हमेशा मेरे दिल को सुकून देती थी। इस सर्विस में आने का मक़सद भी यही था—प्रकृति को महसूस करना,उसकी गोद में जीना,और हर पल को एन्जॉय करना।

वेदांत की डायरी के पन्नों में यही जुनून दर्ज था। हर शब्द में जंगलों की खुशबू थी, हर वाक्य में प्रकृति का रोमांस।

यह मेरी खुशकिस्मती थी कि IFS का सपना मेरे पहले प्रयास में ही पूरा हुआ।

देहरादून में मेरी ट्रेनिंग हुई, और जो भी समय वहां गुजरा वो समय मेरी ज़िंदगी का सबसे यादगार हिस्सा बन गया।

किसी भी नौकरी में प्रशिक्षण का समय बहुत ही खास होता है। देश के दूर-दराज़ इलाकों से आए ट्रेनी एक साथ रहते हैं, लंबे समय तक साथ रहकर ज़िंदगी बाँटते हैं। अपने अनुभव, अपनी कहानियाँ, अपनी हँसी और अपने आँसू—सब साझा करते हैं।

फिर एक दिन ऐसा आता है जब सबको अपनी-अपनी पोस्टिंग पर लौटना पड़ता है। नए सिरे से ज़िंदगी शुरू करनी होती है, नई ऊर्जा, नए निश्चय और नई यादों के साथ।

जितना रोमांचक और सुखदायी लगता है दोस्तों के साथ रहना, विरह उतना ही दुखदायी होता है।

देहरादून की ट्रेनिंग ने मुझे यह सिखाया— कि हर मुलाक़ात एक याद बन जाती है, और हर विदाई एक खालीपन छोड़ जाती है।

जब फॉरेस्ट ऑफिसर की ट्रेनिंग ख़त्म हुई, तो ऐसा लगा कि अगर कभी दुबारा यहाँ आऊँगा तो यह कैंपस कितना सूना लगेगा।

वो गलियाँ, वो क्लासरूम, वो हँसी-मज़ाक और देर रात की बातें— सब कुछ दोस्तों के साथ ही जीवंत था। उनके बिना यह जगह सिर्फ़ दीवारों और कमरों का ढांचा लगती।

ट्रेनिंग का लंबा दौर ज़िंदगी का एक सुनहरा दौर था। वहाँ हर दिन एक नई कहानी लिखी जाती थी, हर शाम एक नई याद बनती थी।

लेकिन जैसे ही सब अपने-अपने पोस्टिंग पर लौटे, एक अजीब सा खालीपन रह गया। जितना रोमांचक और सुखदायी था साथ रहना, विरह उतना ही दुखदायी था।

ट्रेनिंग के बाद हमारी पोस्टिंग कर दी गई थी। हर कोई अपने-अपने नए शहर और जंगलों की पोस्टिंग पे चला गया। लेकिन हमारी दोस्ती वहीं नहीं रुकी।

हमारे बैच के सभी ट्रेनी एक व्हाट्सएप ग्रुप से जुड़ गए थे। रोज़ उस ग्रुप में हलचल रहती थी— कभी किसी की नई पोस्टिंग की तस्वीरें, कभी किसी का नया अनुभव, कभी जॉब से जुडी, किसी की छोटी-बड़ी मुश्किलें।

इस ग्रुप की वजह से हम अलग रहकर भी हमेशा जुड़े हुए महसूस करते थे। जैसे ट्रेनिंग का वो सुनहरा दौर अब भी हमारी ज़िंदगी का हिस्सा हो। हर मैसेज, हर बातचीत हमारे बीच की दूरी को मिटा देती थी

इसी तरह 4 साल गुजर गए. तब मैंने सोचा भी नहीं था कि चार ही साल के बाद मुझे फिर देहरादून जाना पड़ेगा.

मेरी पढ़ने-लिखने की रुचि ने हमेशा मुझे कुछ नया करने के लिए प्रेरित किया। चार साल तक फील्ड जॉब और जंगलों में रहकर लगा कि अनुभव तो अब काफी मिल गया है। लेकिन अगर सच में कुछ बड़ा करना है, तो अब यह जगह छोड़नी होगी।

जंगलों का विस्तार और उनकी सुरक्षा के लिए सिर्फ़ वहाँ रहना काफी नहीं था। अब ज़रूरत थी शोध की— ऐसे शोध की जिनसे बड़े निर्णय लिए जा सकें, जिनसे जंगलों का भविष्य सुरक्षित हो सके।

सार यही था कि अगर सपनों को पूरा करना है, तो जंगल, जो कभी बहुत अच्छे लगते थे, अब मेरे सपनों के लिए छोटे पड़ने लगे थे.

मुझे अब एक नई पहचान की भी तलाश थी, एक ऐसे रास्ते की तलाश थी जो मुझे और प्रकृति दोनों को नई दिशा दे सके।

मेरे दिमाग में तुरत यही बात आई कि शोध ही वो कार्य है या वह रास्ता है, जिससे कुछ बड़ा किया जा सकता है। जंगलों की सुरक्षा और विस्तार के लिए सिर्फ़ वहाँ रहना काफी नहीं था, बल्कि उनके भविष्य को समझना और दिशा देना ज़रूरी था।

काफी सोच-विचार के बाद मैंने एक बढ़िया टॉपिक चुना। उस पर काम करते हुए एक सिनॉप्सिस तैयार किया और स्वीकृति के लिए विभाग को भेज दिया।

यह मेरे लिए सिर्फ़ एक औपचारिक प्रक्रिया नहीं थी, बल्कि एक नई पहचान की ओर पहला कदम था। एक ऐसा कदम जो मुझे जंगलों की सीमाओं से निकालकर ज्ञान और शोध की दुनिया में ले जाने वाला था।

आज उसका रिजल्ट भी आ गया, विभाग को वो टॉपिक बहुत पसंद आयी और दो महीने के अन्दर मंजूरी भी मिल गयी.

मेरी तो ख़ुशी का ठिकाना नहीं रहा. मेरा दूसरा सपना जो पूरा होने जा रहा था.

शोध में मेरी शुरू से ही रूचि रही थी और यही सोचा था की टीचिंग लाइन ज्वाइन करके इस शौक को पूरा करूंगा. पर वहाँ इसलिए सफल नहीं हो सका क्यों की कोई जॉब वेकेंसी आई ही नहीं पर ये भी सच है की जब आप दिल से कुछ करने की सोचते हैं तो सारी ईश्वरीय शक्तियां आपका साथ देती हैं मेरे साथ भी कुछ ऐसा ही हुआ.

मैंने शोध का का जो टॉपिक चुना था उसका एक बड़ा हिस्सा देहरादून में ही पूरा होना था।

वहीं के *Forest Research Institute* में, वो मेरे लिए किसी खजाने से कम नहीं था। उसकी लाइब्रेरी समृद्ध, शांत और प्रेरणादायक थी—जैसे ज्ञान का कोई मंदिर,जहाँ हर किताब एक नई दिशा दिखाती थी। वहाँ बैठकर लगता था कि प्रकृति और ज्ञान का संगम यहीं है। जंगलों की खुशबू और किताबों की महक मिलकर एक अनोखा वातावरण बना देती थी। हर किताब के पन्ने में जैसे कोई नया रहस्य छुपा था,और हर रहस्य मुझे मेरे सपनों की ओर एक कदम आगे ले जाता था।

एक ओर मन में खुशी थी कि ज़िंदगी ने एक बार फिर मुझे अपने अधूरे सपने को पूरा करने का अवसर दिया, वहीं दूसरी ओर एक टीस भी थी – उन दोस्तों की कमी की, जिनके साथ ट्रेनिंग के दो साल हँसी-ठहाकों और गर्मजोशी में बीते थे।

अब उनके बिना देहरादून का खाली समय कैसे कटेगा, यही सोचकर मन थोड़ा उदास था।

असल में यही तो जीवन की खूबसूरती है – हर नया पड़ाव हमें कुछ देता है और कुछ छीन भी लेता है। दोस्तों की कमी ज़रूर खलेगी, लेकिन शायद यही खाली समय हमें अपने शोध में और गहराई से डूबने का अवसर देगा। और जब हम अपने सपने को पूरा करेंगे, तो वही दोस्त सबसे पहले मेरी सफलता पर गर्व करेंगे।

सब कुछ बहुत अचानक हुआ। एक हफ्ते में सारी तैयारी पूरी की और फिर ट्रॉली बैग उठाकर निकल पड़ा।

ग्रुप में संदेश भेजा — ***"माई सेकंड इनिंग इन देहरादून,*** *एक नए सपने को पूरा करने के लिए।"* साथ में स्टेशन पर खड़े बैग की तस्वीर भी साझा की, एक सेल्फी के साथ ,जिस पर साफ़ लिखा था — *देहरादून*।

दोस्तों की प्रतिक्रियाएँ दिल को छू गईं। किसी ने मज़ाक में कहा — "*पछताओगे!*", तो किसी ने भावुक होकर पूछा — *"हमारे बिना वहाँ कैसे रह पाओगे?"* सच कहूँ तो उनकी बातें मेरे मन में गूंजती रहीं। लेकिन मेरा निर्णय अटल था। अब उसमें कोई बदलाव संभव नहीं था।

यह पारी मेरे जीवन की दूसरी इनिंग है— जहाँ मैं अपने अधूरे सपने को पूरा करने की कोशिश करूँगा।

मैंने भी अपना जवाब लिखा --तुम्हारी यादें मेरे साथ हैं, और यही यादें मुझे ताक़त देंगी। जब मैं इस सफ़र को पूरा करूँगा, तो सबसे पहले तुम्हें ही अपनी सफलता का हिस्सा बनाऊँगा।

हर कदम पर मुझे लगता है कि यह सफ़र सिर्फ़ मेरा नहीं, बल्कि उन सबका है जिन्होंने मुझे हौसला दिया, जिन्होंने मेरे सपनों को अपनी दुआओं से सींचा।

3

शुरुआत, दूसरे इनिंग की

शाम के सात बजे जब ट्रेन से उतरा तो हल्का अंधेरा छा चुका था।

जब उतरा तो स्टेशन पर काफी भीड़ थी पर मैं स्टेशन की उस भीड़ में भी उस रात भीतर से कितना अकेला था। चार साल बाद लौटा था—पहली बार दिल में उमंग थी, पर इस बार दिल में तन्हाई। प्लेटफ़ॉर्म पर हलचल थी, लोगों की आवाज़ें गूँज रही थीं, ट्रॉली बैगों की खड़खड़ाहट लगातार सुनाई दे रही थी। हर ओर जीवन अपनी गति से भाग रहा था, पर मेरे भीतर केवल सन्नाटा पसरा था।

यह सन्नाटा ऐसा था जैसे मेरे सपने को तो फिर से जीने का अवसर मिल गया हो, लेकिन उसके साथ साझा करने वाला कोई न हो।

भीड़ के बीच खड़े होकर मैंने महसूस किया कि अकेलापन कभी-कभी सबसे ज़्यादा तब चुभता है जब हम लोगों से घिरे होते हैं।

बाहर आकर ,एक प्राइवेट टैक्सी ली टैक्सी की खिड़की से बाहर झाँकते हुए पुरानी यादें मन को घेरे रहीं – ट्रेनिंग के दिन, लाइब्रेरी की सीढ़ियाँ, चाय की दुकानें और वो बेफिक्री। उस रात स्टेशन की हलचल और मेरे भीतर की खामोशी ने मिलकर एक अजीब-सी तस्वीर बनाई—बाहर रंगीन, भीतर फीकी। और मैं, उस तस्वीर का अकेला दर्शक, सोच रहा था कि शायद यही जीवन का सबसे बड़ा विरोधाभास है: भीड़ में भी अकेले रहना।

कुछ ही देर में फॉरेस्ट रिसर्च इंस्टिट्यूट का परिसर सामने था। वही शांत, हरा-भरा वातावरण, वही हॉस्टल की दीवारें, जिनमें अनगिनत ख्वाबों की गूंज

अब भी बसी थी। वही लॉन, जहाँ तारों की छांव में बैठकर ज़िंदगी के मायनों पर चर्चा होती थी।

लाइब्रेरी अब भी किताबों की खुशबू से महक रही थी – जैसे हर पन्ना अपनी कहानी सुनाने को आतुर हो। वही छोटा-सा रेस्तौरेंट, जहाँ दो कप चाय के साथ दिल की बातें खुल जाती थीं, मानो समय वहीं ठहर गया हो। पुरानी यादें धीरे-धीरे साँस लेने लगीं, और उस पल में सब कुछ इतना जीवंत था कि वर्तमान और अतीत एक-दूसरे में घुल-मिल गए।

इस बार सब कुछ नया था— नया सफ़र, नई उम्मीदें,नया मकसद। फिर भी भीतर एक परिचित-सा एहसास था।

जैसे कोई सपना, जो अधूरा रह गया था, अब फिर से जीने का अवसर पा रहा हो।

देहरादून की हवा में एक अजीब-सी ताजगी थी – जैसे हर साँस के साथ कोई नया रहस्य खुल रहा हो। शहर की शांति में मानो अनकही कहानियाँ छुपी थीं, जो पेड़ों की सरसराहट और पहाड़ों की खामोशी के बीच धीरे-धीरे सुनाई देती थीं।

मुझको बार बार यही लगता था कि यह सफ़र सिर्फ़ शोध का नहीं, बल्कि आत्मा की तलाश का भी है, जो शायद अब तक अधूरा रह गया था और शायद नियति ने यहीं कहीं मेरे लिए एक नया अध्याय लिख रखा था।

पर अब वहाँ वो सब कुछ भी नहीं था... न वो बीते लम्हे, न वो मुस्कुराते चेहरे— जो हर सुबह को खास बना देता था। वो जो मेरी हर बात को बिना कहे समझ लेते थे, जिसकी हँसी मेरे दिन की शुरुआत थी, और जिसकी चुप्पी भी मेरे लिए एक कविता बन जाती थी। मेरे कोई भी दोस्त नहीं थे वहां.

अब सब कुछ बदल चुका था। बचा था तो बस एक खालीपन... और उन यादों की परछाइयाँ, जो हर मोड़ पर मेरा हाथ थाम लेती थीं।

कैंपस अब नए चेहरों से गुलज़ार था। नए बैच के लड़के-लड़कियाँ अपने-अपने ग्रुप में मस्त थे – जैसे हम कभी हुआ करते थे।

उस बार का मकसद कुछ और था — ट्रेनिंग पूरी करना, नए अनुभव जुटाना, और दोस्तों के साथ हँसी-ठहाकों में दिन बिताना। इस बार मकसद अलग था — दो साल की छुट्टी में शोध पूरा करना, किताबों और लाइब्रेरी की दुनिया में डूब जाना।

पर दिल जानता था कि यह सफ़र सिर्फ़ किताबों और अकादमिक चर्चाओं तक सीमित नहीं है। यह उन वादियों में छूट गई अधूरी कहानी की तलाश है — जहाँ हर मोड़ पर यादों की परछाइयाँ हैं, हर चेहरे में कोई अनकहा भाव है, और हर खामोशी में एक रिश्ता धीरे-धीरे साँस लेता है।

देहरादून की हवा उस कहानी को फिर से जगाती है, जैसे पहाड़ों की चुप्पी और चाय की भाप मिलकर पुराने पन्नों को खोल रही हो। यह यात्रा दरअसल मन की गहराइयों में उतरने का प्रयास है — जहाँ अतीत और वर्तमान एक-दूसरे को छूते हैं, और अधूरी बातें फिर से पूरी होने का इंतज़ार करती हैं।

हर कदम पर लगता है कि यह यात्रा मुझे किसी पुराने एहसास की ओर ले जा रही है। जैसे नियति ने मेरे लिए कोई पन्ना अधूरा छोड़ दिया हो, जिसे अब पूरा करना है।

ट्रॉली बैग के साथ जब हॉस्टल के रिसेप्शन पर पहुँचा, तो पता चला कि मेरा कमरा पहले ही तय हो चुका था। कमरे की चाबी हाथ में लेते ही एक अजीब सी सिहरन हुई। क्या वही खिड़की होगी, जहाँ से हम बारिश को निहारा करते थे? क्या वही दीवारें होंगी, जिन पर हमारी हँसी की परछाइयाँ अब भी ठहरी होंगी?

हर कोना जैसे पुरानी यादों की दस्तक दे रहा था। जैसे यह जगह सिर्फ़ ईंट-पत्थर का नहीं, बल्कि उन लम्हों का संग्रहालय हो जहाँ दोस्ती, हँसी और सपनों की गूँज अब भी जीवित है।

4

नयी शुरुआत, पुरानी गूंज

एक परिचित जगह में, एक नई शुरुआत हो रही थी। हर कोना कुछ कहता था, हर दीवार पर पुरानी हँसी की परछाइयाँ थीं और हर चुप्पी में एक अधूरी मोहब्बत की गूंज थी। जैसे यह जगह सिर्फ़ ईंट-पत्थर नहीं, बल्कि उन लम्हों का साक्षी हो जो कभी यहाँ जिए गए थे।

वेदांत को लगता था कि यह सफ़र सिर्फ़ शोध का नहीं, बल्कि दिल की उस कहानी का भी है जो अधूरी रह गई थी, और अब शायद फिर से पूरी होने की ओर बढ़ रही है।

आने से पहले ही मैंने अपनी एक छोटी-सी ख्वाहिश जताई थी — कि मुझे वो कमरा मिले जिसमें बालकनी हो, और बालकनी से सीधे पहाड़ों के शिखर दिखाई दें। शायद मेरी उस ख्वाहिश में कुछ जादू था... रिक्वेस्ट मंजूर हो गई, और मुझे वही कमरा मिला — बिल्कुल वैसा जैसा मैंने सोचा था। कमरे की बालकनी से दूर तक फैले पहाड़ों की चुप्पी, जैसे मेरे भीतर की तन्हाई और अकेलेपन से संवाद कर रही थी।

वहाँ दो साल रहना था मुझे — और जब ठहराव लंबा हो, तो ठिकाना मनलायक होना ही चाहिए। ऐसे कमरे में रहना, जहाँ हर सुबह पहाड़ों की धूप बालकनी में उतरती हो, और हर शाम उनकी परछाइयाँ दिल में उतर जाएँ — उसका सुख कुछ और ही होता है।

कमरे में कदम रखते ही एक अजीब सी सुकून की लहर दौड़ गई।

जैसे दीवारें कह रही हों– "हमें, तुम्हारा ही इंतज़ार था।"

खिड़की से आती ठंढी हवा पुराने दिनों की खुशबू लिए थी। फर्श पर बिखरी खामोशी जैसे उन लम्हों की गवाही दे रही थी जो कभी यहाँ जिए गए थे।

वेदांत को लगा कि यह जगह सिर्फ़ रहने का कमरा नहीं, बल्कि उसकी अधूरी कहानी का पहला पन्ना है

मैंने धीरे-धीरे अपना सामान खोलना शुरू किया। किताबें, कपड़े, लैपटॉप, कुछ पुरानी तस्वीरें... हर चीज़ को जगह पर रखते हुए, मैं उन यादों को भी सहेज रहा था जो साथ आई थीं।

समय कब बीत गया, पता ही नहीं चला। रात के नौ बज चुके थे – मतलब डिनर का समय

अब बस तीस मिनट ही बचा था। जल्दी-जल्दी हाथ-मुँह धोकर कैंटीन की ओर निकल पड़ा।

"देहरादून की शामें बहुत खूबसूरत होती हैं, पर तुम्हारे साथ और भी ज़्यादा।"

उस पल में हवा, पहाड़ और शाम सब मिलकर एक अनकहा संगीत रच रहे थे। यह वाक्य सिर्फ़ एक याद नहीं था, बल्कि उस रिश्ते की धड़कन थी, जो अब भी मन के किसी कोने में जीवित है।

पूरा कैंटीन नए बैच की चहक से गूंज रहा था – हँसी, शोर, नए रिश्तों की शुरुआत, और उन सपनों की हलचल जो अभी-अभी पंख फैलाने लगे थे।

मैंने एक कोने की खामोश सी सीट चुनी, जहाँ से सब कुछ दिखता था, पर वो जगह सबकी नज़रों में नहीं दिखती थी. फिर मैंने अपनी थाली सजाई सीट पर आया और धीरे-धीरे खाने लगा।

हर निवाले के साथ यादें भी मन में उतरती रहीं – कभी मैं भी इसी शोर का हिस्सा था... बाजी लगाकर खाना, फिर हार-जीत पर पार्टी, वो बेफिक्री, वो दोस्ती, वो आँखों की मुस्कान – सब कुछ जैसे थाली में परोसा जा रहा था।

कितनी जल्दी समय बदल जाता है... और हम भी। शायद यही तो जीवन है — एक निरंतर बहती नदी, जिसमें कुछ किनारे पीछे छूट जाते हैं, तो कुछ नए रास्ते सामने से खुल जाते हैं।

नदी की धारा हमें सिखाती है कि ठहराव नहीं, बल्कि बहाव ही जीवन का सार है। पीछे छूटे किनारे यादों की तरह हैं — कभी मीठे, कभी कड़वे, पर हमेशा हमारे हिस्से बने रहते हैं। और आगे का सफ़र, चाहे अनजाना हो, हमें नए अनुभवों और नई कहानियों की ओर ले जाता है।

डिनर खत्म किया तो मन ने कहा — चलो, थोड़ा टहल लिया जाए। वही पुराना रूटीन — रात की ठंडी हवा में कुछ कदम चलना, और हर कदम पर बीते दिनों की परछाइयाँ साथ चलती थीं। हर मोड़ पर कोई पुरानी बात, कोई अधूरी हँसी, कोई छूटी हुई नज़र।थोड़ी देर बाद कमरे में वापस आ गया .

कमरे में लौटकर कल की तैयारी शुरू की — लैपटॉप, पेपर्स, पेन और आईकार्ड को बैग में रखा। हर चीज़ को सहेजते हुए जैसे मैं अपने सपनों को फिर से सहेज रहा था।

काम ख़तम किया फिर बिस्तर पर लेट गया — मन में हल्की सी बेचैनी थी,

फिर भी, उस बेचैनी में एक अजीब-सा सुकून था। जैसे कोई अधूरी कविता फिर से लिखी जा रही हो।

वेदांत की डाईरी पढ़ते हुए ऐसा लगता था जैसी उसके हर शब्द में एक याद थी, हर पंक्ति में एक चेहरा, और हर विराम में एक खामोशी — जो अब भी दिल की धड़कनों से जुड़ी थी।

सुबह नींद खुली ताज़ी हवा के झोंके के साथ। बालकनी का दरवाज़ा खुला ही था — जैसे रात भर पहाड़ों की साँसें कमरे में उतरती रही हों।

बाहर का दृश्य जैसे किसी पुराने ख़्वाब की परछाई था — आसमान में बादलों की परतें, हल्का-सा कोहरा, और सामने खड़े पहाड़ों की चोटियाँ। ठंडी हवा जब चेहरे को छूकर गुज़री, तो वह स्पर्श किसी भूली हुई याद की तरह लौट

आया।

मन ही मन मुस्कराया – यही तो सोचकर ये कमरा लिया था, कि सुबह और शाम दोनों ही एक प्रेम कविता की तरह बीतें।

सबसे पहले सुबह की रुटीन पूरी की, फिर नहा धो कर नास्ता किया और फिर लाइब्रेरी की तरफ चल दिया. पहला काम जो सबसे जरूरी था वो था मनलायक सीट का चुनाव , जहाँ से लैपटॉप को कनेक्ट किया जा सके.

जब मैं पहुचा, तबतक कोई भी नहीं आया था और शायद आता भी नहीं क्योंकि दिन भर सारे ट्रेनी का समय तो ट्रेनिंग में ही गुजर जाता है .इसलिए मेरे पास खुला विकल्प था मनचाही जगह चुनने का और वो मिल भी गयी.

वहाँ से लाइब्रेरी का काउंटर भी पास था और टेबल से सट के एक बड़ी सी खिड़की भी थी पास में. जहाँ से खुला असमान और देहरादून की पहाड़ों की श्रृखला साफ़ नजर आती थी.

जब भी काम से थक जाए तो उन पहाड़ों और सामने के जंगल को देखकर मन भी शांत हो सके.

जब सबकुछ मन लायक सेट हो गया तो अब आगे के काम को शुरू करने के लिए इन्तेजार था, लाइब्रेरियन पन्त जी का, वही पन्त जी जो हमारे ट्रेनिंग के दौरान वहां पोस्टेड थे. वैसे मैं थोडा पहले आ गया था.

उस समय ऑफिस की सफाई अंतिम चरण पे थी. मैंने उसी सफाई कर्मी से पन्त जी के बारे में आने का समय पूछा.

उसने मुझे उपर से नीचे तक देखा और बोला- सर, पन्त जी तो एकसाल पहले ही ट्रान्सफर हो के चले गए. अब तो एक मैडम हैं जो लाइब्रेरियन हैं. वो अब बस आती ही होंगी.

सर,आप बस थोड़ी देर इन्तेजार करे.

मैं अपनी सीट पर बैठ कर, लिब्रेरियन का इंतज़ार करते हुए ,उस दिन का पेपर पढने लगा और ये भी सोचने लगा की पता नहीं लाइब्रेरियन कैसी होगी?

क्योंकि, मुझे अपने शोध से जुड़ी किताबों,जर्नल और अन्य सामग्री के लिए पूरी तरह लाईब्रेरियन का ही सहारा लेना था. मेरा सारा काम, उससे ही तो जुड़ा था.

लाइब्रेरी में बैठा मैं पेपर तो पढ़ रहा था, पर मन कहीं और भटक रहा था। सोच वहीं अटक गई थी — उस महिला लाइब्रेरियन पर, जिसके बारे में पिउन ने बताया था और जिसे मैंने अब तक देखा भी नहीं था।

कल्पना में एक तस्वीर उभर रही थी — उम्रदराज़, थोड़ी चिड़चिड़ी, शायद थकी हुई।

आख़िर दिन भर एक ही कुर्सी पर बैठकर दूसरों को पढ़ते, लिखते, चुपचाप देखते रहना... कभी कोई किताब माँगता है, कभी कोई फॉर्म भरता है, और बीच-बीच में जब कोई बात करने आए, तो वही रटी-रटाई प्रक्रिया — *"नाम बताइए, कार्ड दिखाइए, किताब लीजिए..."*

मैं सोच रहा था — क्या सच में यही होता है इस नौकरी में? क्या हर दिन एक जैसी बोरियत से भरा होता है? क्या वो महिला भी कभी खुद से शिकायत करती होगी — *"क्या यही मेरी किस्मत थी? क्या ऐसे ही चलती रहेगी मेरी पूरी जिंदगी, क्या मेरी जिंदगी इन बंद अल्मारिऔं मे पड़ी बेज़ुबान किताबों के बीच घुट के दफ़न हो जायेगी?"*

मन में एक हल्की चिंता भी थी — अगर ऐसी ही कोई चिड़चिड़ी लाइब्रेरियन मिली, तो मेरी शोध यात्रा थोड़ी मुश्किल हो सकती है।

तभी एक और विचार ने मेरे मन में दस्तक दी — *"हर सिक्के के दो पहलू होते हैं..."* जो मैं सोच रहा था, वो शायद इस नौकरी का एक थका हुआ पहलू था। पर क्या पता, उस कुर्सी पर बैठी महिला के भीतर कोई अधूरी कविता हो, कोई छुपी हुई कहानी, कोई ऐसा जज़्बा जो किताबों की ख़ामोशी में सांस लेता हो।

शायद वो महिला उम्रदराज़ न हो, शायद उसकी आँखों में थकान नहीं, बल्कि अनुभव की चमक हो। शायद वो चुपचाप सबको पढ़ती हो, और भीतर से हर किरदार को जीती हो।

और क्या पता, वो मेरी कल्पना से बिल्कुल उलट हो — एक मुस्कुराती हुई, समझदार, और दिलचस्प इंसान, जो मेरी शोध यात्रा को सिर्फ किताबों से नहीं, बल्कि अपनी मौजूदगी से भी ख़ास बना दे।

कुछ पॉजिटिव भी तो होगा ही इससे जुडा हुआ. दूसरा पहलू ये भी हो सकता है की कोई सच में पढने का शौक रखता हो तो फिर उसके लिए लाइब्रेरी से बढ़िया जॉब और क्या हो सकता है भला?

उसे तो काफी वक़्त मिल जाएगा अपनी पसंद की किताबों को पढने का. यदि उसे लिखने का शौक हो तो उसके लिए भी काफी वक़्त मिल सकता है यहाँ. इतने शांत वातावरण में कोई लेखन का काम,अगर चाहे तो कर ही सकता है.

आज पहली बार मैं किसी लाइब्रेरियन के काम को लेकर इतनी संजीदगी से सोच रहा था। पेपर मेरी आँखों के सामने था, पर मन कल्पना की गलियों में भटक रहा था।

मैं सोच ही रहा था कि तभी दरवाज़ा खुला। एक लड़की भीतर आई — हल्के कदमों से, , पर आत्मविश्वास से भरी। मैंने सोचा, शायद कोई नई ट्रेनी होगी, पर वो सीधे जाकर लाइब्रेरियन की कुर्सी पर बैठ गई।

मैंने फिर सोचा — *"शायद ऐसे ही बैठ गई होगी, इंतज़ार कर रही होगी किसी के आने का।"* पर वो तो बड़े सलीके से कुछ कागज़ों में व्यस्त हो गई, जैसे हर चीज़ उसकी ज़िम्मेदारी हो।

5

पहली मुलाकात

थोड़ी देर बाद मैं उठकर उसके पास गया और पूछा – *"लाइब्रेरियन कब तक आते हैं?"*

उसने मेरी ओर देखा – वैसे ही जैसे सफाई वाले लड़के ने देखा था, जब मैं पहली बार कैंपस में दाखिल हुआ था। एक हल्की मुस्कान के साथ बोली – *"सर, आप नए आए हैं क्या? यहाँ की लाइब्रेरियन तो मैं ही हूँ। मुझसे कहिए, मैं आपकी क्या सहायता कर सकती हूँ?"*

मैं कुछ पल के लिए स्तब्ध रह गया। सहसा विश्वास ही नहीं हुआ – चौबीस-पच्चीस साल की एक युवा लड़की, इतनी गरिमा, इतना आत्मविश्वास, और इतनी सहजता के साथ इस पद पर?

मेरी कल्पना की तस्वीर जैसे एक झटके में टूट गई थी। उसकी आँखों में थकान नहीं थी,न ही चिडचिडी दिख रही थी.

बल्कि एक चमक थी – **जैसे किताबों से नहीं, ज़िंदगी से पढ़ी हो उसने।**

उस पल मुझे एहसास हुआ – हम अक्सर जो सोचते हैं, वो अधूरा होता है। और कभी-कभी, हकीकत हमारी कल्पना से कहीं ज़्यादा अलग और खूबसूरत होती है।

लाइब्रेरियन को लेकर मेरी सारी कल्पनाएँ – जो अब तक मन में एक धुंधली तस्वीर की तरह बनी थीं – उस एक क्षण में जैसे धूप में पिघलती बर्फ की तरह गायब हो गईं।

मैंने बिना कुछ कहे अपना आईडी उसकी ओर बढ़ा दिया। उसने उसे बड़े ध्यान से देखा, जैसे किसी दस्तावेज़ में कोई कहानी पढ़ रही हो। फिर एकदम खड़ी हो गई — बड़े अदब और तहज़ीब के साथ मुझे बैठने को कहा, और मुस्कराकर पूछा, "सर, आप IFS हैं?"

उसकी आवाज़ में एक सहज सम्मान था, और आँखों में एक जिज्ञासा — जैसे किसी किताब का पहला पन्ना बस खुलने ही वाला हो।

मैंने हल्के से मुस्कराते हुए जवाब दिया — "जी, चार साल पहले यहीं से ट्रेनिंग लेकर नौकरी शुरू की थी।पर जल्द ही महसूस हुआ कि दिल कुछ और चाहता है।शोध में मेरी गहरी रुचि है, इसलिए विभाग से अनुमति लेकर वापस आया हूँ।जब शोध पूरा हो जाएगा, तो फिर उसी ज़िंदगी में लौट जाऊँगा।"

वो कुछ पल चुप रही, फिर बोली — "सर, आपकी चॉइस तो वाकई दिलचस्प है... और एकदम अलहदा।मैं यहाँ तीन साल से हूँ, पर आज तक किसी IFS अधिकारी को इस तरह लौटते नहीं देखा, जो इस तरह अपने सपने को पूरा करने आया हो ,ज्यादातर लोगों के सपने तो सिर्फ आईएफएस बनना ही होता है.।"

फिर उसने मेरे शोध के विषय के बारे में पूछा।

मैंने विस्तार से बताया — विषय, उद्देश्य, और वो सवाल जो मुझे यहाँ तक खींच लाए थे।

सुनते ही उसकी आँखों में एक चमक आ गई। "आपके विषय से जुड़ी बहुत सारी सामग्री और जर्नल्स यहाँ उपलब्ध हैं।यहाँ की एक-एक पुस्तक और पत्रिका की मुझे पूरी जानकारी है।आपको ज़रा भी दिक्कत नहीं होगी।"

फिर उसने मुस्कराते हुए अपने सिर की ओर इशारा किया — "सारी जानकारी मेरे इस हार्ड डिस्क में है।"

उसके कहने का अंदाज़ इतना सहज, आत्मविश्वास से भरा और चुटीला था कि मैं मुस्करा उठा।

उसके पास बैठा मैं करीब आधे घंटे तक बातें करता रहा। इतना तो समझ ही गया था — वो अपने काम को सिर्फ जानती नहीं थी, बल्कि उसे संजीदगी से निभाना भी जानती थी।

उसकी बातें, उसकी समझ, और उसकी आँखों की चमक — सब मिलकर एक नई कहानी की शुरुआत कर रहे थे। शायद मेरी शोध यात्रा सिर्फ ज्ञान की नहीं, एक नए रिश्ते की खोज भी थी।

उसने ये भी, थोड़े कम समय में विश्वास दिला दिया की मेरे काम में कहीं कोई दिक्कत नहीं होगी.

सचमुच वो पूरी तरह लबरेज थी आत्मविश्वास से. उस दिन मुझे बड़ा सुकून हुआ दो बातों को लेकर.

पहला तो अपने काम को पूरा करने को लेकर और दूसरा उस लाईब्रेरियन के आत्मविश्वास को देखकर. उसने मुझे कई किताबे दी और बोली की सर आप तबतक इनको देखिये. आपके शोध के लिए बाकी कौन सी किताबें सहायक होंगी उसको मैं देख कर बता दूँगी, इसके अलावा यदि आपकी कोई खास रिफरेन्स बुक की जरुरत हो तो वो भी आपको उपलब्ध करा दूँगी.

मैं उसके दिए किताबों को लेकर जा ही रहा था की उसने इशारे से एक लड़के को उन सारी किताबों को मेरे टेबल पे रखने का इशारा किया.

मैं अपनी जगह पे जैसे ही पहुंचा, पीछे पीछे मेरी सारी किताबें मेरी टेबल पर आ गयीं

मैंने बड़े आराम से और बारी बारी से उन किताबों को अपनी जरुरत के अनुसार सजाना शुरु कर दिया. पहली ही बार में मुझे काफी सामग्री मिल गयी थी.

उस सामग्री से करीब पंद्रह दिन तो आसानी से मैं अपना काम कर सकता था. मुझे बडा संतोष मिला अपने पहले दिन की सफलता पर.

उन किताबों को देखते हुए करीब तीन घंटे गुजर गए. समय का पता ही नहीं चला.

जब घडी देखी तो दिन के एक बज रहे थे, यानी लंच का टाइम हो गया था. मैंने सामने देखा जहाँ लाइब्रेरियन बैठी थी, मेरी नजर जैसे ही उसपे पड़ी वो झेप गयी, क्यूंकि उस समय वो मुझे ही बड़े गौर से देख रही थी.

जैसे ही उसने मुझे देखते हुए देखा ,झेप कर एक किताब खोल कर पढने लगी.

मैं उठकर सीधे उसके सीट के पास गया और धन्यवाद दिया, बोला आपने आज मेरी बहुत सहायता की. अब पंद्रह दिन तो मेरे आसानी से निकल जायेंगे.

उसने कहा --सर धन्यवाद कैसा? मैंने तो बस अपना काम ही किया है.इसी के लिए तो मैं हूँ यहाँ.

मैंने मुस्कुराते हुए कहा ,लंच के बाद मिलता हूँ. फिर मैं कैफेटेरिया चला गया लंच के लिए.

वहां काफी भीड़ थी, दो बैच की ट्रेनिंग एक साथ चल रही थी.

चूँकि ट्रेनिंग के ब्रेक का एक ही टाइम था उस वजह से सभी एक साथ ही वहां आ गए थे लंच के लिए, इस वजह से एक बार में ही काफी भीड़ हो गयी थी वहां..

कुर्सी तो कुछ जरूर खाली थी पर खाने के लिए कतार काफी लंबी थी. इस वजह से खाने में काफी समय लग गया.

खाने के साथ ही मैं यही सोच रहा था की लंच का टाइम कैसे कम किया जाय ताकि समय का ज्यादा से ज्यादा उपयोग हो सके.

चूँकि 6 बजे के बाद लाइब्रेरी भी बंद हो जाती है ,देर तक काम हो नहीं सकता था यही सोचता हुआ मैं पुनः लाइब्रेरी आ गया और फिर से काम शुरू कर दिया .सामने वो लड़की बैठी थी कोई पेपर लेकर. थोड़ी देर तो काम किया पर फिर चुपचाप बैठ गया और कुछ सोचने लगा.

ऐसी अवस्था काफी देर तक रही और तब टूटी जब अचानक एक आवाज आई, सर आपको कोई कोई प्रॉब्लम है क्या? आप चुपचाप और बड़ी ही सोच

की मुद्रा में बैठे हैं.

मेरी तन्द्रा अचानक से भंग हो गयी. देखा तो वही लड़की सामने खड़ी थी. मैं एकदम से सकपका गया, मानो किसी ने मेरी कोई चोरी पकड़ी ली हो.

मैंने कहा -नहीं ,ऐसी कोई बात नहीं है मैडम .दरअसल आज जब मैं लंच के लिए गया तो वहाँ इतनी भीड़ थी की समय ज्यादा लग गया. मैं अपना शोध जल्दी पूरा करना चाहता हूँ, सोच रहा था की वहाँ का टाइम कैसे बचे?

बस इतनी सी बात है सर जिसके लिए आप इतने परेशान दिख रहे हैं.

कल से आपका लंच आपके टेबल पर होगा आपको कही भी नहीं जाना होगा. मैं कैफेटेरिया वाले को बोल दूँगी.

मुझे बड़ा सुकून मिला. मैंने कहा,आपको बहुत बहुत धन्यवाद मैडम, आपने मेरा काम हल्का कर दिया. एकबार फिर उसके आत्मविश्वास का मैं कायल हो गया.

सर प्ली..ज, आप मुझे मैडम न बोले ,मेरा नाम काव्या जोशी है.

आप मुझे काव्या कह सकते हैं. और वो चली गयी.

मैंने बड़े चैन से अपना काम फिर शुरू किया और लाइब्रेरी बंद होने तक करता रहा. जब शाम के 6 बजे तो देखा सब लोग जा रहे हैं, तब मैंने भी अपना पैकअप शुरू किया. लैपटॉप और किताबे बैग में रख कर बाहर निकला.

काव्या भी साथ ही बाहर निकली पर कोई बात नही हुई.

मैंने देखा की बाहर जाकर सीधे पार्किंग से उसने अपनी स्कूटी निकाली,अपने बैग को पीठ पे सेट किया और आराम से स्कूटी चलाते हुए निकल गयी, शायद अपने घर.

मैं पैदल ही हॉस्टल की तरफ चल पड़ा, जो करीब आधा किलोमीटर दूर था.

उस रात कुछ भी खास नहीं हुआ ,रात का खाना खाकर सो गया. पहला दिन था, ज्यादा तनाव लेने की जरुरत भी नहीं थी.

दूसरे दिन तैयार होकर ठीक समय पे पहुँच गया ,वहां काव्या पहले से ही मौजूद थी.

जब मैं अपने सारे सामान टेबल पे रख कर काम शुरू करने वाला ही था की काव्या कई सारे जर्नल ले के आ गयी.

बोली –सर ये सारे जर्नल्स आपके शोध से ही जुड़े हैं, आपके काम आयेंगे. मैंने सुबह आते ही निकाल लिया था आपके लिए. उम्मीद करती हूँ की अब आप निश्चिन्त होकर अपना काम शुरू कर सकते हैं.

सचमुच वो सारी सामग्री मेरे काम की थी. मैं दंग रह गया उसकी समय पाबन्दी, प्रतिबद्धता और अपने काम के प्रति लगन देखकर.

मैंने कभी सपने में भी नहीं सोचा था की यहाँ कोई ऐसा भी मिल जाएगा, इस तरह का सहयोग करने वाला.

मैंने उसे धन्यवाद् देना चाहा पर उसने कहा की ये तो मेरी ड्यूटी है सर .उसके बाद वो चली तो गयी पर मेरे दिल पे एक छाप छोड़ कर.

6

अहसासों का सफ़र

उसके बाद समय की नदी बहती रही, और हम भी धीरे धीरे उस नदी के साथ साथ बहते रहे।

हर दिन लाइब्रेरी की खामोशी में पन्नों की सरसराहट रहती थी, पर उन पन्नों के बीच कहीं हल्की मुस्कानों की एक छांव भी रहती थी। दिन इसी तरह बीत रहे थे.

एक दिन जब बाहर निकला तो आसमान बादलों से ढका था, कोहरे की परतें पहाड़ों की चोटियों को छू रही थीं, और ठंडी हवा चेहरे पर किसी पुराने स्पर्श की तरह लौट आई थी।

धीरे-धीरे,काम के क्रम में ही, मैंने उसकी कुछ आदतें नोटिस कीं — पहली बात, वो समय की बेहद पाबंद थी। हर सुबह ठीक वक्त पर अपनी सीट पर होती, जैसे घड़ी की सुई उसके कदमों से चलती हो।

दूसरी बात, लंच का समय डेढ़ बजे था — औरउसके लिए वो जैसे कोई अलिखित नियम हो, वो हर दिन उसी समय अपना छोटा-सा लंच बॉक्स लेकर कॉमन रूम की ओर चली जाती।

वहाँ बाकी स्टाफ के बीच वो चुपचाप बैठती, मुस्कुराती, अपना लंच लेती और फिर लौट आती — **जैसे उसकी उपस्थिति भी एक सलीके से बंधी कोई** कविता हो।

और तीसरी बात... शायद सबसे रहस्यमय और सबसे दिलचस्प। काम के दौरान जब भी मैं अपना सिर उठाता, तो ऐसा लगता जैसे उसकी नज़रें मुझ पर ही टिकी थीं –

चुपचाप, बिना किसी शब्द के, जैसे कोई अधूरी बात आँखों से कह दी जाती हो।

नज़रें मिलतीं तो वो या तो हल्के से मुस्कुरा देती, या फिर तुरंत दूसरी ओर देखने लगती – जैसे कोई रंगे हाथ पकड़ा गया हो, मेरे लिए ये अनुभव थोड़ा रहस्यमय था – पर जो कुछ भी था, वो मेरे लिए एक सुखद अहसासों से भरा पल होता था।

एक ऐसा अहसास, जो कुछ कहे बिना भी बहुत कुछ कह जाता था।

उसकी मौजूदगी अब सिर्फ एक लाइब्रेरियन की नहीं रही, वो मेरी दिनचर्या का हिस्सा बन चुकी थी – एक ऐसी उपस्थिति, जो शब्दों से नहीं, नज़रों और मौन से संवाद करती थी।

काव्या दिन भर कुछ न कुछ पढ़ती रहती या अपने नोट्स में डूबी रहती।

मैं अक्सर सोचता – *आख़िर वो करती क्या है?* क्या कोई और सपना है उसके भीतर? क्या ये नौकरी उसके लिए सिर्फ एक पड़ाव है, और कहीं वो किसी और परीक्षा की तैयारी तो नहीं कर रही है?

उसकी उम्र ज़्यादा नहीं थी, पर उसकी आँखों में एक गहराई थी – जैसे हर किताब की तह में कोई कहानी छुपी हो, और वो उन कहानियों को सिर्फ पढ़ती नहीं, जीती भी हो।

काम के बाद भी मेरा मन उसी के इर्द-गिर्द घूमता रहता। हमारे बीच करीब दस फीट की दूरी थी – पर समय ने उस दूरी को चुपके से कम करना शुरू कर दिया था।

बीच-बीच में हमारी नज़रें टकरा जातीं – कभी अचानक, कभी अनायास और कभी जान बूझ कर। और हर बार, वो नज़रें कुछ कहती थीं – कुछ ऐसा, जो शब्दों में नहीं था, पर दिल की धड़कनों में दर्ज हो चुका था।

धीरे-धीरे उन नज़रों ने मुझे मजबूर कर दिया कुछ सोचने को। अब मेरा मन शांत नहीं रहा — मेरे भीतर कुछ हलचल सी थी, जैसे कोई कविता खुद-ब-खुद लिखी जा रही हो, धीरे धीरे, चुपके चुपके से।

कब काव्या मेरे दिल पर छा गई, कब उसकी मौजूदगी मेरे ख्यालों में हर पल रहने लगी — मुझे खुद भी पता नहीं चला।

अब वो सिर्फ लाइब्रेरी की एक साथी नहीं रही, वो मेरी सोच, मेरी तन्हाई, और मेरी उम्मीदों का हिस्सा बन चुकी थी।

पर मैं कुछ कह भी नहीं सकता था उससे — एक डर था, एक संकोच था।

पता नहीं वो क्या सोचेगी... शायद मैं चाहता था कि वो नज़रों की भाषा से ही सब कुछ कह दे, बिना किसी शब्द के।

फिर एक दिन, जब लंच का समय हुआ, तो मैं हमेशा की तरह टेबल पर लंच आने का इंतज़ार कर रहा था। काव्या के निर्देशों के बाद से मेरा लंच समय पर पहुँचने लगा था, लेकिन उस दिन कुछ अलग था—लंच आने में देर हो रही थी। थोड़ी देर तक इंतज़ार करने के बाद मैंने सोचा, चलो कैफेटेरिया जाकर देखता हूँ।

कैफेटेरिया का रास्ता काव्या की सीट के पास से होकर जाता था।

जैसे ही मैं उसके पास पहुँचा, उसने मुस्कुराते हुए कहा, "सर, आज लंच नहीं मिलेगा—कैफेटेरिया बंद है। आज तो आपको हमारे साथ ही लंच करना पड़ेगा।"

उसकी बात सुनकर मुझे अचानक याद आया कि कल नोटिस बोर्ड पर छुट्टी का नोटिस लगा था, लेकिन ध्यान ही नहीं रहा।

मैं थोड़ी देर के लिए असमंजस में पड़ गया—इंस्टिट्यूट शहर से काफी दूर था, और मेरे पास कोई वाहन भी नहीं था जिससे बाहर जाकर कुछ खा सकूँ।

काव्या ने मेरी उलझन को तुरंत भाँप लिया। उसने सहजता से कहा, "सर, इतना सोच क्यों रहे हैं? आइए, आज हमारे साथ लंच करिए।"

उसके स्वर में न कोई औपचारिकता थी, न कोई संकोच—बस एक सच्चा आमंत्रण था।

मैं थोड़ी देर चुप रहा, फिर मुस्कुराते हुए कहा, "ठीक है, आज आपके साथ लंच करना ही सही रहेगा।"

हम दोनों साथ-साथ टेबल की ओर बढ़े। वहाँ पहले से कुछ लोग बैठे थे, और जैसे ही मैं पहुँचा, सबने गर्मजोशी से स्वागत किया। किसी ने मेरे लिए कुर्सी खींच दी, किसी ने पानी का गिलास बढ़ाया।

काव्या ने हँसते हुए कहा, "सर, आज तो आपको हमारी कंपनी झेलनी पड़ेगी।"

मैं भी मुस्कुरा दिया, "अगर हर दिन ऐसी कंपनी मिले, तो लंच का इंतज़ार करना बनता है।"

उस दिन पहली बार यह एहसास हुआ कि ऑफिस सिर्फ़ काम करने की जगह नहीं है।

वहाँ की दीवारों में, कॉफ़ी ब्रेक्स में, और छोटी-छोटी बातचीत में भी रिश्तों की बुनियाद छुपी होती है।

काम के बीच साझा की गई हँसी, किसी मुश्किल प्रोजेक्ट पर मिली मदद, या बस एक साधारण "कैसे हो?" — ये सब मिलकर ऑफिस को एक जीवंत जगह बना देते हैं। धीरे-धीरे समझ आता है कि पेशेवर जीवन केवल लक्ष्यों और समय सीमाओं का नाम नहीं, बल्कि उन रिश्तों का भी है जो हमें सहारा देते हैं और आगे बढ़ने की ताक़त देते हैं।

मैंने उसके लंच के डब्बे को देख कर कहा -आपके लंच में न तो मेरा होगा न ही आपका होगा .और ये तो सही भी नहीं होगा की दोनों ही भूखे रह जाए.

उसने कहा-जस्ट वे....ट सर, आइये तो. आपको इतना सोचने की जरूरत नहीं है, लंच किसी के लिए भी कम नहीं पड़ेगा.

मैं उसके मनुहार को टाल नहीं सका।

पर जब उसने अपना टिफिन खोला, तो मैं हैरान रह गया—उसमें दो लोगों से भी ज़्यादा का खाना था। मैंने मुस्कुराते हुए पूछा, "क्या आप रोज़ इतना लंच लाती हैं?"

काव्या ने हल्की मुस्कान के साथ जवाब दिया, "नहीं सर, आज ही लायी हूँ। मुझे पता था कि कैफेटेरिया बंद रहेगा और शायद आपको इसकी जानकारी न हो। इसलिए आपके लिए भी खाना साथ ले आई हूँ।"

मैं कुछ पल के लिए चुप रह गया।

उसके इस ख़ास ख्याल ने मुझे भीतर तक छू लिया।

जब उसने टिफिन खोला, तो उसकी खुशबू से ही मन प्रसन्न हो गया—गरमागरम आलू के पराठे, आम का अचार और गाजर का हलवा। सब कुछ उसने पहले से ही हॉट केस में गरम करके रखा था। और वो सब कुछ मेरे पसंद का था.

उस दिन मैंने दिल खोलकर खाना खाया। हर निवाले में एक अपनापन था, एक स्नेह की मिठास।

मैंने उसे धन्यवाद कहा, लेकिन ऐसा लग रहा था की शब्द जैसे कम पड़ गए हों।

शाम को जब ऑफिस बंद होने को आया, तो उसने एक और टिफिन मेरे हाथ में थमा दिया।

बोली, "सर, आज रात में भी मेस बंद है। रात को भी आपको परेशानी होगी, इसलिए ये डिनर आपके लिए है।"

मैं उसकी मासूम आँखों में देखता रह गया।

उनमें एक ऐसा जादू था कि मैं फिर से मना नहीं कर सका।

रात को जब काव्या का दिया डिनर ले रहा था, तो एक बात बार-बार मन में आ रही थी—ये सब उसने पहले से सोच रखा था। उसे पता था कि आज मेस बंद रहेगा, और उसने मेरे लिए लंच और डिनर दोनों का इंतज़ाम कर लिया।

इतने कम समय में मेरे लिए इतनी केयर, इतना अपनत्व? ये सिर्फ खाना नहीं था—ये एक भाव था, एक रिश्ता था, जो धीरे-धीरे मेरे दिल में जगह बना रहा था।

मैं समझ नहीं पा रहा था कि इसे कैसे स्वीकार करूं, लेकिन इतना ज़रूर जानता था कि काव्या अब मेरे लिए सिर्फ एक लाइब्रेरियन नहीं रही।

अच्छी तो वो पहली मुलाकात से ही लगी थी—उसकी आँखों में एक सादगी थी, बातों में एक मिठास। लेकिन अब जो रूप सामने आया था, वो बिल्कुल अलग था। इतनी परवाह करने वाली, इतनी संवेदनशील—आज के दौर में ऐसा अपनत्व मिलना एक दुर्लभ बात थी।

पर काव्या ने मेरी सोच को पूरी तरह बदल दिया था।

उस दिन के बाद मेरा मन, शोध की गंभीरता से भटककर किसी और ही दिशा में बहने लगा। हसीन ख्यालों की एक दुनिया थी, जिसमें मैं अनायास ही डूबने लगा था। मैं खुद नहीं समझ पा रहा था कि ये क्या है—पर ये अहसास कुछ अलग ही था, कुछ ऐसा जिसे शब्दों में बाँधना मुश्किल था।

कुछ दिन इसी तरह बीत गए। मैंने खुद को शोध में डुबोने की कोशिश की, काम धीरे-धीरे आगे बढ़ रहा था। लेकिन हमारे बीच अब सिर्फ औपचारिक बातें ही रह गई थीं—"गुड मॉर्निंग", "कैसे हैं", "कोई मदद चाहिए?" बस इतना ही।

या कुछ बातें भी होती तो मेरे शोध से ही जुडी थी.

पर मेरे मन में काव्या को लेकर एक हलचल सी होने लगी थी। अब मैं उसके बारे में सब कुछ जानना चाहता था—उसकी पसंद, उसकी सोच, उसका अतीत,उसका वर्तमान ।

पर पूछूं कैसे? यही समझ नहीं पा रहा था।

उसके हर काम में एक गम्भीरता थी, एक शालीनता थी, एक तहज़ीब थी—जो उसे बाकियों से बिलकुल अलग बनाती थी। वो एक पहेली बन गई थी मेरे लिए। और यही पहेली मुझे कुछ पूछने से रोक देती थी। डर था कि कहीं

मेरी जिज्ञासा उसकी गरिमा और आत्मसम्मान को ठेस न पहुँचा दे।

मैं बस उसे देखता रहता था—कभी उसकी मुस्कान में, कभी उसकी आँखों में, कभी उसकी चुप्पी में। हर बार कुछ नया दिखता था, कुछ अनकहा, कुछ अनसुना। और शायद, मैं उसी अनकहे और अनसुने को समझने की कोशिश कर रहा था।

एक तरफ जब भी जरूरत पड़ती तो इतना अपनत्व तो दूसरी तरफ कभी अपने बारे में कुछ भी नहीं बताना न ही मेरे बारे में कुछ पूछना आखिर क्या था उसके पीछे?

जो कुछ भी मैं सोचता हूँ उसके बारे में ,वो मेरे काम तक ही सीमित है,क्या उसे मेरे बारे जानने की जरा भी रूचि नहीं है?

खैर मैं अपने अन्दर की भावनावों को दबाने में काफी हद तक सफल रहा. मुझे मेरे हर काम में उसका भरपूर सहयोग मिल रहा था. और कायदे से, इस से ज्यादा मुझे कुछ सोचने की जरूरत नहीं थी पर दिल तो किसी के बस में होता नहीं, वो हर वक़्त कुछ न कुछ सोचता ही रहता है.

और इसी बीच, एक दिन कुछ ऐसा हुआ, जिसने सब कुछ बदल दिया।

उस वक़्त, शाम ढल रही थी। ऑफिस का काम निपटाकर जैसे ही बाहर निकला, आसमान में काले बादल घिर आए थे। हल्की बूंदाबांदी शुरू हो चुकी थी, और पहाड़ों की ठंडी हवा हड्डियों तक उतर रही थी। बारिश की रफ्तार धीरे-धीरे तेज़ होती जा रही थी, और मैं वहीं खड़ा सोच में पड़ गया—अब हॉस्टल तक कैसे जाऊँ?

ना छाता था, ना कोई सवारी। और ये हिल स्टेशन की बारिश—जल्दी थमने का नाम नहीं लेती।

तभी पीछे से एक जानी-पहचानी आवाज़ आई, "क्या सोच रहे हैं, सर? ये बारिश अब जल्दी रुकने वाली नहीं। चलिए, मैं आपको छोड़ देती हूँ, फिर खुद निकल जाऊँगी।"

मैंने तुरंत मना किया, "नहीं काव्या जी, आप क्यों तकलीफ़ करेंगी? मैं देख लूंगा कुछ इंतज़ाम।"

वो मुस्कराई, जैसे मेरी बात पहले से ही जानती हो। बिना कोई बहस किए उसने अपना रेनकोट पहना और मेरे हाथ में एक पॉलीथिन थमा दी, "इसे सिर पर रख लीजिए, कम से कम भीगेंगे तो नहीं।"और चुपचाप पीछे बैठ जाईये.

उसका ये छोटा सा इशारा, उसकी चिंता, उसका स्नेह—सब कुछ इतना सहज और आत्मीय था कि मैं चाहकर भी मना नहीं कर सका।, बारिश की बूँदें हमारे चारों ओर नाच रही थीं, और हवा में एक अजीब सी खामोशी थी—जो शब्दों से ज़्यादा कह रही थी।

उस पल में, ऐसा लगा जैसे सिर्फ मौसम नहीं बदला, कुछ और भी बदल गया था—मेरे भीतर, हमारे बीच।

स्कूटी पर बैठ कर उसने फिर इशारा किया पीछे बैठने को.

मैं एक आज्ञाकारी बच्चे की तरह अपना बैग हाथ में लिए बैठ गया.

उसने स्कूटी स्टार्ट कर तेजी से हॉस्टल की तरफ चल पड़ी. उसी समय तेज हवा के झोकें ने मेरे सर पर रखे पोलीथिन को उडा लिया.

हॉस्टल तक पहुँचते-पहुँचते मैं पूरी तरह भीग चुका था। बारिश की बूँदें अब सिर्फ कपड़ों तक नहीं थीं—वो जैसे भीतर तक उतर चुकी थीं। ठंड ने शरीर को जकड़ लिया था, और मन भी एक अजीब सी खामोशी में डूबा हुआ था।

काव्या ने गाड़ी रोकी, मैं उतरा।

वो कुछ कहे बिना, बस हल्की मुस्कान के साथ मुड़ गई। इतनी आत्मीयता के बाद भी, मैं उसे "थैंक यू" तक नहीं कह पाया। उस वक़्त बोले गए कोई भी शब्द, शायद उस पल की गरिमा को तोड़ देते

रूम में पहुँचते ही मैंने दरवाज़ा बंद किया, भीगे कपड़े उतारे और हीटर ऑन कर दिया। हीटर के सामने बैठते ही जैसे शरीर की ठंडक धीरे-धीरे पिघलने लगी।

ऐसा लगा की उस पल में सिर्फ बदन नहीं, मन भी कुछ महसूस कर रहा था।

बारिश की वो शाम, काव्या की वो चिंता, और उसका वो चुपचाप साथ छोड़ जाना—सब कुछ भीतर कहीं गूंज रहा था। कमरे की गर्मी धीरे-धीरे राहत दे रही थी, पर दिल अब भी उस पल में अटका था।

उस दिन उसने फिर एक बार बिना कुछ कहे बहुत कुछ कह दिया था।

बारिश का मौसम भी कितना अजीब होता है। भीगता तो सिर्फ तन है, लेकिन मन... वो तो जैसे हर बूँद के साथ कुछ और ही हो जाता है। उस रात, मेरा शरीर तो भीग गया था, लेकिन मन कुछ ज़्यादा ही बेचैन हो उठा था।

हीटर की गर्मी में बैठा मैं खुद को सुखाने की कोशिश कर रहा था, पर भीतर कुछ और ही चल रहा था। बारिश में काव्या के पीछे बैठकर उसके इतने करीब होने का जो अहसास था, वो अब भी मेरे शरीर में उसकी उष्मा और तपिश की तरह महसूस हो रहा था।

उसकी साँसों की हल्की गर्माहट, उसकी चुपचाप चिंता—सब कुछ जैसे मेरे भीतर गूंज रहा था।

उसके ख्यालों में डूबा, उसकी छवि में खोया, मैं कब नींद की आगोश में चला गया, पता ही नहीं चला।

सुबह जब आँख खुली, तो पाँच बज रहे थे। कमरे में हल्का अंधेरा था, और मेरे पूरे बदन में दर्द की लहरें दौड़ रही थीं। सिर भारी था, शरीर थका हुआ। शायद बारिश में भीगने का असर था—बुखार चढ़ आया था। रात को खाना भी नहीं खाया था, और अब भूख भी सताने लगी थी।

मैं उठा और थोड़े बहुत काम निबटा कर फिर रजाई में घुस गया.

फिर पिछले रात की बातों को याद करने लगा.

इस क्रम में कब सुबह के ग्यारह बज गए पता नहीं चला. वैसे भी उस हालत में लाइब्रेरी जाने का तो कोई सवाल ही नहीं था.

मैंने कैफे में फोन कर के खाना कमरे में ही मगवा लिया था.

खाने का तो कोई प्रॉब्लम नहीं था पर उस दिन लाइब्रेरी नहीं जा सका. सोचा कल तक बुखार ठीक हो जायेगा तो चला जाऊँगा. न तो ऑफिस जाने की कोई प्रतिबद्धता थी न ही किसी को कोई सूचना देनी थी.

कोई हड़बड़ी तो थी नहीं, और ना ही इस बात की चिंता थी की कोई मेरा इंतज़ार करेगा.

पर कितना गलत था मैं अपने इस सोच में. दूसरे दिन भी मैं लाइब्रेरी नहीं जा सका. बुखार अभी भी नहीं उतरा था.

बिस्तर पे पड़ा सोता रहा,

तभी ऐसा लगा की किसी ने दरवाजे को नॉक किया हो. समय देखा तो एक बज रहा था. दरवाजा खोलने पर देखा ,काव्या रूम बॉय के साथ मेरे सामने खड़ी थी.

बिना मेरी तरफ देखे उसने रूम बॉय को कहा ,भैया अब आप जाएँ फिर उसने मुझे उपर से नीचे तक देखा और वही कुर्सी पे बडे आराम से चुपचाप बैठ गयी. मैं भी अपने बेड पे बैठ गया. दो तीन मिनट तक कमरे में मौन खामोशी और सन्नाटा पसरा रहा, न तो उसने कुछ कहा न मैंने.

फिर मैंने सोचा की पूछूँ की क्या वो यहाँ ध्यान लगाने आई है?

मैं उसकी ओर देखने लगा, उम्मीद थी कि शायद वो कुछ पूछेगी।

लेकिन जैसे ही मेरी नज़र उसकी आँखों से टकराई, मैं ठहर गया। उसकी आँखें नम थीं—ऐसा लग रहा था जैसे आँसू बस छलकने ही वाले हों। उन आँखों में एक अजीब सी कशिश थी, एक अनकहा दर्द, जो सीधे दिल तक उतर गया।

उसने खुद को थोड़ा संभाला, फिर बेहद शालीनता और नम्रता से बोली, **"सर, क्या हम इतने भी क़ाबिल नहीं कि आपकी तबीयत के बारे में जान सकें? उस दिन बारिश में आप मेरी वजह से भीग गए, बीमार पड़ गए... और आपने मुझे बताया तक नहीं।"**

उसके शब्दों में शिकायत थी, लेकिन उस शिकायत के पीछे जो स्नेह था, जो अपनापन था, उसने मुझे भीतर तक झकझोर दिया।

वो कोई उलाहना नहीं थी —वो एक भावनात्मक पुकार थी, जो उसकी आवाज़ में, उसकी आँखों में, और उसके चेहरे की हर रेखा में साफ़ झलक रही थी।

उस दिन पहली बार उसकी आँखों ने वो कह दिया, जो शब्दों में नहीं कहा जा सकता था।

मैं कुछ पल चुप रहा। शब्द जैसे गले में अटक गए थे।

लेकिन इस बार मैंने खुद को समेटा, और धीमे स्वर में कहा, "काव्या जी, **ऐसा बिल्कुल नहीं है। आपको, खुद को दोषी मानने की कोई ज़रूरत नहीं। मैं पहली बार नहीं भीगा था बारिश में... और न ही पहली बार बीमार पड़ा हूँ। मैंने** आपको इसलिए नहीं बताया की मैं नहीं चाहता था कि मेरी वजह से आपको कोई चिंता हो।

ये बस मौसम का असर है, हल्का वायरल फीवर है। जल्द ही ठीक हो जाऊँगा।" मेरे शब्दों में तसल्ली थी, लेकिन शायद खुद को ही समझाने की कोशिश ज़्यादा थी।

क्योंकि मैं जानता था—उसकी चिंता औपचारिक नहीं थी। उसमें जो अपनापन था, वो अब मेरे लिए एक एहसास बन चुका था... और शायद उसके लिए भी।

काव्या--वो तो ठीक है पर आपको मुझे एक बार बताना तो चाहिए था. एक तो आप यहाँ अकेले हैं,अपने घर से दूर हैं,.किसी एक को तो जानकारी होनी ही चाहिए न इन बातों की.

दूसरी बात-आप मुझे काव्या जी मत कहिये-सिर्फ काव्या कहें. मुझे यही अच्छा लगता है. फिर उसने अपने बैग से कुछ टेबलेट्स निकाले और पानी के ग्लास के साथ मुझे देते हुए बोली इसे खा लीजिये. सीजनल फीवर है आप जल्द ही ठीक हो जायेंगे.

7

प्यार हुआ चुपके से

उस दिन पहली बार उसकी आँखों ने वो कह दिया, जो शब्दों में नहीं कहा जा सकता था।

उस दिन की उसकी नज़र ने जैसे समय को थाम लिया था। शब्दों की जगह आँखों ने संवाद किया—एक ऐसा संवाद जो किसी भाषा में नहीं लिखा जा सकता। वह पल साधारण नहीं था; उसमें एक अनकही स्वीकारोक्ति थी, एक भरोसा, और शायद एक वादा भी।

उसकी आँखों में झलकती थी हल्की झिझक, पर साथ ही एक गहरी सच्चाई। जैसे कोई दरवाज़ा खुल गया हो, जहाँ से भावनाएँ बिना आवाज़ के बाहर आ रही हों। उस क्षण ने यह साबित कर दिया कि कभी-कभी मौन ही सबसे गहरी अभिव्यक्ति होती है।

काव्या के उस अपनत्व में एक गहरा सम्मोहन था—शांत, शालीन लेकिन भीतर तक उतर जाने वाला। मैं एक बार फिर उसकी दी हुई दवा को बिना किसी सवाल के ले चुका था, जैसे कोई आज्ञाकारी बच्चा हो। फिर चुपचाप उसकी ओर देखने लगा।

उसके चेहरे पर एक दिव्य मासूमियत थी—न कोई दिखावा, न कोई औपचारिकता।

एक अजनबी से कुछ ही मुलाकातें हुई थीं, लेकिन उसने मेरे लिए जो कुछ किया, उसमें कहीं भी कोई अहसान जताने का भाव नहीं था। मैं सोचता रहा—आखिर इतना क्यों कर रही है मेरे लिए? कौन हूँ मैं उसके लिए?

लाइब्रेरी में जो मदद करती है, उसे तो समझा जा सकता है—वो उसकी नौकरी का हिस्सा है। लेकिन मेरा लंच लाना, स्कूटी से हॉस्टल तक छोड़ना, और अब दवा लेकर मेरी तबीयत का हाल जानने आना...

ये सब उसकी ज़िम्मेदारी तो बिलकुल नहीं थी। फिर भी वो कर रही थी—बिना किसी वापसी , बिना किसी अपेक्षा के।

ये सिर्फ मदद नहीं थी। ये एक भाव था, एक जुड़ाव था, जो शब्दों से परे था। मैं उसकी आँखों में देखता रहा, शायद कोई जवाब मिल जाए। लेकिन वहाँ सिर्फ एक अनुशासित, शालीन चुप्पी थी—जो बहुत कुछ कह रही थी, बिना कुछ कहे।

उस पल में, मेरे भीतर एक सवाल गूंज रहा था—क्या ये सिर्फ सहानुभूति है? या कुछ और? क्या ये रिश्ता सिर्फ संयोग है, या कोई अनकहा संकेत?

मैं जानता था, जवाब आसान नहीं होगा। लेकिन इतना ज़रूर समझ आ रहा था कि काव्या अब सिर्फ एक सहयोगी नहीं रही। वो एक एहसास बन चुकी थी—धीरे-धीरे, चुपचाप, लेकिन पूरी गहराई से।

मेरी उस तंद्रा को काव्या ने ही तोडा.

बोली –सर आप क्या सोच रहे हैं?

मैं थोडा हडबडा कर बोला, काव्या, मैं आपसे सिर्फ एक बात बोलूँगा- की आपने मेरे लिए इतना कुछ किया है, आपका ये अहसान मैं कैसे चुकाऊंगा? एक अजनबी के लिए इतना सारा अपनापन मेरे लिए तो ये एकदम एक नया अनुभव है.

काव्या-सर आप अहसान की बात फिर कभी मत कीजियेगा और आप मेरे लिए तो अब अजनबी भी तो नहीं हैं प्लीज आप ऐसा मत कहें. मैंने वही किया है जो इंसानियत में करना चाहिए. उस से ज्यादा कुछ भी नहीं.

क्या आप किसी के लिए कुछ नहीं करते ?

उस दिन मैंने कोई प्रतिवाद नहीं किया। सच कहूँ तो, वह समय ही ऐसा था कि तर्क की कोई गुंजाइश नहीं थी। वह एक लम्हा था—नाज़ुक, प्यारा और

अनमोल—जिसे मैं चाहता था कि कभी ख़त्म न हो।

उस पल की ख़ामोशी में एक मधुर संगीत था, जैसे हर साँस उस अनुभव को और गहरा बना रही हो। शब्दों की ज़रूरत नहीं थी; बस दिल की धड़कनों और आँखों की भाषा ही काफी थी।

मुझे लगा कि जीवन का असली अर्थ यही है—उन क्षणों को भरपूर जीना, बिना किसी सवाल या शर्त के। और उस दिन, मैंने वही किया।

हमारे बीच कुछ बातें हुयी काम और लाइब्रेरी की पर जो व्यक्तिगत बातें मैं करना चाह रहा था वो नहीं. मैं उसके बारे में सबकुछ जानना चाहता था पर पता नहीं उसे पूछने की हिम्मत नहीं हुई मेरी

थोड़ी देर बाद काव्या, उठ कर खड़ी हो गयी,

बोली अब इज़ाज़त चाहूंगी सर पर कल मैं फिर आउगी, यदि आप लाइब्रेरी नहीं आये तो.

मैं, दिल से तो यही चाहता था.

पर उपरी मन से मैंने यही कहा-,नहीं काव्या आप ज्यादा परेशांन मत करिए खुद को. मैं जल्द ही ठीक हो जाऊँगा और फिर आ जाऊँगा.पर एक बात की आपसे आग्रह है की आप मुझे सर मत कहिये, मेरा नाम वेदांत है आप भी मुझे वेदांत या वेद कहकर बुलाये. मुझे भी बहुत अच्छा लगेगा .

काव्या ने कहा--मैं वेदांत सर तो नहीं कहूँगी पर वेदांत जी या फिर वेद जी कहने से आप, प्लीज मत रोकियेगा.

इस प्रस्ताव से मुझे कोई आपति नहीं थी. थोड़ी देर में वो चली गयी. बहुत सारी हिदायतें देकर,

जैसे- कुछ भी ख़राब लगे तो मुझे जरूर खबर करेंगे, दवा खा लेंगे, खाना समय पर खा लेंगे और पूरी तरह आराम करेंगे, जब तक पूरी तरह से ठीक नहीं हो जाएँ और साथ में अपना मोबाइल नंबर भी देना नहीं भूली. उसने खुद ही मेरे मोबाइल में अपना नंबर सेव कर दिया.

काव्या कमरे से जा चुकी थी, लेकिन उसका एहसास अब भी कमरे में ठहरा हुआ था—जैसे उसकी मौजूदगी दीवारों में समा गई हो, जैसे उसकी साँसें अब भी हवा में घुली हों।

मेरे मन का मौसम अब पूरी तरह बदल चुका था। बीमारी के बावजूद, मैं खुद को हल्का महसूस कर रहा था—जैसे कोई बोझ उतर गया हो, या कोई अनकहा सुकून भीतर उतर आया हो।

अब दिल कुछ और इशारे कर रहा था, कुछ कहने को मचल रहा था। लेकिन दिमाग बार-बार उसे रोक रहा था—समझा रहा था कि अभी जल्दीबाज़ी ठीक नहीं। **"ए दिल, जिसे तू इश्क समझ रहा है, वो इतना आसान नहीं है... थोड़ा सा समय और ले इसे समझने में।"**

उस दिन कैफ़े से खाना कमरे में ही आ गया था। कुछ करने को था नहीं—खाना खाया, दवा ली और एक नावेल लेकर बिस्तर पर दीवार का सहारा लेकर पढ़ने लगा। रात काफी हो चुकी थी, लेकिन नींद दूर थी।

पढ़ते-पढ़ते एक पंक्ति पर नज़र ठहर गई: **"प्यार का एहसास दिलाना, प्यार करने से ज़्यादा ज़रूरी है।"**

मैंने किताब बंद कर दी। वो एक पंक्ति जैसे मेरे भीतर उतर गई थी। मैं पहले दिन की घटनाओं को याद करने लगा—वो लंच का डब्बा, वो स्कूटी की सवारी, वो दवा लेकर आना... सब कुछ बिना किसी दिखावे के, बिना किसी अपेक्षा के।

अब समझ में आने लगा था कि जो अहसास मुझे हो रहा था, वो कुछ ऐसा ही था। प्यार का मतलब ये नहीं कि आप किसी को महंगे तोहफ़े दें, या उसके जन्मदिन को भव्यता से मनाएं।

प्यार तो वो है जब आप उस व्यक्ति के साथ उस वक़्त खड़े हों, जब उसे आपकी सबसे ज़्यादा ज़रूरत हो—चाहे वो कोई मुश्किल घड़ी हो या कोई ख़ुशी का पल।

और काव्या... वो हर बार उस वक़्त मेरे साथ थी, जब मुझे उसकी सबसे ज़्यादा ज़रूरत थी।

प्यार... वो होता है जहाँ सिर्फ विश्वास हो, जहाँ कोई शर्त न हो, कोई अपेक्षा न हो।

प्यार होता है बेशर्त—बिलकुल unconditional।

जहाँ शर्तें हों, जहाँ बड़ी अपेक्षाएं हों, वहाँ सौदा हो सकता है, रिश्ता हो सकता है... लेकिन प्यार तो कभी नहीं हो सकता।

काव्या अब तक इस कसौटी पर पूरी तरह खरी उतरी थी। उसने जो कुछ भी मेरे लिए किया, उसमें न कोई स्वार्थ था, न कोई दिखावा। हर बार, हर पल, वो खड़ी थी—मेरे लिए, मेरे आसपास। तो क्या उसे भी... प्यार हो गया है मुझसे?

दिल तो यही कह रहा था। हर बार उसकी आँखों में, उसकी खामोशी में, उसकी चिंता में मुझे कुछ ज़्यादा ही दिखता था। लेकिन दिमाग अब भी तर्क दे रहा था—इतनी जल्दी निष्कर्ष पर पहुँचना ठीक नहीं। **"शायद ये सिर्फ एक गहरा अपनापन हो सकता है ... शायद नहीं भी।"**

वो रात हर रात की तरह ही थी—बाहर से सूनी, लेकिन भीतर से भरी हुई। हर पल यही लगता रहा कि काव्या मेरे साथ है। उसकी छवि, उसकी आवाज़, उसकी मुस्कान—सब कुछ जैसे मेरे कमरे की दीवारों पर उकेरा गया हो। उन्हीं ख्यालों में डूबते-उतरते रात बीत गई।

अगली सुबह, बुखार तो नहीं था, लेकिन शरीर में थकावट थी। काम पर जाने का मन नहीं था, लेकिन काव्या से मिलने का दिल कह रहा था—वो आएगी। उसने वादा किया था।

और इस बार दिल ने बिल्कुल सही कहा।

ठीक लंच के समय दरवाज़ा खटखटाया गया।

खोला तो सामने वही चेहरा—काव्या। हाथों में दवा थी, कुछ फल थे, और एक टिफ़िन भी।

उसकी आँखों में वही स्नेह था, वही चुपचाप,अपनापन। उस पल में, जैसे मेरी सारी थकावट उतर गई। जैसे वो सिर्फ दवा नहीं, खुद एक राहत बनकर

आई थी मेरे लिए ।

उसके आने से कमरे की हवा बदल गई थी और मेरे भीतर... एक नर्म सी हलचल फिर से जाग उठी थी।

अन्दर आकर सबसे पहले उसने टिफ़िन खोला –बोली- आपको आज यही खाना है.

खिचड़ी लायी हूँ आपके लिए. . बीमारी में यही ठीक रहेगा आपके लिए

मैंने कहा –खाना तो आ जायेगा कैंटीन से, उसका क्या होगा?

काव्या ने कहा- चिंता न करें ,वो मैं खा लूंगी पर आपको तो इसे ही खाना है

वैसा ही हुआ जैसा काव्या ने कहा था. उसने मेरा खाना खाया और मैंने उसकी टिफ़िन. कुछ इधर उधर की बातें हुईं फिर मैंने अपने दिल की बात पूछ ही ली.

बोला- काव्या –आप मेरे लिए इतना सब कुछ कर रही हैं, पर अबतक मैंने आपके नाम के अलावा और कुछ भी तो नहीं जानता आपके बारे में. मैं ने अपनी जिंदगी में कोई एंजल तो नहीं देखा पर पढ़ा जरूर है कहानियों में,मुझे हर बार अहसास होता है की उन कहानियों की एंजल आप ही बन के आई हो मेरे लिए.

एक अजनबी से शहर में, जहाँ कोई मुझे जानता तक नहीं ठीक से, वहां इतना अपनापन दिया है आपने मुझे.

मैं तो अभिभूत हूँ. मैं बोल भी रहा था और काव्या की ओर देख भी रहा था. उसका चेहरा देख कर ऐसा लगा

जैसे वो किसी ट्रांस में चली गयी हो. एकदम शांत ,स्थिर –न कोई भाव न ही कोई प्रतिक्रिया.

ये देखकर मैंने काव्या का कन्धा पकड़ कर जोर से हिलाया –बोला काव्या आप कुछ सुन भी रही हैं या मैं ऐसे ही बोले जा रहा हूँ.

काव्या जैसे एक ट्रांस से जागी –बोली -वेदांत जी –आपने जो कुछ भी कहा. उसके एक एक लब्ज सुने हैं मैंने.

कहिये तो मैं आपको सुना दूं, वो सब बातें जो आपने मुझसे कही है..

आप मेरे बारे में जानना चाहते हैं न, जान जायेंगे आप. पहले आप ठीक तो हो जायें, फिर आप जो भी जानना चाहेंगे वो सब बता दूँगी.

वैसे बहुत छोटी सी चीज हूँ, कोई बड़ी कहानी नहीं है मेरी. पर सही समय पर सब कुछ बता दूँगी.

उसके बाद उसने सारे सामान ठीक किये ,कमरे की सारी बिखरी चीजों को भी ठीक किया, जो उसका काम कहीं से भी नहीं था.

फिर वही हिदायतें, दवा समय पे, खाना समय पे, पूरी तरह आराम और फिर वो चली गयी.

एक बार फिर, , काव्या तो चली गई थी... लेकिन उसकी मौजूदगी कमरे में हर ओर बिखरी हुई थी।

कमरे की साज-सज्जा में उसकी सादगी थी, टेबल पर रखी दवा उसकी हिदायतों की गूंज थी,

और फल—जिनमे खाने का आदेश था—उसके स्नेह की निशानी बनकर पड़े थे।

वो चली गई थी, लेकिन माहौल में उसके हस्ताक्षर अब भी ताज़ा थे। उसके जाते ही मेरा मन फिर उसी में डूब गया—उसकी मुस्कान, उसकी आवाज़, उसकी आँखों की वो चुपचाप चिंता, जो शायद मेरे लिए थी ।

उस दिन के बाद मैं दो दिन और ऑफिस नहीं गया। लेकिन काव्या आती रही—बिना किसी औपचारिकता के, बिना किसी अपेक्षा के। जैसे उसने खुद ही इस जिम्मेदारी को स्वीकार कर लिया हो। अब मैं उससे कुछ नहीं कहता था। और सच कहूँ तो मुझे उसकी मौजूदगी अब अच्छी लगने लगी थी, सब कुछ बहुत अच्छा लगने लगा था। ऐसा लगने लगा था कि जो कुछ भी वो कर रही

है, वो उसका ही काम है—जैसे वो इसी के लिए बनी हो।

समझ नहीं आ रहा था कि ऐसा सोचने का अधिकार मेरे भीतर कहाँ से आ गया। पर इन चार दिनों में एक अजीब सा एहसास गहराने लगा था—जैसे उसके साथ मेरा कोई पुराना रिश्ता हो। शायद पिछले जन्मों का... अब कुछ भी अटपटा नहीं लगता था। उसकी मौजूदगी अब मेरी दिनचर्या का हिस्सा बन चुकी थी—बिलकुल सहज, बिलकुल स्वाभाविक।

उन आत्मीय पलों के बीच, न मैंने कभी उसके व्यक्तिगत जीवन के बारे में ही पूछा, और न ही उसने मेरे बारे में कोई सवाल किया।

हम दोनों ने अपने-अपने प्रोटोकॉल को बड़ी शालीनता और तहज़ीब से निभाया। शब्दों की ज़रूरत नहीं थी—कभी कभी तो ऐसा लगता था की हमारे बीच अब खामोशियाँ बोलने लगी थीं।

उन दिनों हमारे बीच अजनबीपन का जरा सा भी अहसास नहीं रह गया था. अब ऐसा लगता था की वो मेरी कोई बहुत ही करीबी और अपनी सी है जिसे मैं बहुत पहले से जानता हूँ. हमारे बीच की दूरियां तेजी से कम होती जा रही थी, पर अभी भी एक बहुत बडा आइसबर्ग पड़ा था हमारे रिश्तों के बीच, जिसका पिघलना अभी बाकी था.

हॉस्टल में आराम करते हुए वो मेरा चौथा दिन था, अब काफी कुछ ठीक हो गया था.

आज शनिवार था. वैसे तो आज काव्या की छुट्टी थी. फिर भी पता नहीं दिल क्यों ये सोच रहा था की वो जरूर आएगी, मेरा हाल जानने और सचमुच ठीक एक बजे दरवाजा नॉक हुआ और सामने वो हाज़िर थी. ताज़े फल और लंच लिए हुए.

आते ही बोली—आज आपको देखकर मुझे बहुत ख़ुशी हो रही है.आज आप काफी हद तक ठीक लग रहे हैं.

मैं मुस्कुराया और बोला-हाँ काव्या आप बिलकुल सही सोच रही हैं. मैं आज बिलकुल ठीक हूँ.और इसका पूरा श्रेय आपको ही है.

पर ये भी एक सच है की तन से तो नहीं पर मन से अभी मैं कुछ दिन और बीमार ही रहना चाहता हूँ, कुछ दिन और हॉस्टल में ही रहना चाहता हूँ.

काव्या---पर ऐसा क्यों सोचते है आप. फिट होने के बाद तो आपको लाइब्रेरी में होना चाहिए. आपका शोध भी तो रुका पड़ा है. क्या आपको अपनी शोध की बिलकुल भी चिंता नहीं है. पांच दिन से आपने कुछ भी तो नहीं किया.

मैंने कहा-बिलकुल चिंता है, अपने शोध की, .फिर भी मैं चाहता हूँ की कुछ दिन मेरी जिंदगी ऐसे ही चलती रहे, कुछ दिन नहीं भी जाऊँगा तो कोई ज्यादा फर्क थोड़े ही न पड़ेगा. और इसकी वजह आप ही हैं.

काव्या—मैं हूँ इसकी वजह ,पर वो कैसे.?

मैंने कहा--आपने इस अजनबी शहर में मुझे इतना अपनापन ,इतना प्यार दिया की मेरी आदत ही खराब हो गयी. कभी कभी तो मैं अपना घर भी भूल जाता हूँ.

अब मैं क्या करू समझ नहीं पा रहा हूँ.?

काव्या ये सुनकर एकदम सकपका गयी, उसका चेहरा शायद शर्म से लाल हो गया. पर तुरत कुछ बोल नहीं पायी.

मैं थोड़ी देर इंतज़ार करता रहा फिर बोला –क्या कुछ गलत कहा मैंने?आप तो एकदम चुप हो गयीं. कुछ तो बोलिए.

काव्या ने पहले तो मेरी पूरी बात सुनी फिर पूरे शांत होकर चेहरे के भावों पर पूरी तरह काबू करते हुए

बोली-वेदांत जी-जानतें हैं कभी कभी इंसानियत के रिश्ते से किये गए कुछ काम भी ऐसे लगतें हैं की ये कोई दुर्लभ बात हो गयी हो

मैंने जो कुछ भी किया वो हर इंसान का फर्ज है. क्या जरूरत पड़ने पड़ आप नहीं करते मेरे लिए या किसी दोस्त या किसी के लिए भी ? वैसे मैं ये भी जानती हूँ की हर कोई नहीं करता पर मैं तो करती हूँ, मुझसे तो रहा ही नहीं जाता और आप तो एक अच्छे दोस्त है मेरे, जब दोस्त माना है आपने तो एक

दोस्त के लिए इतना करना आपको बहुत ज्यादा क्यों लग रहा है?

मैंने कहा- नहीं ऐसी बात तो नहीं है पर अब ठीक होने का मन नहीं कर रहा है, अब चाहता हूँ की आप रोज इसी तरह आयें और आपसे बातों का दौर ख़तम ही न हो. क्या आपको ऐसा लगा कभी. या सब कुछ एक औपचरिकता है आपके लिए, इंसानियत के नाम पर.

काव्या—(मुस्कुरा कर)-इसका जवाब मैं आपको अभी नहीं पर जब आपने पूछा है तो जवाब दूँगी जरूर. आज इसका समय नहीं है और अब यदि आपकी इज़ाज़त हो तो मै चलूँ. मम्मी इंतज़ार करती होंगी.की आज छुट्टी के दिन मैं कहाँ चली गयी? उसने बड़ी ही चतुराई और शालीनता से मेरे उस सवाल का उत्तर देने से बचा लिया खुद को.

मैंने कहा-क्या आपकी मम्मी को पता नहीं है की आप यहाँ हैं.

काव्या--पता है उन्हें, पर थोड़ी भी देर होने से घबरा जाती हैं.और मैं उन्हें ज्यादा देर अकेला भी नहीं छोड सकती, छुट्टी के दिन.

मैंने कहा- आई ऍम रियली सॉरी, मैं सचमुच गुनाहगार हूँ आपका,मेरी वजह से मम्मी को कितनी परेशानी हुई होगी.पर अब और नहीं, अब आप जाए.

काव्या धीरे से उठी और फिर रुखसत हो गयी साथ में एक बार फिर अपनी नसीहतें देना नहीं भूली..

उसके जाने के बाद मैं काफी वक़्त तक उसी तरह पड़ा रहा, सोचता रहा की ये जो भी कर रही है इंसानियत के नाम पर या कोई और छुपी हुई शक्ति है जो इन सब स्थितियों को निर्देशित कर रही है.

पाँच दिन बाद, जब मैं पूरी तरह ठीक होकर लाइब्रेरी पहुँचा, तो माहौल कुछ अलग-सा लगा। जैसे किसी ने मेरी गैरमौजूदगी में भी मेरी मौजूदगी को महसूस किया हो। मेरी टेबल पर एक छोटा सा गुलाबी लिफाफा रखा था—उस पर एक ताज़ा, लाल गुलाब मुस्कुरा रहा था। वो गुलाब... जैसे किसी ने अपनी भावनाओं को फूल की पंखुड़ियों में लपेटकर रख दिया हो।

उस पे लिखा था फ्रॉम “K”

उस K को पहचानने में मुझे एक पल भी नहीं लगा। इतनी सादगी, इतनी आत्मीयता और इतनी ख़ामोशी से भरा हुआ स्वागत... काव्या के सिवा और कौन कर सकता था?

मैंने नज़रें उठाकर उसकी सीट की ओर देखा।

मैंने थोड़ी हैरानी और बहुत सी जिज्ञासा के साथ लिफाफा को खोला।

अंदर एक छोटा और बहुत ही प्यारा सा कार्ड था, जिस पर बड़े ही सादे लेकिन दिल को छू लेने वाले अक्षरों में लिखा था: **"WELCOME BACK"** नीचे नाम की जगह पर लिखा था एक छोटा-सा "K"।

वो अपने कंप्यूटर स्क्रीन पर नज़रें टिकाए बैठी थी, जैसे कुछ बहुत ज़रूरी काम में व्यस्त हो। लेकिन उसकी आँखों की कोर में एक हल्की सी मुस्कान छुपी थी, और मैं जानता था—वो मुझे देख रही थी, मेरी प्रतिक्रिया पढ़ रही थी।

मैंने भी बिना देर किए अपने कंप्यूटर से एक छोटा-सा थैंक्स कार्ड प्रिंट किया। धीरे से उसके पास गया, और वो प्रिंटआउट उसकी टेबल पर रखकर चुपचाप लौट आया।

काव्या ने तुरंत कार्ड खोला और पढ़ा। उसमें लिखा था: **"उस वेलकम कार्ड और प्यारे से लाल गुलाब के लिए 'K' को थैंक्स देना तो बनता ही है...नहीं तो 'K' क्या सोचेगी कि मुझमें इतनी समझ और तमीज भी नहीं।"**

मैंने अपनी कुर्सी पर बैठकर एक बार फिर उसकी ओर देखा। और इस बार जो मिला, वो किसी कविता से कम नहीं था— एक हल्की सी झुकी नज़र, और होंठों पर एक ऐसी मुस्कान, जो सीधे दिल को छू जाए।

उस दिन उसकी आँखों में कुछ अलग था—एक नर्म सी चमक, एक अनकहा भाव। जैसे वो आँखें अब सिर्फ देख नहीं रहीं थीं, कुछ कह भी रही थीं। और मैं... पूरी तरह से उस मुस्कान में खो गया था।

शब्दों की ज़रूरत ही कहाँ थी अब? हमारे बीच अब खामोशियाँ ही सबसे खूबसूरत संवाद बन चुकी थीं।

पता नहीं उन चंद लम्हों में, और वो भी सब कुछ इतना निःशब्द होकर, ऐसा क्या घट गया कि बिना एक शब्द कहे भी बहुत कुछ कह दिया गया। ऐसा लगा जैसे हमारे बीच कोई अदृश्य संवाद बहा हो—जिसमें न आवाज़ थी, न भाषा, फिर भी हर बात पूरी तरह समझ में आ रही थी।

पाँच दिन बाद जब मैं लौटा, कुछ लोगों ने औपचारिकता निभाते हुए मेरी गैरहाज़िरी की वजह पूछी। मैंने मुस्कुरा कर जवाब दे दिया, लेकिन भीतर से जानता था—उन सवालों में कोई सच्ची चिंता नहीं थी। बस एक ही चेहरा था, जिसकी खामोश निगाहों ने मेरी अनुपस्थिति को बड़ी शिद्दत से महसूस किया था.

हां, मैं बीमार तो पड़ा था और बीमारी कभी भी कोई खुशी की वजह नहीं हो सकती। लेकिन इन पाँच दिनों की बीमारी ने मुझे एक अनमोल एहसास दिया—एक ऐसा एहसास, जो शायद किसी दवा से नहीं, बल्कि किसी की परवाह से मिला था। मुझे लगा, इस बीमारी ने मेरे भीतर एक नया सपना जगा दिया है। एक ऐसा सपना, जिसे हर युवा तब देखता है जब ज़िंदगी थोड़ी स्थिर हो जाती है—एक अच्छी नौकरी, एक सुकून भरा जीवन। लेकिन अब उस सपने में एक चेहरा जुड़ गया था—काव्या का।

एक जीवनसाथी का सपना... एक सोलमेट का। कितना अद्भुत होता है वो एहसास, जब कोई बिना कहे आपके साथ खड़ा हो— आपके सुख में मुस्कुराए, और आपके दुःख में बिना कोई बोझ लिए, बस चुपचाप आपके पास बैठा रहे।

कभी-कभी ज़िंदगी की सबसे बड़ी बातें, छोटी खामोशियों में छुपी होती हैं। और मुझे लगता है, उन पाँच दिनों में... हमने बहुत कुछ कह दिया था—एक दुसरे को, बिना कुछ कहे।

इन पाँच दिनों ने मुझे सिखाया कि प्यार सिर्फ इज़हार से नहीं होता—कभी-कभी वो बस एक नज़र, एक मुस्कान, या एक गुलाब में भी छुपा होता है। और जब वो एहसास दिल में उतरता है, तो ज़िंदगी की परिभाषा ही बदल जाती है।

अब मुझे यकीन होने लगा था—कभी-कभी सबसे खूबसूरत रिश्ते वही होते हैं, जो बिना कहे भी सब कुछ कह जाते हैं

काव्या का इस तरह से मेरे जीवन में आना कुछ ऐसा ही था. पापा की डेथ के बाद बस मैं और मम्मी रह गए थे रिश्तेदारों ने या किसी और ने भी कोई सहारा तो नहीं दिया पर ताने देने में बाज नहीं आये थे. मम्मी ने पापा की जगह काम करके मुझे इस लायक बनाया जहा आज मैं खड़ा हूँ. और आज एक अजनबी लड़की किस तरह खड़ी है मेरे साथ.

कुछ भी तो नहीं दिया है मैंने उसे अब तक, सिर्फ इस डर से की कही उसे मैं खो न दूं ,कुछ ग़लतफ़हमी न हो जाए हमारे बीच ,इस पनप रहे नये और प्यारे से रिश्ते में.

सच में, प्यार के उगते हुए भावनाओं के बीच, इस तरह के डर का अहसास कितना भयानक होता है

ये डर हमें मजबूर कर देता है की प्यार तो करो पर उसका अहसास मत होने दो उसे. अब मैं अपने बारे में तो करीब करीब निश्चित था की मुझे सचमुच प्यार हो गया था काव्या से. वो मेरे हर सांसों का एक हिस्सा बन गयी थी, मेरा उससे प्यार इस लिए नहीं हुआ की वो खूबसूरत थी. बल्कि इसलिए हुआ की उसकी आत्मा ,उसकी रूह बहुत खूबसूरत थी. उसने बिना किसी खास वजह के हर तरह से मुझे मदद किया. अनकंडीशनल मदद.

उसमे मुझे एक पवित्र आत्मा नजर आती थी.एक ऐसी आत्मा जो भेद भाव नहीं करती.

मैं इन्ही ख्यालों में डूबा रहा कई दिनों तक.

उन दिनों, समय मानो पंख लगा के उड़ रहा था. काम के समय काम और बाकी समय काव्या का ख्याल. मैं एकदम मदहोश था काव्या के नशे में. ये भी ख्याल नहीं रहा की जिस नशे में मैं डूबा हूँ, उससे भी पूछू की क्या वो भी ऐसा ही सोचती है मेरे बारे में.

मेरी ये बदली अवस्था खुद मेरे लिए एक दम नयी थी और एक खुमारी की तरह थी जिसे सिर्फ महसूस किया जा सकता था. उस खुमारी में मैं खुद को पहचान ही नहीं पा रहा था.

मेरा खुद का अपना ही वजूद मेरे लिए ही अजनबी लग रहा था. मेरे लिए हर दिन एक नया अहसास था, और उन सारे अहसासों के केंद्रबिंदु में सिर्फ काव्या ही थी.

उसी से दिन शुरू होता था और रात भी उसी के ख्यालों में.

मैंने अपने दोस्त वीनू को अपने इन नए जज्बातों और अहसासों को लेकर एक मेल किया था.उसने सेकंड्स में मेरे सेंटीमेंट्स की पथोलोजीकल रिपोर्ट भेज दी -- उसका एक लाइन में जवाब आया –अबे, तेरे को इश्क हो गया है. और अब इज़हार कर ही दे, ऐसा न हो की देर हो जाए.

सचमुच ये सारे लक्षण उसी के थे पर समस्या ये थी की कैसे ये पता लगे की ये आग एकतरफा है या उधर भी है कुछ.

वैसे तो मैंने हमेशा दिल की ही सुनी थी अब तक ,और मेरा दिल यही कह रहा था की ये आग उधर भी है पर दिमाग कहता था की पहले कन्फर्म कर फिर अपने दिल की बात उसके सामने रख.

पर ये कन्फर्म कैसे हो?

मैं मौके की तलाश में था. ये सच ही कहा गया है की "ये इश्क नहीं इतना आसान.ये आग का दरिया है और डूब के जाना है." सचमुच मैं आग के दरिया में ही डूब, उतरा रहा था .एक एक दिन इंतज़ार के, भारी पड रहे थे और मैं रिस्क भी लेना नहीं चाह रहा था.

प्यार के अहसासों के इस खूबसूरत सफ़र में मैं पूरी तरह एक कन्फर्म टिकट चाह रहा था.

वैसे भी मैं कोई किशोर वय में या अल्हड तो था नहीं जिसके पास समय की कमी हो और जिसमें रातो रात अपनी इच्छा को पूरी करने की अदम्य अभिलाषा और बेचैनी भी हो

इसके विपरीत मेरे पास परिपक्वता थी, सोचने का पूरा समय था और कोई हड़बड़ी भी नहीं थी.

मेरे करिएर के लिए जरूर एक समय की सीमा थी पर मेरे सोलमेट को पाने के लिए समय की कोई सीमा नहीं थी, मुझे मेरा टारगेट मिल गया था और अपने टारगेट को पाने के लिए मेरे पास समय की असीमित सीमा थी.

जैसे मैंने अपने IFS की तैयारी की थी वैसे ही फोकस अपने सोलमेट के लिए भी फिक्स था. इस बिंदु पे मेरी धारणा बिलकुल साफ़ थी की जीवन साथी की उम्र के साथ कोई रिश्ता नहीं . यदि मन मिले तभी उसे स्वीकार करना है. अब मेरे सपनों को एक आकृति मिल रही थी.और मैं उसे अंतिम शक्ल देने के लिए पूरी तरह तैयार था.

समय के साथ थोडा फर्क और आ गया था.

अब हमारा लंच भी साथ ही होता. हम कैफे में चले जाते ,काव्या अपना टिफ़िन खोलती और मैं अपने लंच को उसके साथ शेयर करता. काव्या की वजह से मुझे लाइन में खड़ा होकर थाली नहीं भरनी पड़ती थी. उसने कैफेटेरिया वाले को शुरू में ही निर्देश दे दिया था की जो कुछ भी खाने में बना हो उसको एक थाली में दे जाए. उस व्यवस्था से मुझे भी काफी सहूलियत हुई. उस लंच पीरियड का मैं अब बेसब्री से इंतज़ार करता था, क्यों की काव्या पूरी तरह मेरे साथ ही रहती थी. ये वो समय था जब हम कुछ वक़्त साथ गुजारते थे. वो समय इसलिए भी मेरे लिए अहम् था क्योंकी उसमे मुझे काव्या को जानने का पूरा वक़्त मिल रहा था.

हमारे बीच के फासले अब धीरे धीरे कम होते जा रहे थे. हमारे पास बहुत सारे टॉपिक थे बात करने को. जैसे फिल्म, स्पोर्ट्स, पॉलिटिक्स, नयी पीढ़ी की प्रोब्लेम्स.

मैंने एक बात नोट की उन दिनों, की बातों का विषय चाहे कोई भी हो पर हमारे बीच मतभिन्नता कही भी नहीं थी. वैसे मैं खुद को काफी परिपक्व मानता हूँ पर मुझे लगा की वो भी वैसी ही है. जहीन, परिपक्व और संजीदा.

यह मेरे लिए गहरे सुकून की बात थी। हमारे बीच सबकुछ सहजता से, बिना किसी उलझन के चल रहा था। हर दिन जैसे एक नई मिठास लेकर आता था।

कभी-कभी ऐसा लगता था कि हम सचमुच एक-दूसरे के लिए ही बने हैं। जैसे दो धड़कनें एक ही ताल में धड़क रही हों, या दो रूहें एक ही लय में साँस ले रही हों। उस एहसास में कोई बनावटीपन नहीं था—बस एक सच्ची, निर्मल निकटता थी।

वो पल मुझे यह विश्वास दिलाते थे कि जीवन की सबसे बड़ी खूबसूरती , रिश्तों की इस सहजता में ही छिपी होती है।

इसके पहले तो जितनी भी लड़कियां मिली ,चाहे पढने के वक़्त या फिर आईएफएस की ट्रेनिंग के दौरान,वो बहुत अलग थी. उनसे न तो कोई कॉमन टॉपिक शेयर कर पाया न ही हमारे कोई शौक ही मिल पाए. तभी तो अबतक बैचलर लाइफ चल रही थी.

काव्या से मिलकर पहली बार ऐसा लगा जैसे कोई मेरे ख्यालों के बिलकुल पास हो, मेरे अहसासों को करीब से छुआ हो किसी ने.

मैं उन अहसासों को किसी कीमत पर भी, खोना नहीं चाहता था.

वक़्त धीरे धीरे गुजरता जा रहा था, मेरा काम भी काव्या के सक्रिय सहयोग से तेजी से बढ़ता जा रहा था.

इसके बावजूद कभी कभी ऐसा लगता था की कुछ गलत हो रहा है. मेरे काम को अब थोडा धीरे धीरे होंना चाहिए.

ऐसा इसलिए की मेरे मन में एक डर ये भी था की जिस दिन मेरा काम पूरा होगा उसके कुछ दिनों के बाद ही ऑफिस से मुझे वापस बुला लिया जाएगा. उस खयाल को सोच कर ही, की काव्या से दूर होकर क्या मैं नार्मल रह पाउँगा, मेरे अन्दर एक सिहरन पैदा हो जाती.

मैने खुद को कभी भी इतना कमजोर महसूस नहीं किया था. पर मेरे वर्तमान का सच शायद यही था.

इसी बीच ,एक दिन जब मैं थोडा पहले ही लाइब्रेरी चला गया .वहां मुझे विनोद जी मिल गए जो मेरी ट्रेनिंग के समय के परिचित थे. मुझे देखकर बड़े खुश हुए. ये जानकार और भी खुश हुए की अभी मुझे यहाँ रुकना है और मैं यहाँ

शोध के लिए आया हूँ.

शोध की बात सुनकर बोले--सर आप बिलकुल बेफिक्र रहिये ,जबतक काव्या है आपको कोई समस्या नहीं होने देगी. बहुत मिलनसार और कर्मठ है. सबको मदद करती है वो. उसका जीवन तो जैसे दूसरों की मदद के लिए ही बना है.

यहाँ के लोगों को तो मदद करती ही है, कितनो को तो पैसों से मदद कर चुकी है, कितनी बार तो उसने अपना खून भी दिया लोगों की जिंदगी बचाने ले लिए. कितनी अच्छी बातें थी वो काव्या के बारे में, सुनकर काफी अभिमान सा हुआ और श्रधा भी. पर मन थोड़े अजीब से ख्यालों में खो गया.

विनोद जी की बातों को सुनकर अब मैं ये सोचने लगा की काव्या सच में बहुत अच्छी है , वो शायद अपनी इन दैवीय गुणों के चलते ही मेरी इतनी मदद कर रही है. और मैं उसके इन गुणों को प्यार मान कर बैठा हूँ. अच्छा हुआ जो अबतक इजहार नहीं किया वरना पता नहीं वो कैसे रियेक्ट करती?

उस दिन थोडा झटका तो जरूर लगा लगा मुझे पर ये सब सोचकर एक सीख भी मिली की किसी काम में हड़बड़ी नहीं करनी चाहिए ,खासकर तब, जब मामला आपके दिल से जुडा हो या चाहत की हो.थोड़ी देर बाद काव्या आई मुस्कुराई और पूछ ली, अरे आज आप पहले कैसे आ गए हैं ?

मैंने कहा, आज अगर पहले नहीं आता तो शायद कुछ बाते आप से जुडी थी ,वो कैसे पता चलती.आप तो सचमुच एक देवदूत हो, आपके बारे में विनोद जी ने बहुत सारी बातें बताई की आप कैसे लोगों की मदद करती हैं, पैसे से, रक्त दान से और जॉब में तो आप मदद करती ही हैं. आपने अपनी बॉडी पार्ट को भो डोनेट कर रखा है.

मैं वाकई लकी महसूस कर रहा हूँ की आपके रहते मैं यहाँ आया वरना बहुत मुश्किल होती मुझे .आज इतनी सारी तारीफ सुनकर मैं तो सचमुच आपका फैन हो गया.

काव्या थोड़ी झेप रही थी ये सब सुनकर,

सच में, जिनके दिल में दूसरों की मदद करने की सच्ची भावना होती है, उन्हें किसी तारीफ़ की ज़रूरत नहीं होती। उनके लिए सराहना पाना कभी मक़सद

नहीं होता।

उनका उद्देश्य केवल इतना होता है कि किसी की मुश्किल आसान हो जाए, किसी चेहरे पर मुस्कान लौट आए। यही उनके लिए सबसे बड़ी उपलब्धि है।

निस्वार्थ भाव से किया गया कर्म ही उनकी पहचान बन जाता है। और यही निस्वार्थता उन्हें भीतर से इतना उज्ज्वल बना देती है कि किसी बाहरी रोशनी की आवश्यकता ही नहीं रहती।

काव्या ने कहा-- वेदांत जी--मैं कोई देवदूत या भगवान् नहीं हूँ ,मैं एक मामूली सी इन्सान हूँ और वही करती हूँ जो मैं खुद के लिए भी चाहती हूँ.दूसरों की मदद करने के पीछे मेरी सिर्फ येही भावना है की जो आप खुद के लिए चाहतें हैं. उसकी पहल आप पहले स्वयं करें, बाकी सब अपने आप हो जाएगा. आप जो कुछ भी भला करतें हैं उसका परिणाम हमेशा एक बदलाव के रूप में होता है. सामने वाला भी दूसरों के लिए कुछ अच्छा करने की सोचता है.

उसके बाद थोड़ी बातें और हुई फिर मैं अपने काम में लग गया. काम तो कर ही रहा था पर थोड़ी निराशा भी लग रही थी की क्या सचमुच काव्या ने जो कुछ मेरे लिए किया वो एक सामान्य काम था उसके लिए, दिल से कोई जज्बात नहीं जुड़े थे उसके साथ ?

मेरा दिल कुछ समझ नहीं पा रहा था.पर अब ऐसा लगता था की मंजिल पास आकर भी बिलकुल धुंधली सी लग रही है, सपनो की तस्वीर तो बनी, पर क्या बनी अभी भी साफ़ नहीं है.

आज शुक्रवार था ,आज के बाद दो दिन छुट्टी थी.

ये दो दिन मेरे लिए हमेशा भारी पड़ते थे..काम तो थोडा बहुत ही होता था पर दिन उदासी में ही काटना पड़ता था.

पर उस दिन लगा की शायद उपर वाले ने मेरे लिए कोई अलग ही योजना बना के रखी थी शायद उन्हें भी मेरी ये असमंजस या उदासी अच्छी नहीं लगी होगी.

शाम में जब लाइब्रेरी बंद होने लगी तो काव्या आई और बोली ..वेदांत जी, अब तो दो दिन छुट्टी है क्या करेंगे आप?

मैंने कहा –समय को किसी तरह काट ही दूंगा, थोड़ा काम करके, और थोडी सी आवारगी में. और क्या कर सकता हूँ मैं? कोई है भी तो नहीं जिसके साथ अपना समय शेयर कर सकूं.

काव्या ने तुरत कहा. अगर आपके साथ सचमुच कोई समय गुजारने को मिल जाए तो क्या करेंगे?

मैंने कहा--कौन अपना कीमती समय देगा ? यहाँ पर तो कोई ज्यादा जानता भी तो नहीं मुझे. थोड़ी बहुत लाइब्रेरी के लोग जानते हैं, वो भी परिवार वाले हैं, छुट्टी तो अपने परिवार के साथ ही बिताएंगे.

पिछली ट्रेनिंग में जो लोग भी मुझे मिले और जिनसे भी थोड़ी निकटता हुई थी, वो सब तो अब हैं भी नहीं. वे सब ट्रान्सफर हो गए. अब तो सिर्फ मैं हूँ और मेरी तन्हाई है.

काव्या मुस्कुराने लगी और बोली-- मैं हूँ न आपको जानने वाली. यदि आपकी सहमती हो तो कल शाम आप मेरे साथ चलिए और थोड़ी सी आवारगी, आप मेरे साथ साथ ही कर लीजिये.

आपको मैं अपनी फेवरेट जगह ले के चलूंगी. हो सकता है वो जगह आपको अच्छी लग जाय. और शायद आप तनहा भी महसूस न करें.

पर मेरा ये प्रोपोजल तभी है जब आप मेरी कंपनी में बोर नहीं होंगे तो.

मैं उसके इस प्रपोजल को सुनकर एकदम अवाक रह गया और मेरा दिल खुशी से पागल. मेरे दिल ने कभी सपने में भी नहीं सोचा था की काव्या कभी ऐसा भी प्रस्ताव रखेगी, मेरे साथ कहीं अकेले जाने की, पर सच तो यही था की वो प्रस्ताव उसने रख दिया था. तुरत कुछ कहते नहीं बना.

शायद ये काव्या के प्रपोजल का जादू था मुझ पर

मेरी ख़ामोशी देखकर बोली -- लगता है आप अपनी तन्हाई को कुछ ज्यादा ही एन्जॉय करते है, तभी तो आप कुछ बोल नहीं रहे हैं इस नाचीज के प्रोपोजल पे.

काव्या के उस प्रपोजल को सुनकर मैं तो जैसे एक ट्रांस में चला गया था. कुछ बोलने की शक्ति ही ख़तम हो गयी थी. इतनी बड़ी ख़ुशी जो मिल गयी थी अचानक.

मैं ट्रांस से वापस आया और बोला –कभी कभी जब एक बहुत बड़ी ख़ुशी अचानक मिल जाय तो वो बर्दास्त नहीं हो पाती. मैं शायद उसी वजह से, स्पीचलेस मोड में चला गया था, और शायद यही वो वजह थी की मैं तुरत जवाब नहीं दे पाया, आपके प्रपोजल पे.

वैसे ये तो मेरी खुशनसीबी है जो आपने इतना केयर कर के मेरे बारे में सोचा नहीं तो मैं पड़ा रहता अपने हॉस्टल में. आपका ये प्रपोजल इतना tempting है की इसको नहीं मानने का कोई कारण ही नहीं है मेरे पास. मैं आपके प्रपोजल को सहर्ष स्वीकार करता हूँ और कल का बेसब्री से इन्तेजार रहेगा आपके साथ शाम बिताने का, और बहुत ही अच्छा लगेगा जब मेरी आवारगी में आपका भी साथ हो.

हमारा प्रोग्राम फाइनल हो गया दूसरे दिन का और फिर मैं हॉस्टल चला आया और काव्या अपने घर...

उस गुजर गयी शाम को और शनिवार का पूरा दिन मेरे लिए अजीब अहसासों से भरा था. न नींद आ रही थी और न कुछ सोच पा रहा था. बार बार यही लग रहा था की क्या है ये अहसासों का सफ़र जिसमे न तो कोई मंजिल है न कोई ठिकाना का पता चल रहा है .कैसी है ये बेचैनी ? क्या काव्या पहले से ये सोच कर आई थी इस प्रपोजल के बारे में या ये सिर्फ मेरा ख्याल था या मेरी आवारगी की बात सुनकर अचानक ऐसा फैसला किया.

खैर बात कुछ भी हो मेरी तो बल्ले बल्ल्ले थी. सच में यदि आपको दिल से कुछ चाहिए तो उपर वाले आपको जरूर देंगे.

मेरा उपर वाले पर विश्वास पहले भी था अब तो और भी हो गया था. शाम के ६ बज रहे थे मेरे पास चौबीस घंटे थे उसका साथ पाने को और वो चौबीस घंटे कैसे बीते उसको बताना या लिखना मेरे लिए बहुत ही मुश्किल है. इसलिए आज मैं अपनी डाईरी यही बंद करता हूँ.

8

पहली आउटिंग और पिघलता आइसबर्ग

हर लम्हा ऐसे बीत रहा था जैसे घंटे बीत रहे हों. खैर समय बीता और शनिवार की शाम को घडी ने 6 बजाये. और उसके साथ ही, उसी समय काव्या का फोन भी आया. मैं नीचे आ गयी हूँ आप आ जाईये.

मैं तो इंतज़ार ही कर रहा था उसका.,

कमरे को लॉक किया और तुरत पहुँच गया उसके पास. वो अपने स्कूटी पे बैठी मेरा ही इंतज़ार कर रही थी. नीली जीन्स और साधारण टीशर्ट में वह किसी भीड़ का हिस्सा लग सकती थी, लेकिन उसकी उपस्थिति में कुछ ऐसा था जो उसे अलग बना देता था।

बिना किसी मेकअप के भी उसका चेहरा आत्मविश्वास और सहजता से दमक रहा था। उसकी मुस्कान में एक अनकही गर्माहट थी, और उसकी आँखों में वह गहराई जो किसी भी सजावट से कहीं अधिक आकर्षक थी।

काव्या का व्यक्तित्व यह साबित करता था कि सुंदरता केवल बाहरी सजावट में नहीं, बल्कि उस सहज आत्मविश्वास और सादगी में छिपी होती है जो भीतर से झलकती है। वह इस बात का जीता-जागता उदाहरण थी कि आकर्षण का असली स्रोत इंसान की स्वाभाविकता और उसकी आत्मा की चमक होती है

ऑफिस में तो ट्रेडिशनल ड्रेस, सलवार समीज में आती थी पर आज वो एकदम अलग लग रही थी

मै चुप चाप उसके पीछे बैठ गया और वो चल पड़ी. पीछे बैठ कर मुझे फिर उस दिन का ख्याल आ गया जब पहली बार उस बारिस के दिन काव्या मुझे हॉस्टल तक छोड़ने गयी थी. वही नजदीकियां, वही छुवन और वही प्यारा सा स्पर्श जिसके नशे में मैं खुद को डूबा सा महसूस कर रहा था..

मैं उसके पीछे बैठा यही सोच रहा था की ये लम्हा कभी ख़तम नहीं हो.

पर हर सफ़र की मंजिल तो होती ही है. करीब आधे घंटे के सफ़र और थोड़ी चढ़ाई के बाद हम एक रेस्तौरेंट के सामने खड़े थे. शहर से करीब दस किलोमीटर पर एक पहाड़ी पर बना था. सबसे ख़ूबसूरत बात ये थी की वहाँ से दून शहर का एक पनारोमिक व्यू भी साफ़ दिखता था. ये जगह मेरे लिए एकदम नयी थी,पहले कभी आने का अवसर नहीं मिल पाया था.

स्कूटी से उतर कर काव्या ने कहा ये मेरी फेवरिट जगह है. मैं अक्सर यहाँ आती हूँ. कभी अकेले और कभी मम्मी के साथ. यहाँ मुझे बहुत सुकून मिलता है.

शाम ढलते ही काफी लोग यहाँ आते हैं .यहाँ का खाना भी काफी टेस्टी होता है और कॉफ़ी तो सचमुच लाजवाब होती है यहाँ की. इसीलिए मैंने सोचा की आपको ये जगह दिखा ही दूं.

आपको अगर पसंद आएगी तो फिर आ जायेंगे. हम धीरे धीरे बातें करते हुए उस रेस्टुरेंट में चले गए और काव्या के निर्देश पर ही एक सीट पर बैठ गए. शायद वो उसकी फेवरेट सीट थी.

उसने कहा भी की मैं जब भी आती हूँ तो बोल कर आती हूँ की ये जगह मेरे लिए पहले से रिज़र्व कर देना सचमुच वहां रिजर्व्ड का बोर्ड लगा हुआ था. हम आमने सामने बैठ गए.

काव्या ने पूछा की आप क्या लेंगे.

मुझे तो कुछ भी नहीं कहना था उस दिन. मैंने कहा आज की शाम आपके नाम, आज जो भी आप आर्डर करेंगी वो सब कुछ मुझे मंजूर होगा.

वैसे सच तो ये था की उस शाम को मैं कुछ भी सोचना नहीं चाहता था.

काव्या के साथ मिले उन दुर्लभ पलों को मैं अपनी जिंदगी का एक अमिट हिस्सा बनाना चाहता था.

मेनू के बारे सोच कर और उस पे समय बर्बाद नहीं कर, उन कीमती पलों को यादगार बनाना चाहता था. पता नहीं कल क्या हो, या कल हो या न हो.

काव्या ने कहा- तो फिर बाद में मुझे ये तो नहीं कहेंगे की ये मुझे अच्छा नहीं लगा.

मैंने कहा-- नहीं ऐसा तो बिलकुल नहीं होगा. आपके चॉइस पे मुझे जरा भी शक नहीं. आप जो भी आर्डर देंगी वो मेरे लिए स्वीकार है. मुझे तो बस यही लग रहा है की इतनी खूबसूरत जगह आज आपके चलते नसीब हुई.

मैं तो दीवाना हो गया तो इस जगह का.

काव्या बस मुस्कुरा दी.

हम आमने सामने बैठे थे और अब हमारे बीच एक अनचाही ख़ामोशी पसर गयी थी.

इसकी वजह थी, शायद पहली बार किसी ऑफिसियल माहौल से बाहर, हम इस होटल में आकर मिल रहे थे.

लाइब्रेरी में तो किताबों के बारे में, कभी लंच के बारे में तो कभी मौसम के बारे में ही बातें सिमट के रह जाती थी, पर यहाँ तो माहौल, मौसम और मिजाज बिलकुल अलग था.

एक रोमांटिक म्यूजिक बज रहा था, हलकी हलकी रौशनी थी. काव्या के प्रेजेंस में सब कुछ बहुत ही रोमांटिक लग रहा था.

होटल के उस हलकी रौशनी में पूरा माहौल ही बदल गया। रोमांटिक संगीत की धीमी धुनें हवा में तैर रही थीं, और हर स्वर मेरे दिल की धडकनों के साथ तालमेल बिठाता सा लग रहा था।

काव्या की मौजूदगी ने उस साधारण से वातावरण को जादुई बना दिया—जैसे हर चीज़ उसके चारों ओर एक नई चमक से भर गई हो।

उसकी सादगी ही उसकी सबसे बड़ी खूबसूरती थी। बिना किसी दिखावे के, वह उस पल को इतना खास बना रही थी कि लगता था मानो समय थम गया हो। रोशनी की नरम परछाइयाँ उसके चेहरे पर पड़कर उसे और भी मोहक बना रही थीं, और संगीत की लहरें उसके चारों ओर एक अदृश्य आभा बुन रही थीं।

यह वही पल था, जब इंसान समझता है कि असली रोमांस किसी सजावट में नहीं, बल्कि उस उपस्थिति में छिपा होता है जो दिल को गहराई से छू जाए।

वहाँ हम दोनों एक साथ क्वालिटी टाइम बिताने आए थे—एक ऐसी जगह पर, जो उसकी पसंदीदा थी।

चारों ओर हरियाली थी, हवा में ठंडक थी, और उस पहाड़ी पे बने होटल में जब हम बैठे तो समय जैसे थम गया था। फिर भी... हमारे बीच एक अजीब सी ख़ामोशी पसरी हुई थी।

मैं मन ही मन सोच रहा था—शायद काव्या कुछ कहे, शायद वो ही इस जमी हुई बर्फ को पिघलाए। और शायद वो भी यही सोच रही थी... दोनों ही अपने-अपने दिल की बात कहने से झिझक रहे थे, जैसे कोई अनकहा डर हो, कोई अनदेखी सीमा।

कुछ पल और बीते। फिर मैंने ही चुप्पी तोड़ने का फैसला किया।

मैंने मुस्कुराते हुए उसकी ओर देखा। वो भी हल्के से मुस्कराई

फिर मैंने ही कहा- "आपकी ये फेवरिट जगह ,वाकई बहुत खूबसूरत है... और कितनी शांत भी।खासकर मेडिटेशन के लिए तो एकदम परफेक्ट।क्या हम यहाँ सच में मेडिटेशन करने आए हैं... या फिर कुछ और सोच रखा है आपने?"

मैंने सीधा एक सवाल ही किया लेकिन उसमें एक मीठा सा तंज भी छुपा था—जैसे की वो समझ जाए की मैं कुछ पूछना चाहता हूँ, उससे।

मेरी बात सुनकर काव्या ज़ोर से हँस पड़ी।

उसकी आँखों में शरारत थी, लेकिन आवाज़ में वही पुरानी शालीनता।

वो बोली, "वेद जी, आपका सेंस ऑफ ह्यूमर तो कमाल का है।पर आप भी तो यहाँ आकर मेडिटेशन में ही लग गए।आप भी तो कुछ नहीं बोल रहे हैं। अब आप ही कुछ बोलिए ना, आप भी तो एकदम से खामोश बैठे हैं!"

उसकी हँसी में जो चंचलता थी, उसने उस पल के ठहराव को तोड़ दिया।

खामोशी की बर्फ अब पिघलने लगी थी।

मैंने उसकी आँखों में देखा और कहा, "ठीक है, तो शुरुआत मैं ही करता हूँ।

आपको शायद याद नहीं होगा—पिछली बार जब मैं बीमार पड़ा था, तब मैंने आपसे पूछा था कि आप अपने बारे में कुछ बताइए।तब आपने कहा था—'समय आने पर सब बता दूँगी।'मुझे लगता है... आज वो समय सचमुच आ गया है।जगह भी खूबसूरत है, समय भी हमारे पास है, और सबसे बड़ी बात—यहाँ का माहौल भी ऑफिसियल नहीं है।

उसने मेरी बात ध्यान से सुनी। उसकी मुस्कान थोड़ी धीमी हुई, आँखें थोड़ी गहरी हो गईं। जैसे वो उस पल को महसूस कर रही हो, जैसे उसके भीतर भी कुछ कहने को तैयार हो रहा हो।

वो पल... एक सुकून भरा पल था।

जैसे दो दिलों के बीच की दूरी अब शब्दों से नहीं, एहसासों से तय होने वाली थी।

कुछ बताएं न अपने बारे में. आपके घर में कौन है, पापा मम्मी,भाई बहन कितने हैं.क्या हॉबी है आपकी?

काव्या--अरे, आपने तो इतने सारे सवाल एक साथ पूछ लिए. ठीक है,आपने जब पूछ ही लिया तो सब बताउंगी. पर शुरू कहा से करू?

मैंने कहा, चलिए सीक्वेंस में ही सेट कर देता हूँ, पहले पेरेंट्स के बारे में, फिर भाई बहन और फिर शौक.

उसके बाद ही फिर कुछ और बातें होंगी.

काव्या---ठीक है-मैं आपके सेट किये हुए सीक्वेंस से ही शुरू करती हूँ.

मेरे पापा आर्मी में ब्रिगेडियर हैं, मम्मी –हाउस मेकर हैं और मेरे कोई भाई या बहन नहीं हैं ,मैं अपनी माता पिता की अकेली संतान हूँ.

देहरादून में ही पापा का बनवाया घर है जहाँ मैं और मम्मी एक साथ रहते हैं.

मैंने पूछा--और पापा ?

मेरे इस सवाल पर काव्या थोड़ी सी उदास हो गयी पर बड़े साफ़ अंदाज में कहा –पापा हमसे अलग रहते हैं ,मम्मी से उनकी नहीं बनती. फिलहाल वो गोवा में पोस्टेड हैं.

मैंने तुरत पूछा---क्या डाइवोर्स हो गया है?

काव्या ने धीमी आवाज़ **में कहा**—"नहीं, डाइवोर्स तो नहीं हुआ है, पर मन के स्तर पर वो दोनों बहुत पहले ही अलग हो गए थे।

उनकी सोच में इतना गहरा फर्क था कि पुल बन ही नहीं पाया। पापा तो कई बार समझौता कर लेते थे, लेकिन मम्मी के लिए यह संभव ही नहीं था। वह अपनी पूर्वाग्रह से कभी पीछे नहीं हट पाईं।"

काव्या के उस स्पस्टीकरण के साथ ही वातावरण अचानक भारी हो गया।

जैसे कमरे की हवा भी ठहर गई हो। रोमांटिक संगीत की धुनें अब कहीं दूर लग रही थीं, और हल्की रोशनी भी उस सन्नाटे में डूब गई थी। हमारे बीच वही चुप्पी, वही खामोशी लौट आई—एक ऐसी खामोशी जो शब्दों से कहीं अधिक

बोलती थी।

उस पल में महसूस हुआ कि रिश्तों की जटिलता और दर्द भी उतना ही गहरा होता है जितना प्रेम और आकर्षण। और काव्या की आँखों में वह सच्चाई चमक रही थी, जो दिल को छूकर भीतर तक उतर जाती है।

पर आज मैं उस चुप्पी और सन्नाटे से हारना नहीं चाहता था, और न ही उस अवसर को किसी कीमत पे खोना चाहता था. आज मैं सब कुछ जानना चाहता था जो आज तक मेरे मन में थे.

मैंने ढीठ बन कर कहा, वैसे तो ये अधिकार नहीं कि मैं ये बात आपसे पूछू, ये पूरी तरह एक निज़ी मामला है आपका पर ये भी एक सच है की जो दर्द सीने में छुपाये जाते है बहुत समय तक,वे नासूर बन जाते हैं, और काफी तकलीफ देते हैं, किसी भी इंसान को. उन्हें किसी न किसी से शेयर कर ही देना चाहिए. यदि आप अपना दर्द, मुझसे शेयर करने लायक समझती हैं तो आप कर सकती हैं और वो सब कुछ साझा कर सकती है जिस से आपका मन भी हल्का हो.

काव्या ने अपनी बड़ी बड़ी आँखों से मुझे देखा ,एक उदासी थी उन आँखों में ,शायद कुछ नमी भी थी. पर उन आँखों को देख कर ऐसा भी लग रहा था की उनमे एक दृढ़ता है. और वो आंखे आज कुछ भी छुपाना नहीं चाहती थीं.

उसने तुरत जवाब दिया- वेदांत जी ,आज जितना भी मैंने आपको बताया ,उतना कोई भी नहीं जानता था.

आप पहले ऐसे आदमी है जिसने इतना जाना, और आगे भी जो बताने जा रही हूँ, वो जानने वाले भी आप पहले इंसान होंगे और शायद आखिरी भी.

अब तो आप समझ ही गए होंगे की आप पर मेरा कितना विश्वास है ?

काव्या कुछ देर तक चुप रही। उसकी आँखें झील की तरह शांत थीं, लेकिन भीतर कोई तूफ़ान थमा हुआ सा लग रहा था। फिर उसने मेरी ओर देखा— गहराई से।

उसकी आवाज़ में एक नमी थी, पर वो नमी दर्द की नहीं, भरोसे की थी।

"आज... मैं आपसे वो सब कुछ साझा करूंगी," उसने कहा,

"वो सारी बातें जो अब तक मेरे दिल की गहराइयों में दफ़न थीं।वो सारी अनुभूतियाँ, वो सारे अधूरे पल, और वो दर्द...जो मेरे भीतर एक ठहरी हुई झील की तरह जमा है।शांत दिखती है, पर हर लहर अपने भीतर एक कहानी समेटे हुए है।"

उसके शब्दों ने जैसे उस शांत वातावरण में एक हलचल पैदा कर दी। मैं चुपचाप सुनता रहा, जैसे कोई पुरानी धुन फिर से बजने लगी हो। वो कोई शिकायत नहीं कर रही थी, कोई गिला नहीं था—बस एक सच्चाई थी, जो अब तक उसके भीतर थी और अब मेरे सामने खुलने वाली थी।

उस पल में मुझे एहसास हुआ कि प्यार सिर्फ मुस्कानों और साथ बिताए लम्हों में नहीं होता। प्यार तब होता है जब कोई अपने सबसे गहरे ज़ख्म भी आपके सामने खोलने का साहस करता है।

क्योंकि उसे यकीन होता है कि आप उन्हें समझेंगे, उन्हें थामेंगे और उनको सपोर्ट करेंगे .. और उन्हें कभी जज नहीं करेंगे।

मैंने उसकी ओर अपना हाथ बढ़ाया। यह स्पर्श का प्रयास नहीं था, बल्कि एक मौन वादा था—कि मैं उसके साथ हूँ। उसकी कहानी सुनने के लिए, उसके दर्द को महसूस करने के लिए, और शायद उस झील में, जो अब तक अंधेरे में डूबी रही थी, एक नया सूरज उगाने के लिए।

उस पल में हमारी चुप्पी भी बोल रही थी। सन्नाटा अब बोझिल नहीं, बल्कि एक पुल बन गया था—जो उसके दिल से मेरे दिल तक सीधा रास्ता बना रहा था। उसकी आँखों में अनकही बातें थीं, और मेरे हाथ में वह भरोसा, जो कह रहा था कि अकेलेपन की रात अब ख़त्म होगी।

काव्या ने एक गहरी साँस ली और फिर बोलना शुरू किया.

पापा और, मम्मी के बीच संबंधों में दरार का कारण कुछ तो पारिवारिक पृष्टभूमि थी और कुछ मम्मी की ज़िद.

मेरे नाना की फॅमिली एक जमींदार परिवार से सम्बन्ध रखती है, वे लोग काफी धनी थे.

मेरे नाना का एक सपना था, आर्मी ज्वाइन करने का पर वो पूरा न हो सका.

आप तो जानतें ही होंगे की जो सपने पूरे नहीं होते उनकी कसक हमेशा आपके दिल में बनी रहती है और आपको हमेशा परेशान भी करती रहती है.

नाना जी को किसी चीज़ की कमी नहीं थी। उनकी जमींदारी, खेती-बाड़ी के लिए फैली हुई उपजाऊ ज़मीनें, और गाँव के किनारे बना भव्य फार्महाउस—सब कुछ किसी पुराने ज़माने के रईस की शान को बयाँ करता था।

आर्गेनिक खेती से हर साल अच्छी-खासी आमदनी होती थी, और वो अपनी उस समृद्धि को सिर्फ अपने लिए नहीं, बल्कि दूसरों के लिए भी जीते थे।

अपने शौक पूरे करने में उन्होंने कोई कसर नहीं छोड़ी। फार्महाउस के भीतर ही उन्होंने एक शानदार बार बनवाया था—जहाँ एक से एक विदेशी ब्रांड की शराबें करीने से सजी रहती थीं। वो अक्सर अपने खास दोस्तों या मेहमानों के साथ वहाँ बैठकर शामें बिताते, गुफ्तगू करते, और ज़िंदगी को रईसी अंदाज़ में जीते थे।

लेकिन इस रईसी के पीछे एक बेहद नरम दिल भी था उनके पास । गाँव में उनकी बहुत इज़्ज़त थी।

लोग उन्हें सिर्फ उनकी दौलत के लिए नहीं, बल्कि उनके दिल के लिए जानते थे। जरूरतमंदों की मदद करना उनके स्वभाव में था—चाहे पैसों की ज़रूरत हो या किसी और सहारे की, नाना जी हमेशा तैयार रहते थे।

उनकी ज़िंदगी एक खूबसूरत संतुलन थी—शौक़ और सेवा का, रईसी और विनम्रता का। वो सिर्फ एक जमींदार नहीं थे, वो गाँव के दिल थे।

नाना जी के जीवन में किसी चीज़ की कमी नहीं थी—दौलत, इज़्ज़त, शौक़, सब कुछ था। पर एक अधूरी सी ख्वाहिश थी, जो उनके दिल के किसी कोने में चुपचाप दबी हुई थी। आर्मी ज्वाइन करने की ख्वाहिश।

ये बातें, उन्होंने खुद मुझसे कही थी—एक शाम जब हम फार्महाउस की बरामदे में बैठे थे, और सूरज ढल रहा था। वो बोले थे, "**जब भी किसी आर्मी ऑफिसर को देखता हूँ, तो मेरे सीने में दबा हुआ वो सपना फिर से करवट लेने लगता है।जैसे कोई पुराना ज़ख्म फिर से सांस लेने लगे।**"

वो ख्वाहिश कभी पूरी नहीं हो सकी, लेकिन उसका असर उनके भीतर हमेशा ज़िंदा रहा। और जब ज़िंदगी ने मौका दिया, तो उन्होंने अपने दामाद को ही आर्मी से चुन लिया। हालाँकि ये कोई सोच-समझकर लिया गया फ़ैसला नहीं था—बल्कि एक संयोग था, एक खूबसूरत मोड़।

काव्या ने एक गहरी सांस लेते हुए कहा -मेरे ननिहाल में एक बार बहुत भयानक बाढ़ आई थी। सरकार ने राहत और बचाव के लिए सेना को भेजा। आर्मी के जवानों ने जिस समर्पण और साहस से गाँव के लोगों की मदद की, उसने नाना जी को भीतर तक प्रभावित कर दिया।

और उस बचाव दल की अगुवाई कर रहे थे—**मेरे पापा।**

पापा की लीडरशिप में जिस तरह से राहत कार्य हुआ, जिस तरह से लोगों को सुरक्षित स्थानों तक पहुँचाया गया, और जिस तरह से उन्होंने गाँववालों के साथ एक सैनिक से ज़्यादा एक इंसान की तरह व्यवहार किया—उसने नाना जी के दिल को छू लिया।

उसी दिन, नाना जी ने मुस्कुराते हुए कहा था, "**जो सपना मैं नहीं जी सका, वो अब मेरी बेटी और दामाद के साथ जी पाऊँगा।अब मेरा दामाद ही मेरी अधूरी ख्वाहिश को पूरा करेगा।**"

उस पल में, जैसे उनके भीतर कोई सुकून उतर आया था। एक अधूरी कहानी को मुकम्मल होने का रास्ता मिल गया था।

पापा ने उस गाँव को बचाने के लिए दिन रात एक कर दिया था. अपनी जान की परवाह भी नहीं की थी उन्होंने.

उनकी उसी लीडरशिप को देखकर नाना बड़े खुश हुए. बाढ़ बचाव का काम जब ख़तम हुआ तो नाना जी ने रेस्क्यू मिशन के सारे सदस्यों को, जो सभी आर्मी से ही थे, उनके लिए अपनी तरफ से एक बड़ी पार्टी का आयोजन किया

और अपने गाँव की तरफ से उनके इस महत्वपूर्ण सहयोग के लिए ढेर सारे गिफ्ट दिए जो उनके अपने फार्म हाउस के आर्गेनिक प्रोडक्ट थे.

उसी समय से नाना का कांटेक्ट पापा के साथ हुआ और उसका अंत उनको दामाद बनाने के चयन के साथ हुआ.

मम्मी उन दिनों बाहर पढ़ती थी जब छुट्टियों में घर आई तो उनके न चाहने के बावजूद भी उनकी शादी फाइनल कर दी गयी.

ये मम्मी के लिए एक सदमे से कम नहीं था. क्योंकि वो बड़े आज़ाद ख्याल की थी पर उनमे इतनी हिम्मत नहीं थी की वो नाना के फैसले को चैलेन्ज करें, वो कुछ भी कह नहीं पायी, और मन मसोस के रह गयीं..

वैसे देखा जाय तो पापा में कोई खराबी नहीं थी और न ही कोई कमी थी. आर्मी की बढियां नौकरी थी ,देखने में काफी अच्छे थे,और आखिर में नाना के उन अधूरे सपनो को कही न कहीं पूरा भी कर रहे थे, परिवार भी काफी पढ़ा लिखा था और मध्यम वर्ग में अच्छा था.

पर यहाँ तो बात मम्मी के चॉइस की थी और उनकी सहमती की थी. उन्हें गुस्सा इस बात का था की उनकी ही शादी में, उनसे एक बार भी पूछने की जरूरत क्यों नहीं समझी गयी ?

पापा, नाना और नानी दोनों को ही पसंद थे, इस वजह से किसी ने मम्मी की बात को ज्यादा अहमियत नहीं दी. और शायद वो ज़माना भी वैसा नहीं था, उन दिनों जब बेटियों से उनका चॉइस नहीं पूछा जाता था. पर मम्मी तो बाहर जाके पढ़ रही थी, उनका चॉइस भी अलग था.

शादी तो हो गई थी, पर मम्मी कभी भी पापा को दिल से स्वीकार नहीं कर सकीं।

नाना जी ने शादी से पहले ही बड़ी साफगोई से पापा को सब कुछ बता दिया था—मम्मी के स्वभाव, उनकी सोच, और उनके व्यवहार के बारे में।

यह भी कह दिया था कि अगर सब कुछ जानकर आप इस रिश्ते से पीछे हटना चाहें, तो पूरा अधिकार है आपका।

लेकिन पापा तो आर्मी से थे। उन्हें इसमें एक नया मोर्चा दिखा—एक ऐसा मोर्चा जो बंदूक और बारूद से नहीं, बल्कि रिश्तों और भावनाओं से लड़ा जाना था।

उन्होंने मुस्कुराकर कहा था, "बाहर की लड़ाइयाँ तो रोज़ होती हैं, चलिए एक बार इस मोर्चे को भी देख लेते हैं।" उन्होंने हां कर दी

इस हां के पीछे शायद एक वजह ये भी थी कि उन्हें नाना जी बेहद पसंद आए थे।

उनका निर्मल स्वभाव, बेबाक अंदाज़, और अपनी ही बेटी के बारे में इतनी ईमानदारी से बात करना—ये सब पापा को छू गया था। उन्होंने नाना जी को एक दोस्त की तरह देखा, और शायद इसी वजह से उस रिश्ते के लिए उन्होंने हामी भर दी।

शादी हो गई। शादी के बाद मम्मी पापा की पोस्टिंग पर उनके साथ चली आईं। ये सारी बातें मुझे नाना जी ने खुद बताई थीं—एक शाम जब वो अपने पुराने अनुभवों की गठरी खोल रहे थे।

उन्होंने मम्मी के बारे में भी बताया था—कि वो कोई भी ऐसा मौका नहीं छोड़ती थीं जिसमें पापा की बात काटी न जा सके। हर वक़्त सिर्फ अपने मन की करती थीं, और अपनी बात को ही अंतिम मानती थीं।

पहले छोटी-छोटी बातों को मुद्दा बनाना फिर उसे वाद-विवाद की शक्ल देना और उसमें जीत हासिल करना जैसे उनकी आदत बन गई थी।

ज़िंदगी का मतलब उनके लिए यही रह गया था—पापा की हर बात को काटना, और उन्हें पराजित होते देखना।

जब मैं थोड़ी बड़ी हुई और बातें समझने लगी, तो अक्सर सोचती थी—कैसी है मेरी ज़िंदगी?किस दुनिया में रह रही हूँ मैं?

जहाँ रोज़ एक इंसान को छोटी-छोटी बातों के लिए दोषी ठहराया जाता है।

सबसे अजीब बात ये थी कि पापा के ऑफिस जाने के बाद, वही बातें फिर से दोहराई जाती थीं—मेरे सामने।

हर बार सारा दोष पापा पर मढ़ा जाता, और उन्हें मेरी आँखों के सामने गुनहगार बना दिया जाता—उनकी पीठ के पीछे।

धीरे-धीरे, मेरे मन में भी उनके लिए एक अजीब सा भाव भरने लगा। जैसे रोज़-रोज़ थोड़ी-थोड़ी मात्रा में कोई ज़हर मेरे भीतर डाला जा रहा हो—पापा के खिलाफ। ताकि मैं भी वही महसूस करूँ, जो मम्मी महसूस करती थीं।

मुझे हमेशा यही लगता था की मम्मी मुझे अपनी आँखों से दुनियां को दिखाना चाहती थी.और चाहती थी की मैं वही समझू जैसा वो समझती हैं.

वैसे मैंने भी बहुत कोशिश की कि मैं भी मम्मी की आँखों से ही दुनियां को देखूं पर जैसे जैसे मेरी समझ बढ़ी ,हमेशा मुझे ऐसा लगा की कही न कहीं मैं नाइंसाफी कर रही हूँ, अपने प्रति और पापा के प्रति भी.

इस वजह से मैं वैसा नहीं कर सकी, जैसा मम्मी चाहती थी.

इसी वजह से मैं दूसरा फ्रंट कभी भी नहीं खोल सकी पापा के विरोध में. क्यों की मेरे लिए कोई वजह थी ही नहीं वैसा सोचने की.

मैं उनकी बातें सुनती तो जरूर थी पर उसकी सच्चाई को मैं अपने विवेक से समझने की कोशिश करती थी.

बड़ी होने पर मैंने हमेशा अपनी आँखों से,अपनी समझ से पापा को देखा और हर बार लगा की असली गुनाहगार तो मम्मी हैं, पापा तो हमेशा एक विक्टिम की तरह नजर आये मुझे, वो भी बिना किसी कसूर के.

सबसे अजीब बात ये थी की नाराजगी तो उनकी नाना से थी पर वो पापा से क्यों खफा थी? मुझे हमेशा ऐसा लगा की घर के उस माहौल की वजह से मैं समय से पहले mature हो गयी थी, और शांत भी.

मुझे मम्मी की नाराजगी की कोई वजह नजर नहीं आती थी. लाख सोचने पर भी इसका कोई भी कारण मेरी समझ में नहीं आता था. पापा तो उनकी

हर ख्वाइस पूरी कर देते थे. घर में किसी चीज की कोई कमी नहीं थी. आर्मी लाइफ की हर सुविधा थी हमारे साथ. हरदम दो जवान मौजूद रहते थे. एक खाना बनाने के लिए और दूसरा छोटे छोटे कामो के लिए. ड्राईवर भी था जो किसी भी वक़्त कही भी जाने को तैयार मिलता था. एक माली था जो मम्मी की बागवानी के शौक को पूरा करता था.

देखने में तो स्पस्ट रूप से मम्मी के पास कोई काम ही नहीं था करने को पर वो हमेशा थकी रहती थी एक काल्पनिक काम के बोझ के तले.और जैसे ही पापा आते वो शुरू हो जाती ये बताने के लिए उनसे, कि दिन भर कैसे काम में बिजी रह कर थक गयी हैं.

मैंने इस बात को हमेशा गौर किया की उनकी थकान सबसे ज्यादा तभी होती थी जब पापा के ऑफिस से आने का समय होता था. बाकि समय तो वो बिलकुल नार्मल दिखती थी. बगीचे में घूमती थी, किटी पार्टी अटेंड करती थी, और आये दिन अपने दोस्तों के लिए पार्टियाँ किया करती थी.

पापा भी, मम्मी की उस अदृश्य थकान को बहुत अच्छे से समझते थे। वह जानते थे कि यह थकान शरीर की नहीं, मन की थी—उन विचारों की, उन उम्मीदों की, जो उनकी सोच के अनुसार कभी पूरी नहीं हो पाईं।

लेकिन पापा कभी कुछ कहते नहीं थे। बस हल्की सी मुस्कान उनके चेहरे पर आ जाती थी, जैसे शब्दों की जगह वह मौन से ही सब कह देना चाहते हों।

पर वही मुस्कान मम्मी को अखरती थी। शायद उन्हें लगता था कि यह मुस्कान उनके दर्द को हल्का कर रही है, या फिर उनके संघर्ष को छोटा दिखा रही है। और इसीलिए, पापा का वह मौन भी उनके बीच एक दीवार बन गया था।

उनकी मुस्कराहट मम्मी के लिए आग पे घी में के समान था. वो बस शुरू हो जाती और कहती की क्या आपको झूठ लग रहा है? घर में कितना काम रहता है आप कभी नहीं समझेगे. पापा कभी पूछते की जब घर में हर काम को करने वाले आदमी हैं तो फिर आपको क्या जरुरत पड गयी इतने थकने की. पर ये सब उनके गुस्से को और बढा देता.

मैं उस समय छोटी जरूर थी पर इतना जरुर समझ में आता था की अकसर शाम को जब भी पापा आते ,पहले मम्मी एक नए मुद्दे को क्रिएट करती थी, फिर पापा को प्रोवोक करती थी और फिर बहस करके उसे झगड़े में बदल देती थी. और अंत में सारा दोष पापा पे मढ कर रोना धोना शुरू कर देती थी.

इस कला में, वो बहुत माहिर थी. मैं भी कुछ कह नहीं पाती थी. यदि सही बात बोलती तो मम्मी नाराज़ हो जाती थी.

वो सिर्फ अपनी समस्याओं का बखान करना जानती थी, वो ये कभी चाहती ही नहीं थी की उसका समाधान कभी मिले या कोई उसका समाधान करे खास कर पापा. यदि सचमुच किसी भी समस्या का निदान मिल जाता तो वो और चिढ जाती.

इन सब बातों को समझ कर पापा ने अपनी एक अलग दुनिया बना ली. बहुत कम बोलते थे और धीरे धीरे तो चुप ही हो गए. घर में सिर्फ सन्नाटा छाया रहता था. मम्मी की वजह से न तो हम नाना, नानी से मिल पाते थे और न दादा दादी से .क्योकि मम्मी इन दोनो जगहों में कही जाना पसंद नहीं करती थी.

मम्मी साफ़ कहती थी, जिसको जहाँ जाना है जा सकता है पर उन्हें उन दोनों जगहों में कहीं भी नहीं जाना है.

जब मैं छोटी थी तो कभी कभी पापा के साथ नाना और दादा से मिलने चली जाती थी.

बहुत प्यार करते थे मुझे सभी, पर लौटने के बाद घर का माहौल बिलकुल ख़राब मिलता. कई दिनों तक मम्मी किसी से बोलती ही नहीं थी .ये सब देख कर पापा ने भी कही जाना बंद कर दिया और वो सबसे कट कर एकदम अकेले हो गए.

मैं बड़ी हुई पर एकदम अकेली. मम्मी, पापा के अलावा कोई अपना नहीं था मेरा., जिसे मैं अपना कह सकूँ मेरे दोस्त गर्मी की छुट्टियों में अपने ननिहाल जाकर अपने भाई बहनों के साथ मस्ती भरे कहानी सुनाते और मैं चुपचाप सुनती थी उनकी बातों को, उनकी यादों को

मुझे तो कभी नसीब ही नहीं हुआ वो सब.

मैं बिलकुल अकेली थी .पापा थे पर मैं ज्यादा बात नहीं कर पाती थी. मम्मी तो मेरा इस्तेमाल सिर्फ एक हथियार की तरह करना चाहती थी, पापा का विरोध करने को.

पापा धीरे धीरे अकेले होते चले गए ,क्योकि मम्मी ने उनको सबसे काट दिया था.

सिर्फ फोन से ही उनसे बाते होती थी नाना या दादा जी से. पहले तो दोनों ने मम्मी को समझाने की थोड़ी कोशिश की पर मम्मी का टेम्परामेंट एकदम अलग था उन दिनों. जिद्दी और अपनी बातों पे दृढ. वो किसी की नहीं सुनती थी .

धीरे धीरे वो लोग भी समझ गए , हमारे घर की स्थिति को ,इसलिए वो कभी भी हमारे मामले में दखल नहीं देते थे. धीरे धीरे उन्होंने ने भी हमारे बगैर जीना सीख लिया था.

मैं हमेशा सोचती थी की पापा आखिर क्यों इतना बर्दास्त करते हैं?

हमारी दुनियाँ, हमारी सारी सुविधाएं,हमारा स्टेटस , हमारा सब कुछ तो उन्ही की वजह से था. इतनी अच्छी जिंदगी थी. अच्छा सा. घर था, काम करने वाले लोग थे, कही भी जाने के लिए हमेशा गाड़ी मौजूद रहती थी, फिर समस्या क्या थी मम्मी की, कुछ समझ नहीं पाती थी मैं.

पापा बाहर में खासकर अपने फील्ड में बहुत ही पोपुलर थे. उन्हें आर्मी से तो कई अवार्ड मिले ही थे.

उसके अलावा सोशल सर्विस में उन्होंने कई NGO के साथ काम किया था जिसके लिए उन्हें अलग से अवार्ड मिला करता था.

पर मैं हमेशा एक बात नोटिस किया करती थी की पापा की इन उपलब्धियों के लिए मम्मी के मन से जरा भी तारीफ़ नहीं निकलती थी.

पापा को उन्होंने कभी कोई इम्पोर्टेंस दिया ही नहीं. जिंदगी में रिश्ते चाहे कोई भी हों, जबतक एकदूसरे के लिए सम्मान नहीं हो वो नहीं चल पाते. पापा के लिए सम्मान तो दूर की बात थी उन्हें सिर्फ जलील किया गया.

उनकी जो भी इज्जत थी वो घर के बाहर ही थी. वो बाहर के तो हीरो थे पर घर में बिलकुल जीरो की तरह ट्रीट होते थे. वैसे पापा पर इन सब बातों का कोई फर्क नहीं पड़ता था.

हर चीज की तो एक लिमिट होती ही है. एक दिन, सर से पानी काफी ऊपर चला गया.

उस दिन पापा की कोई ऑफिसियल पार्टी थी जिसमे पूरे परिवार को साथ जाना था.

पापा ने मम्मी को जाने के लिए बोला ,पर मम्मी ने एकदम साफ़ लहजे में कहा, मुझे किसी पार्टी वार्टी में नहीं जाना है जिसको भी जाना है वो जाए.

पापा ने थोड़े प्यार और मनुहार से कहा की चलो, सभी अपनी फॅमिली के साथ आ रहे हैं और वहां मैं ही सबसे सीनियर हूँ सबको अच्छा लगेगा.

इस पर मम्मी उबल पड़ी--क्या आप कोई जनरल हैं, कर्नल ही तो हैं. क्या फर्क पड़ता है,अगर आप भी नहीं जायेंगे तो.

ये बात मम्मी ने कुछ इस तरह से कहा ,जैसे शब्द नहीं जहर निकल रहे हों उनके मुंह से, एकबारगी तो मैं भी चौंक गयी और शायद मैं ही उनको कुछ समझाती, पर पापा ने बोलना शुरू कर दिया.

उस दिन शायद किस्मत में होना तो कुछ और ही लिखा था.

उस दिन पापा को मम्मी की बात एकदम दिल तक लग गयी, छलनी हो गए वो. ऐसा लगा मानो बरसों से जमा हो रही बर्दास्त की लिमिट उस दिन ख़त्म हो गयी हो.

उन्होंने बड़े शांति से कहा—मैडम आर्मी में जनरल कोई पैदा नहीं होता ,वो प्रमोशन से ही बनता है और मेरा जब वक़्त आएगा तो मैं भी बन जाउगा. और

दूसरी बात ,जनरल सब कोई बनते भी नहीं, की इसके लिए, इस तरह से मुझे ज़लील किया जाय.

उस दिन पापा ने बड़े ही शालीनता से मम्मी को उनकी सारी हैसियत बता दी.

उन्होंने बड़े ही साफ़ तरीके से उनको बता दिया की उनकी हैसियत क्या है?

उन्होंने कहा—आपकी जो भी हैसियत है आज वो उनको अपनी नहीं है, वो या तो उनके पिता की वजह से है या पापा की वजह से.

उनकी तो कोई वजूद ही नहीं अपनी. वो तो सिर्फ पापा की सख्सियत को, उनकी स्टेटस या उनकी पोजीशन को भोग भर कर रही हैं, बस.

पापा ने आगे कहा-you are only the user of facilities provided to you and that too without doing any thing or contributing anything.

एक पैरासाइट की जिंदगी है आपकी. घर के सारे काम तो नौकर करते हैं ,माली है बगीचे के लिए ,कुक है खाना बनाने के लिए. आप करती क्या है? आपके पढने लिखने का क्या कोई अर्थ है, अर्थ हीन है आपकी पढ़ाई, सिर्फ सजना और सवरना, किटी पार्टी अटेंड करना,फिर अपनी गन्दी जुबान से मेरे उपर ताना मारना. और मुझे मेरे परिवार के लोगों से अलग कर मेरी जिंदगी को एक आइलैंड बनाना. यही है जिंदगी में आपका एकमात्र मकसद, जिसमे आप सचमुच पूरी तरह कामयाब रही हैं.

इस कामयाबी को हासिल करने के अलावा यदि कोई और काम करती हैं तो जरा मुझे भी बताईये, मुझे भो तो पता चलना चाहिए की कोई काम आपकी वजह से भी हो रहा है. आपकी जिंदगी के भी कोई अर्थ हैं.आप तो बिलकुल फ्री हैं,दिन भर का समय है आपके पास. चाहती तो बहुत कुछ कर सकती थी.

केकिन आपकी जिंदगी तो एक अजगर की तरह है ,हर चीज के लिए दूसरो पे निर्भर और जो कुछ भी जिंदगी में मिल रहा है उसके लिए कोई शुक्रिया की तो कोई सोच भी नहीं सकता आपसे ,कम से कम जुबान तो थोड़ी मीठी रहती. पर अब उसकी भी उम्मीद मैंने काफी पहले से छोड़ दी है.

इतने दिनों तक पापा को जलील करने वाली मम्मी को अपने ही हैसियत को, इस तरह बेबाक तरीके से बेनकाब करना उन्हें छलनी कर गया.

पर जो भी था वो अपने आप में एक सच था, पर वो सच इतना कड़वा था की उनसे सहन नहीं हो पा रहा था. वो कुछ कह भी नहीं सकती थी अपने डिफेन्स में.

उनके सामने कोई चारा भी नहीं था उसे सुनने के अलावा. वो एकदम सन्न रह गयीं और उस दिन एक भी शब्द नहीं निकला उनके मुह से.

शायद उन्होंने कभी कल्पना भी नहीं की होगी की हमेशा शांत रहने वाले पापा अचानक ऐसी प्रातक्रिया भी दे सकते है.

पापा की वो शांति एक ज्वाला मुखी की तरह थी, जिसमे धीरे धीरे सबकुछ तैयार हो रहा था, एक दिन एकदम से फटने के लिए.

उस दिन शायद ज्वालामुखी के फटने का ही दिन था. और वो पूरी तरह से फट गया, जिसकी तीव्रता में मम्मी ने खुद को एकदम सन्नाटे में, पूरी तरह शब्द हीन और बिलकुल निरुत्तर पाया.

पापा, मम्मी की किसी भी प्रतिक्रिया सुनने का इन्तेजार किये बिना वहां से निकल गए, शायद उनको जरा भी इंटरेस्ट नहीं रह गया था उनकी बातों को सुनने का या जानने के बाद आखिर क्या है उनका उत्तर?

पापा के लिए तो वैसे भी कुछ था ही नहीं, जहाँ तक मम्मी के साथ रिश्तों की बात थी, पर जो कुछ भी था पापा और मम्मी के बीच, उस दिन वो भी अचानक सबकुछ ख़त्म हो गया.

पापा ने उसी समय अपने क्लब में फोन किया की तबियत ख़राब होने की वजह से वो थोडा लेट ज्वाइन करेंगे आप लोग पार्टी को चलने दे और वो अपने कमरे में चले गए. शायद दो पेग व्हिस्की के लिए जो उस वक़्त बहुत जरुरी था उनकी मेंटल स्टेबिलिटी के लिए. मम्मी के कुछ कहने का इंतज़ार भी नहीं किया, पापा ने

मम्मी जहाँ बैठी थी वही बुत की तरह काफी देर बैठी रही. सच तो ये था की उस दिन की पार्टी पापा के प्रमोशन की थी वो कर्नल से ब्रिगेडियर बन गए थे. ये न्यूज़ उन्हें उसी दिन मिला था.

पर इस के पहले कि वो कुछ प्लान करके बताते उसके पहले ही ये बडा हादसा हो गया.

पापा की पोस्टिंग गोवा हो गयी थी. उस दिन पापा खुद भी पार्टी में नहीं गए. अपने कमरे में ही शायद व्हिस्की पीकर खुद को उस अचानक हुए हादसे से खुद को स्टेबल करते रहे.

वो रात, जो हमारे लिए शायद एक जश्न की रात होती, पर जश्न की बात तो दूर उस दिन किसी को घर में खाना तक भी नसीब नहीं हुआ, एक मातम की रात में बदल गयी. उस रात किसी ने खाना नहीं खाया.

दूसरे दिन पापा सवेरे ही गोवा चले गए. मम्मी के उठने के पहले ही ,एक बड़ा सूटकेस था और एक लैपटॉप बस इतना ही था उनका सामान.

उनकी जरूरतें बहुत कम थी. संतुलित और जरुरत के हिसाब से खाना और शाम के वक़्त दो पेग व्हिस्की, म्यूजिक और किताबें, बस यही शौक था उनका.

सात साल बीत गए उस घटना को। पापा गए तो फिर लौटकर नहीं आए। मैंने कई बार बोला, कई बार कहा कि लौट आइए... लेकिन उनके भीतर जमा होता दर्द इतना विशाल हो गया था कि वह किसी भी पुकार से हल्का नहीं हो सका।

वो दर्द धीरे-धीरे उनकी अपनी दुनिया बन गया—एक ऐसी दुनिया, जहाँ शायद उनके लिए सुकून था, पर हमारे लिए वह बोझ बन गया। हम सबकी ज़िंदगी पर वह इतना भारी पड़ गया कि हर खुशी, हर पल कहीं न कहीं उसी छाया में दबा हुआ महसूस होने लगा।

कभी-कभी लगता है कि रिश्तों का सबसे गहरा घाव वही होता है, जो दिखाई नहीं देता। पापा की चुप्पी, उनका जाना, और उनका न लौटना—यह सब मिलकर एक ऐसी खामोशी छोड़ गए हैं, जो आज भी हमारे बीच मौजूद है।

उन्होंने मुझसे यही कहा कि मै हमेशा तुम्हारे साथ हूँ, जब भी तुम्हे जरुरत पड़ेगी मैं आ जाऊंगा पर उस घर में अब और नहीं रह सकता ,जहाँ मेरी कोई हैसियत नहीं और जहाँ सिर्फ ताने और नाराजगी है मेरे लिए. मैं भी क्या कहती,सच भी तो यही था..

पापा के जाने के बाद हमारी ज़िंदगी जैसे अचानक थम-सी गई थी। घर की दीवारें, आँगन, और रोज़मर्रा की बातें सब कुछ खाली-खाली लगने लगा। उनकी आवाज़, उनकी हँसी, और उनका स्नेह – सब कुछ जैसे हवा में घुलकर कहीं दूर चला गया हो।

शुरुआत के दिन बहुत कठिन थे। हर सुबह उनकी अनुपस्थिति का एहसास दिल को चुभता था। हर शाम उनके बिना अधूरी लगती थी। लेकिन समय का अपना एक नियम है – वह धीरे-धीरे हमें सिखा देता है कि दर्द के साथ जीना भी एक कला है।

धीरे-धीरे हमने उनकी अनुपस्थिति को अपने जीवन का हिस्सा बना लिया। शुरुआत में हर दिन उनकी कमी चुभती थी, हर पल उनकी यादें दिल को खींच लेती थीं। लेकिन समय के साथ, वही यादें हमें संभालने लगीं।

उनकी कही बातें, उनके दिए संस्कार, और उनका स्नेह—ये सब हमारे भीतर ऐसे उतर गए कि मानो वह अब भी हमारे साथ हों।

उनकी मुस्कान, उनका मौन, उनका धैर्य—सब कुछ हमारी ज़िंदगी की धड़कनों में घुल गया। और यूँ ही, उनके बिना जीने की आदत हो गई। यह आदत दर्द से जन्मी थी, पर धीरे-धीरे वही आदत हमें ताक़त देने लगी।

कभी-कभी लगता है कि अनुपस्थिति भी एक तरह की उपस्थिति होती है—जो हमें हर पल याद दिलाती है कि हम किससे बने हैं, किससे सीखे हैं, और किससे जुड़े हैं।

पर सच यह है कि आदत का मतलब भूल जाना नहीं होता। आदत का मतलब है – यादों के साथ जीना, उन पर टिके रहना, और हर दिन उनकी मौजूदगी को महसूस करना, भले ही वो हमारे सामने न हों।

जाते समय पापा मुझे अपना एटीएम दे गए और बोल गए की जब भी पैसे कम पड़े तो बता देना और तुम हमेशा मेरे टच में रहना. और एक बात मैं सिर्फ तुम्हे बता रहा हूँ की मैं अब कभी भी नहीं आऊंगा, क्योंकि तुम्हारी मम्मी को तो मेरे वजूद से ही नफरत है, पर तुम्हे जब भी मेरी जरुरत होगी तो मैं हमेशा मौजूद रहूँगा.

मुझे उस वक़्त कुछ भी समझ नहीं आ रहा था। मन बार-बार पूछ रहा था — क्या पापा की उस आज़ाद होती ज़िंदगी के लिए खुशियाँ मनाऊँ, या फिर उनके हमारी ज़िंदगी से हमेशा के लिए चले जाने का ग़म मनाऊँ?

मेरी सूनी और उदास आँखें उन्हें जाते हुए देखती रहीं। हर पल ऐसा लग रहा था जैसे समय थम गया हो। सोच रही थी — क्या फिर मिल पाऊँगी मैं अपने पापा से? क्या हम फिर कभी साथ रह पाएँगे?

उनकी विदाई में एक अजीब-सा विरोधाभास था। एक ओर आत्मा की मुक्ति का सुकून था, दूसरी ओर दिल का गहरा खालीपन। यही खालीपन मेरी आँखों में आँसू बनकर ठहर गया।

पर धीरे-धीरे एहसास हुआ कि पापा कहीं गए नहीं हैं। वे हर याद में, हर संस्कार में, हर उस मुस्कान में हैं जो उन्होंने हमें दी। उनकी अनुपस्थिति ने हमें जीना सिखाया, लेकिन उनकी मौजूदगी अब भी हमारे भीतर साँस लेती है।

पापा गोवा चले गए अपनी नयी पोस्टिंग और नए पोजीशन पे ज्वाइन करने. ये बात मम्मी को दूसरे दिन पता चली जब उनको फोन से बधाईयां मिलनी शुरू हुई.

पहले तो उनको कुछ भी समझ में नहीं आया पर जब समझ में आया तो तबतक काफी देर हो गयी थी. मम्मी ने मुझसे पूछा की क्या मुझे पापा के प्रमोशन का पता था.

मैंने कहा -नहीं,

वो तो दूसरे दिन जब पापा गोवा जाने लगे तो सारी बात बता कर गए, तब पता चला. मैंने ये भी बताया की अब पापा कभी नहीं आयेंगे.

ये सुनकर मम्मी एकदम से चुप हो गयी. शायद उन्हें अहसाह हो गया था इस बात का और पापा की नाराजगी का भी पर ये बात उनको डाइजेस्ट नहीं हो पा रहा था की ये सब अचानक एक झटके में हो जाएगा.

मेरा दिल ,उस दिन अन्दर से रो रहा था, मैं उस दिन बहुत दुखी थी और अपनी पूरी भड़ास अपनी मम्मी पर ही निकालना चाहती थी. पर उनकी शक्ल देख कर मैं कुछ भी नहीं बोल सकी.

उनका चेहरा एकदम सर्द हो गया था ऐसा लग रहा था जैसे शरीर का पूरा खून किसी ने निचोड़ लिया हो.

शायद मम्मी ने कभी सपने में भी नहीं सोचा होगा कि पापा की चुप्पी इतनी गहरी होगी।

हमेशा शांत रहने वाले पापा अचानक ऐसा कर देंगे — वो भी बिना कुछ बताए। लेकिन पापा तो आर्मी ऑफिसर थे।

अपनी स्ट्रेटेजी सामने वाले को बताना उनकी ट्रेनिंग का हिस्सा कभी रहा ही नहीं।

उनका यह आख़िरी एक्शन बिल्कुल आर्मी वाला था — एकदम सटीक, योजनाबद्ध और निर्णायक। जैसे किसी दुश्मन पर सर्जिकल स्ट्राइक हो।

बिना शोर, बिना चेतावनी, और बिना किसी को अंदाज़ा दिए। उनका यह कदम इतना सटीक था कि दुश्मन को पता भी नहीं चला और अटैक पूरा हो गया। और अंत में, दुश्मन पूरी तरह परास्त हो गया।

पर यहाँ दुश्मन कोई और नहीं था — वो बीमारी, वो तकलीफ़, जिसने उन्हें लंबे समय से घेर रखा था। पापा ने उसे उसी अंदाज़ में हराया, जैसे एक सच्चा सैनिक अपने आख़िरी मिशन को पूरा करता है।

उनकी विदाई अचानक थी, लेकिन उसमें भी एक अनुशासन था, एक दृढ़ता थी। जैसे वो हमें यह सिखा गए हों कि जीवन की लड़ाई चाहे कितनी भी कठिन क्यों न हो, उसे गरिमा और साहस के साथ पूरा करना ही असली जीत है।

जिंदगी में आप किसी को बांध के नहीं रख सकते, बंधी होती है तो सिर्फ उम्मीदें, आशाये और भरोसा. यही जिंदगी को बांध के रखती हैं .अगर यही ख़तम हो जाय तो जिंदगी भी ख़त्म हो जाती है.

आप ,किसी के लिए हमेशा खास नहीं बने रह सकते जबतक आप के अन्दर बांधने वाली ताकत न हो.

उस दिन अपनी कडवी बातों से पापा के लिए सब कुछ ख़त्म कर दिया था मम्मी ने, सारा ट्रस्ट,सारी आशाएं,सारा विश्वास सब कुछ एक झटके से ख़त्म हो गया.

उस दिन अच्छा हुआ की मैंने कुछ भी नहीं कहा मम्मी को ,क्योंकि उनके चेहरे पर जो भाव थे वो साफ़ बता रहे थे की उनको एक बडा सदमा लगा है और उनको अपनी गलती का अहसास भी हो गया है, पर जब तक समझ आई तब तक तो तीर निकल चुका था हाथ से.

उस सुबह मम्मी जहाँ बैठी थी वहां शाम तक वैसे ही चुप चाप बैठी रही. मैंने उनको बहुत कहा उठिए खाना खा लीजिये पर उन्होंने मना कर दिया,

बोली मेरा जब खुद मन होगा आकर खा लूगी,कम से कम आज मुझे मेरे हाल पे ही छोड दो.

उस दिन के बाद हमारी ज़िंदगी एकदम बदल गई थी। त्योहारों की रोशनी, रंगों की चमक, खुशियों की गूंज और मस्ती का शोर — सब धीरे-धीरे अपना वजूद खो बैठे थे। घर अब पहले जैसा नहीं रहा था।

मम्मी, जो कभी अपनी दो किटी पार्टियों में हँसी-ठहाकों के बीच घिरी रहती थीं, उन्होंने सब छोड़ दिया। अब वो या तो चुपचाप बैठी रहतीं, या फिर मुझे पढ़ाने में अपना समय लगातीं। उनकी आँखों में अब कोई चमक नहीं थी,

अब उसकी जगह उनमें एक नई गंभीरता आ गयी थी। अब वो मुझे थोडा ज्यादा गंभीरता से लेने लगी .

मेरे प्रति उनका यह रूप मेरे लिए बिल्कुल नया था। पहले वो मेरे साथ एक दोस्त की तरह रहती थीं, लेकिन अब वो ज़्यादा ज़िम्मेदार हो गई थीं, अब वो

माँ की भूमिका में ज्यादा थी । जैसे पापा की अनुपस्थिति ने उन्हें मजबूर कर दिया हो कि वो दोनों भूमिकाएँ निभाएँ — माँ भी और पिता भी।

घर की दीवारें अब भी खड़ी थीं, पर उनमें पापा की उपस्थिति और हँसी की गूंज गायब थी । बचा था तो बस एक सन्नाटा, और उस सन्नाटे में मम्मी का नया रूप — दृढ़, ज़िम्मेदार, चुपचाप सहनशील।

ये रूप बहुत प्यारा था, पर थोड़ा दुखी करने वाला भी। हमारे बीच एक नया रिश्ता जन्म ले रहा था, जिसमें वो मुझे गहराई से समझ पा रही थीं, और मैं भी उनके इस नए रूप को धीरे-धीरे अपना रही थी।

अब न कोई शिकवा था, न कोई शिकायत। क्योंकि अब ऐसा कोई रहा ही नहीं जिसकी शिकायत की जा सके। पापा के जाने के बाद उनकी ज़िंदगी से सारी शिकायतें ख़त्म हो गईं।

बच गईं तो बस यादें, और उन यादों के सहारे माँ का नया रूप — जो मेरे लिए सहारा भी था, और एक अनकही कविता भी।

पापा के वहां से चले जाने के बाद ,बहुत सारी सुविधाएं वापस हो गयी थी ,कुछ को छोडकर . क्यों की पापा के तबादले की वजह से, अब ज्यादातर सुविधाएं, उनकी नयी पोस्टिंग, गोवा में ही मिलनी थी. उनके जाने के बाद ऐसा लगा की हमारी जिंदगी एक नार्मल इंसान की तरह हो गयी है.

गाड़ी तो थी पर ड्राईवर नहीं था.किचेन तो वही था पर कुक चला गया था. अब बहुत कुछ खुद ही करना पड़ता था उन्हें.

पर मम्मी ने इस नए माहौल को पूरी तरह स्वीकार कर लिया था. मुझे कुछ भी नहीं करने देती थी. अब बहुत कुछ उन्होंने खुद से करना शुरू कर दिया था. मैं यदि कुछ करती भी तो वीकेंड के दिन, वो भी अपने शौक से.

सच में, कुछ खो देने के बाद ही ख़याल आता है — कोई समय, कोई व्यक्ति, और वो सम्बन्ध कितना बेशकीमती था।

अब जो भी शिकायत थी, वो या तो खुद से थी, या फिर ज़िंदगी से, जिसने उन्हें दूसरा मौक़ा ही नहीं दिया, रिश्तों को ठीक करने का। हँसी की गूंज खो

गई, रंग फीके पड़ गए, और त्योहारों की रौनक सन्नाटे में बदल गई।

पर यादें अब भी साथ हैं, जैसे अधूरी कविताएँ, जो हर मोड़ पर हाथ थाम लेती हैं, और हर खामोशी में एक अनकहा संवाद बन जाती हैं।

जिंदगी ने उन्हें दूसरा चांस नहीं दिया, ये बात उन्होंने कई बार मुझसे कही, पर मैं उनसे सहमत नहीं हो पा रही थी. क्योंकि मेरे ख़यालात उनसे थोड़े अलग थे. अब मैंने दुनिया को अपनी निगाहों से और अपने विवेक से देखना शुरू कर दिया था.

मैं यही सोचती थी की जिंदगी तो उनको रोज ही चांस दे रही थी सुधरने को,गिले शिकवे दूर करने को.

पापा ने न जाने कितनी बार उनको समझाने की कोशिश की, नाना जी और दादा जी ने कितनी कोशिश की पर कहाँ समझी वो ?

उन्होंने तो अपने स्वभाव से न सिर्फ पापा को एकदम दुखी कर के रखा था, बल्कि मेरे नाना और दादा भी बहुत दुखी थे उनसे. पर मम्मी दूसरों की सुनती ही नहीं थी. वो छोटी छोटी बातों में झगडा करना शुरू कर देती थी. उनकी उसी नासमझी की वजह से, हमारी कहानी का अंत इस तरह हुआ.

खैर ,इसी तरह हमारी जिंदगी चलती रही. मम्मी की बातों से मुझे हमेसा महसूस होता की वो अब जिंदगी के उन खो गए लम्हों को दुबारा तलाश रही हो, शायद वो पल फिर आ जाय पर वो हो नहीं पा रहा था.पर बैठ के सोचने से तो कुछ होता नहीं, उसके लिए प्रयास करना पड़ता है, जो उन्होंने कभी नहीं किया.

मैंने पापा को बताया भी की मम्मी अब काफी बदल गयी हैं पर पापा की अपनी चोट कोई कम गहरी नहीं थी. शायद इसी वजह से वो अब दुबारा वापस आने को सोच नहीं रहे थे. वो यही कहते की ये बात तुम क्यों कह रही हो?

यदि वो सचमुच बदल गई हैं, तो उन्हें मुझसे बात करनी चाहिए थी। पर मम्मी शायद आत्मग्लानि की वजह से शुरुआत नहीं करना चाह रही थीं। पापा के बग़ैर गुज़रे सालों ने उन्हें अपनी गलती का एहसास तो करा दिया था, पर इसके बावजूद ,रिश्तों पर जमी बर्फ अब भी पिघल नहीं पा रही थी।

वजह साफ़ थी — मम्मी की तरफ़ से कोई पहल नहीं हो पा रही थी।

उनकी चुप्पी में छिपा था एक दर्द, एक पछतावा, और एक अनकहा संवाद, जो कभी शब्दों में ढल ही नहीं पा रहा था.

मैं देख रही थी — हमारे बीच एक दूरी थी, पर उस दूरी में भी एक नया रिश्ता जन्म ले रहा था।ऐसा रिश्ता, जिसमें खामोशी ही भाषा थी, और समझ ही संवाद।

इसी बीच मुझे जब भी जरुरत पड़ी जैसे ग्रेजुएशन के लिए जाना था तो पापा साथ थे,हॉस्टल में वो महीने में एक बार मिलने जरूर चले आते थे, और उसी दिन फ्लाइट से वापस गोवा भी लौट जाते थे.

पैसों की कमी हमने कभी महसूस नहीं की, कमी थी तो रिश्तों में अपनापन और गर्माहट की.

मेरी सारी पढाई देहरादून में ही हुयी, क्यों की मम्मी मुझे छोड़ना नहीं चाहती थी. और मैं भी मम्मी को उस हालत में अकेले रखना नहीं चाहती थी.

मैं देहरादूंन में ही हॉस्टल में थी. और हमेशा हर छूट्टी में घर आ जाती थी.

ताकि मम्मी को अकेलापन महसूस न हो.

पापा आते, मुझसे मिलते, मेरी जरूरतों को पूरा करते और चले जाते. उन्होंने ने मुझे कभी अकेला और किसी बात की कमी भी महसूस नहीं होने दिया.

मम्मी को भी सभी बातों का पता चलता था, लेकिन वो कुछ भी कह नहीं पाती बस चुप रहती. पर उन्हें हमेशा ऐसा लगता की पापा एक दिन जरूर लौटेंगे क्योंकि मैं एक कड़ी थी उन दोनों के बीच.

मैं भी एक आशा को अपने मन में रख के जी रही थी की ऐसा एक दिन जरूर आएगा ,कब आएगा पर आएगा जरूर. मैं भी मम्मी के साथ ख़ामोशी से उस लम्हे का इन्तेजार कर रही थी.

ग्रेजुएशन के बाद मैंने फिर बीलिब किया और लाइब्रेरी ज्वाइन कर ली ताकि मम्मी के साथ ही रह सकूं. मुझे बहुत अच्छे पैकेज मिले थे MNC में पर मेरे

लिए तो वो सब बेकार थे.

पापा तो दूर रह कर भी मेरे साथ है पर मम्मी के लिए मुझे बहुत दुःख होता है और सोचती हूँ की उन्हें कम से कम अब तो एक चांस मिलना ही चाहिए था.

काफी दिन बीत गए अकेले रहते हुए और वनवास झेलते हुए. हलाकि वनवास तो पापा भी झेल ही रहे थे, पर उनके साथ एक बात थी की वो जॉब में थे और बिजी थे.पर मम्मी के साथ तो ऐसा कुछ भी नहीं था.

पहले मम्मी के शौक बिलकुल अलग थे, उसमे डायरी लिखना तो कभी शामिल नहीं रहा पर उस घटना के बाद उनके सारे पुराने शौक ख़त्म हो गए, और एक नए शौक की शुरुवात हुई. उन्होंने डायरी लिखना शुरू कर दिया. अपनी डायरी में ही उन्होंने लिखा है **उनके लिए**

9

मम्मी की डाईरी के पन्नो से

जब आप थे, तो मेरे पास वक़्त नहीं था आपके लिए, हर बात में बस कुढ़न थी, हर लम्हे में शिकायत।

और आज जब आप नहीं हैं, तो लगता है ये वक़्त ख़त्म ही नहीं होता। हर वक़्त आपके बारे में सोचती हूँ, हर साँस में आपको ही ढूँढती हूँ।

मेरी आँखों में अब सिर्फ़ अधूरापन है, मेरे दिल में सिर्फ़ खालीपन। जो कुछ भी हमारी ज़िंदगी में हुआ, उसके लिए खुद को ही ज़िम्मेदार पाती हूँ।

आपकी यादें अब मेरी साथी हैं, आपकी अनुपस्थिति मेरी सज़ा। और मैं सोचती हूँ — काश मैंने आपको तब समझा होता, जब आप मेरे साथ थे।

जब साथ थे, तो शिकायतों में वक़्त गुज़र गया, अब तेरे बिना हर वक़्त अधूरा लगता है।

काश समझ पाती मैं तेरी ख़ामोशियाँ उस वक़्त, अब तो हर लम्हा तेरी यादों में गुज़रता है।

शादी के पहले मेरे भी कुछ सपने थे पर सब कुछ इस तरह से जल्दीबाजी में हुआ की उस सदमें को मैं सह नहीं पायी.

ये भी जानती हूँ की उन सबमें आपका कोई दोष नहीं था, पर उसकी सजा आपको भुगतनी पड़ी, जिसकी असली गुनाहगार तो मैं थी. फिर भी सोचती हूँ,

क्या मैं इतनी खराब थी की मुझे दूसरा मौका भी नहीं मिले रिश्तों को ठीक करने का,एक बार फिर से, समझ कर, जिंदगी जीने का?

पर शायद ज़िंदगी इसी का नाम है, जहाँ रिश्ते की डोर चलाने वाला तो कोई और है जो उपर बैठा है

मम्मी अब किसी के यहाँ नहीं जातीं, न कोई उनसे मिलने आता है। घर की चौखट पर अब सन्नाटा है, और उनकी ज़िंदगी में बस एक साथी – वो डायरी, जिसमें वो अपना दिल खोल पाती हैं।

हर पन्ना उनकी खामोशी का आईना है, हर शब्द उनकी आँखों का आँसू। वो लिखती हैं, ताकि दर्द हल्का हो सके, वो लिखती हैं, ताकि यादें ज़िंदा रह सकें।

और मैं हूँ – उनका सहारा, जिससे वो बातें करती हैं, जिसके सामने वो अपनी चुप्पी तोड़ती हैं। अब उनके पास कोई और नहीं, सिवाय मेरी मौजूदगी और उस डायरी के।

उनकी ज़िंदगी बदल गई है, पर उस बदलाव में भी एक गहराई है। माँ अब और ज़िम्मेदार हो गई हैं, और मैं अब उन्हें नए रूप में समझ पा रही हूँ।

मम्मी ने इस बीच बहुत कुछ लिखा अपनी डायरी में, और मैंने सब पढ़ा है चुपके चुपके.

मैंने महसूस किया है की मम्मी अब भी बहुत मिस करती हैं पापा को, और मिस करना भी ज़रूरी है, क्योंकि पापा ने अपनी ज़िंदगी में उनके लिए, कभी ऊँची आवाज़ का सहारा नहीं लिया।

उनकी बातें हमेशा एक अलग ही असर छोड़ती थीं–शालीनता से भरी, सच्चाई से सजी, और संजीदगी से कही गई। हर शब्द में एक गहराई होती थी, जैसे वह केवल बोल नहीं रहे हों, बल्कि जीवन का कोई अनुभव हमारे सामने रख रहे हों।

उनकी आवाज़ में कठोरता नहीं, बल्कि एक शांत दृढ़ता होती थी। यही कारण था कि उनकी कही बातें समय के साथ यादों में बदल गईं और हमें संभालने लगीं। वह शब्द अब भी हमारे भीतर गूंजते हैं, जैसे किसी दीपक की

लौ जो अंधेरे में रास्ता दिखाती है।

कभी-कभी लगता है कि इंसान चला जाता है, पर उसकी बातें, उसका स्नेह और उसके संस्कार ही असली विरासत बन जाते हैं।

सच तो कड़वा होता ही है, पर उन्होंने उसे इस तरह बयां किया, कि उसमें कहीं भी शोर नहीं था, बस गरिमा और गहराई थी।

उनकी आवाज़ धीमी थी, पर असर गहरा था। उनका व्यक्तित्व सिखा गया — कि सच्चाई को कहने के लिए ऊँची आवाज़ नहीं, बल्कि साहस और शालीनता चाहिए।

इतना कह कर काव्या चुप हो गयी और ऐसा लगा की वो ये भूल गयी है की हम यहाँ डिनर करने आये थे.

हमारा खाना आया भी और बातों बातों में कब ख़तम भी हो गया पता भी नहीं चला. मैंने ध्यान से देखा, काव्या के चेहरे पर दर्द का एक गहरा सा एहसास था,और बातों को कहने में उदासी की लकीरें भी गहरी हो गयी थी.

मैंने बड़ी हिम्मत से काव्या के दोनों हाथों को धीरे से छुवा और बोला, आप बिलकुल फिक्र मत करो .उपर वाला इतना बेरहम नहीं हो सकता, उनको दूसरा मौका जरूर मिलेगा.

मैं इसके आगे कुछ और कहता तभी काव्या के फोन की घंटी बजी. काव्या के फोन पे **डिअर मम्मी** का नाम फ़्लैश हो रहा था.

पूछ रही थी, कहाँ हो बेटा,रात बहुत हो गयी है कब तक आ रही हो. वेदांत साथ ही है न. फोन स्पीकर पर था सब कुछ सुना मैंने भी.

काव्या-हाँ मम्मी, वेदांत जी साथ ही हैं, बस आधे घंटे में निकलते हैं. उस वक़्त रात के साढ़े दस बज रहे थे.

होटल अब खाली होना शुरू हो गया था. काव्या ने कहा हम फिर आयेंगे यहाँ,आज तो आप मेरी कहानी में न तो खाने का और न कोफी का स्वाद ले पाए आप.

आई ऍम रेअली वैरी सॉरी. आपको बहुत बोर भी किया मैंने. पर आपने ही तो पूछा था न मेरे बारे में, तो बताना भी तो जरूरी था आपको. मैं न भी तो नहीं कर सकती थी आपको

मैंने कहा- खाने का स्वाद तो कभी भी ले लेंगे, पर जो भरोसा आपने मुझमें दिखाया, वह मेरे लिए सबसे बड़ी बात है। यह भरोसा मेरे लिए किसी दावत से भी बढ़कर है, क्योंकि यही मुझे जीने की ताक़त देती है, यही मुझे अपनेपन का एहसास कराता है। स्वाद तो पल भर का होता है, पर विश्वास—वह जीवन भर साथ रहता है।"

आपने वो सब कुछ कहा, जो शायद ही कोई कह पाता है, अपने दिल का दर्द, अपनी चुप्पी का बोझ, मेरे साथ साझा किया।

कितना दर्द लेकर जी रही हैं आप, पर यदि उसे बाँटने से थोड़ा भी हल्का लगा होगा, तो मैं खुद को खुशकिस्मत समझूँगा।

क्योंकि सच है — दर्द साझा करने से कम होता है, और रिश्ते गहरे हो जाते हैं। आपकी खामोशी अब शब्दों में ढल गई है, और मैं उन शब्दों को अपने दिल में संजोकर रखूँगा।

काव्या ने कहा — दुःख को बाँटा नहीं जाता, बस उसे स्वीकार किया जाता है। पर अगर बाँट लिया जाए,,या कोई सिर्फ चुपचाप सुन ले तो सफ़र आसान हो जाता है।

मैंने कहा — पर बाँटा कैसे जाए? मैं तो तैयार हूँ आपका दर्द, लेने को, आपका ग़म, आपकी खुशियाँ भी।

जो कुछ भी आप बाँट सकती हैं, वो सब मैं अपने दिल में रख लूँगा। क्योंकि बाँटने से दर्द हल्का होता है, और रिश्ते और गहरे।

काव्या--दुःख को बाँटने की ज़रूरत नहीं होती, बस एक सोलमेट की ज़रूरत होती है। जो आपके सपनों को अपनी आँखों से देखे, आपकी खुशियों को अपने दिल में जीए।

जो आपके डर को उतनी ही गहराई से महसूस करे, जितना आप करते हो, और आपके दर्द को उतनी ही शिद्दत से सह पाए, जितना आप सहते हो। जब अहसास साझा हो जाता है, तो दर्द आधा हो जाता है, खुशियाँ दुगनी हो जाती हैं।

यही साझा अहसास हर दर्द को हल्का कर देता है, यही जुड़ाव हर खामोशी को आवाज़ दे देता है और हर आँसू को मुस्कान में बदल देता है। और यही होता है सच्चा सोलमेट – जो आपको पूरा कर दे, बिना कुछ कहे, सिर्फ़ महसूस करके।

पापा में वो सारे गुण थे. वो बोलते तो बहुत कम थे पर हमारी बहुत केयर करते थे. हमारी हर जरूरतों को बिना बताये जान लेते थे और पूरा करते थे.उन्होंने मम्मी की भी, हर संभव, सारी जरूरतों को पूरा किया ,चाहे मम्मी ने उनके साथ कुछ भी किया हो.

प्यार का मतलब, जहाँ तक मेरी समझ है, केयर ही करना होता है। हर लम्हे में, हर सांस में, किसी को अपना मान लेना होता है।

पर शायद उनकी किस्मत अच्छी नहीं थी, उन्हें सच्चा सोलमेट नहीं मिला। कोई ऐसा नहीं मिला जो उनके सपनों को अपना बना ले, उनके दर्द को महसूस कर सके, और उनकी खुशियों को जी सके।

प्यार अधूरा रह गया, रिश्ता तो था पर उनमें वो गहराई नहीं थी जो सोलमेट के साथ होती है। कभी-कभी किस्मत सब कुछ छीन लेती है, और पीछे छोड़ जाती है बस एक अधूरी कहानी।

खाने के बाद बिल काव्या ने पे किया और हम स्कूटी से धीरे धीरे घर को लौटने लगे. रास्ते में फिर और कोई बात नहीं हुई.

काव्या सीधे मेरे हॉस्टल पहुची और ड्राप करके जाने लगी तो मैंने कहा की कल भी तो छुट्टी है, अगर आप सही समझे तो कल हम फिर चलते है.

आपने भी तो ऐसा ही कहा था. और इस बार खाने के साथ कुछ और भी बातें होंगी.

काव्या मुस्कुरा दी और बोली- हाँ, मैंने भी तो यही कहा था आपसे पर फिर सोचा की क्या फिर मौका लेंगे बोर होने का .इतने से मन नहीं भरा क्या ?

नही काव्या ,ऐसी बात नहीं. आपकी कंपनी में मैं कभी बोर हो ही नहीं सकता. एक आप ही तो हो जिसे यहाँ मैं अपना कह सकता हूँ. इसलिए मैं सोच रहा था कुछ और टाइम स्पेंड करूँ आपके साथ, कुछ और जानू आपके बारे में.आज बहुत अच्छा लगा आपके साथ टाइम स्पेंड करके, और चाहता हूँ की जब तक मैं देहरादून में हूँ, छुट्टियाँ ऐसे ही बीते तो मुझे सचमुच बहुत अच्छा लगेगा.

काव्या ने कहा--अब क्या बचा है बताने को मेरे पास, मेरी कहानी तो देहरादून में पापा मम्मी से शुरू होती है और उन्ही के साथ ख़तम होती है.

मैंने कहा –फिर भी एक बार और मैं मिलना चाहता हूँ कल आपसे, फिर जाने कब ऐसा अवसर आये.

उसने कहा ठीक है, ख़ुशी तो मुझे भी होगी पर मैं डर रही थी की पता नहीं आप क्या सोचे?

हमारा समय पक्का हो गया, वही जगह, वही टाइम. काव्या चली गयी. मैंने नोटिस किया की वो थोड़ी रिलैक्स लग रही थी .शायद अपने अतीत को शेयर कर के. और इस तरह से ख़त्म हुई एक शाम जो लग तो रही थी एकदम अधूरी सी पर ऐसा लगा की काव्या की इस जिंदगी से मेरा रुबरु होना भी बहुत जरूरी था.

ऑफिस के बाहर हुई उस हसीन मुलाकात ने कई काम एक साथ कर दिए।

एक नया विश्वास जन्म लिया, ठहरा हुआ दर्द पिघलने लगा, और दो दिल थोड़े और करीब आ गए।

काव्या को मिला एक नया सहारा, जिसने पहली बार एहसास कराया कि पापा और मम्मी से अलग भी एक दुनिया है – जहाँ कोई है उसके दर्द को सुनने वाला, जिसे वो अपना कह सकती है।

वो कंधा, जिस पर सिर रखकर कुछ बुरी यादों को भुलाया जा सकता है, चाहे थोड़े समय के लिए ही सही। पर उस पल में ज़िंदगी ने उसे एक नया रंग दिखाया, एक नया रिश्ता, और एक नई उम्मीद।

दूसरे दिन सुबह, जब बालकनी में गया तो देखा, मौसम पूरी तरह बदला हुआ था, आसमान बादलों से भरा था, और हलकी हलकी बूंदा बंदी भी हो रही थी.

वैसे तो सबकुछ ठीक था एक रोमांटिक मुलाकात के लिए पर किसी आउटिंग के लिए बाहर जाकर फसने का भी डर था. काव्या से नव बजे सुबह आने की बात हो चुकी थी और वेन्यू वही था कॉफ़ी पॉइंट. सच में बहुत खूबसूरत जगह थी हिल टॉप पर, जहाँ पहुचते ही किसी का भी मूड एकदम बदल जा सकता था. जब मौसम साथ हो.जगह इतनी खूबसूरत हो,बढ़िया खाना हो और वो भी साथ हो जिसे आप पसंद करते हों तो फिर सोने में सुहागा ही था. घडी ने नौ बजाये और काव्या का फोन बजा, कहा मैं नीचे हूँ आ जाईये.

मैं तो इंतज़ार ही कर रहा था, तुरत दरवाजा बंद कर नीचे आ गया. स्कूटी स्टार्ट थी मैं काव्या के पीछे बैठ गया

उसने अपना बैग मेरे हवाले कर स्कूटी स्टार्ट की और मंजिल की ओर चल दी, पर जैसे ही एक किलोमीटर की दूरी तय की हमने की बारिश शुरू हो गयी.

बादल इतने गहरे थे की, बारिश रुकने का अंदेशा नहीं लग रहा था. हलाकि बारिश अभी शुरू ही हुई थी.

काव्या ने तुरत स्कूटर मोड़ते हुए कहा, आज रिस्क नहीं ले सकती, आपको दुबारा बीमार पड़ने नहीं दूँगी, मैं वापस लौटती हूँ. वैसे बारिश में भीगते हुए स्कूटी चलाना मुझे बहुत पसंद है पर आज नहीं.आप अभी अभी बीमारी से उठे हैं.ये आपके साथ ठीक नहीं रहेगा.

और वापस लौट के हम हॉस्टल आ गए. उसने जल्दी से अपनी बरसाती निकाली और बोली, सॉरी आज मौसम ने साथ नहीं दिया, फिर कभी दूसरे दिन चलतें हैं.

सचमुच, कोई आप्शन नहीं था हमारे पास.उसे रोक भी नहीं सकता था. इमरजेंसी को छोड बॉयज हॉस्टल में लड़कियों को रुकने की अनुमति नहीं थी. जी मसोस करके हम विदा हुए.

उस पल में एक अजीब-सी खामोशी पसरी हुई थी। मैं तो पहले से ही अपने भीतर टूटन महसूस कर रहा था, लेकिन काव्या की आँखों में भी वही धुंधली उदासी झलक रही थी। उसकी दृष्टि में एक खालीपन था, जैसे किसी ने अचानक उसकी दुनिया से रंग छीन लिए हों। वह मौन थी, पर उस मौन में बहुत कुछ कहा जा रहा था—एक अनकहा दर्द, एक अधूरी चाह।

मुझे ऐसा लगा मानो जीवन की थाली, जो अब तक स्वाद और खुशबुओं से भरी थी, किसी अदृश्य हाथ ने पल भर में उठा ली हो। उस थाली के साथ उम्मीदें भी चली गईं, और बचा रह गया केवल सूनापन। हम दोनों के बीच कोई शब्द नहीं था, पर उस निःशब्द क्षण में हमारी उदासी एक-दूसरे से गुँथ गई थी।

काव्या ने जाते जाते कहा-extremely सॉरी -शायद भगवान् को मंजूर नहीं था आज का हमारा प्रोग्राम और वो चली गयी.

मैं वही खड़ा हुआ उसे तब तक देखता रहा जब तक कि वो नज़रों से ओझल नहीं हो गयी. फिर उदास मन से मैं अपने कमरे में पंहुचा और जैसे ही कपडे बदलने के क्रम में शर्ट खोलना चाहा, लगा की कुछ गिरा. नीचे झुक के देखा तो पाया की ये तो काव्या का बैग था जो उसने मुझे स्कूटी चलने के पहले रखने को दिया था.

उसे भी शायद याद् नहीं आया उसे लेने को. मैंने जल्दी से कपडे चेंज किये फिर पैर धोया और बिस्तर पे आकर लेट गया.

कमरे की खिड़की से देखा तो बाहर बारिस ने रफ़्तार अच्छी खासी पकड़ ली थी. बहुत जोरों से बारिश हो रही थी. असमान में काले बादलों की वजह से दिन में भी बिलकुल अँधेरा लग रहा था. मैं सोच रहा था सचमुच हम बुरी तरह फंस जाते, अगर थोडा भी आगे जाते तो. पर उस हसींन मौसम में काव्या का साथ छूटना भी अच्छा नहीं लग रहा था.

काव्या तो चली गयी थी पर उसका बैग सामने था. मैं अपनी उत्सुकता को रोक नहीं सका ,उसे खोल कर देखा तो लगा कोई किताब है पर उस किताब को खोला तो वो एक डायरी निकली, लाल रंग की.

शायद ये वही डायरी थी जो वो रोज अपने साथ ऑफिस लेके आती थी और दिन में कुछ न कुछ उसमें लिखती रहती थी.-

10

काव्या की प्राइवेट डायरी और कबूलनामा मोहब्बत का..

मैं सोच नहीं पा रहा था की उस डाईरी को पढूं की नहीं..किसी की प्राइवेट डाईरी पढना तो अच्छी बात नहीं होती.

पर रोक नहीं पाया अपने आपको उसे पढने से.

मैं आराम से अपने बेड पे लेट गया और काव्या की डायरी पढनी शुरू की.

शुरुआत के कुछ पन्ने तो अपने पेरेंट्स के बारे में ही थे .अपनी व्यथा के बारे में की पापा रह के भी साथ नहीं हैं कुछ अपने करीअर के बारे में.जो चाहती थी वो कर नहीं पा रही है क्योंकि माँ अकेली रह जाएँगी.

पर उसके कुछ पन्नो के बाद जो लिखा था उसने मेरी जिज्ञाषा और रोमांच ,दोनों को और बढ़ा दिया.

लिखा था –आज एक ऐसे व्यक्ति लाइब्रेरी में आये जो IFS थे पर उनकी सोच और उनके विचार एकदम अलग थे. इतनी अच्छी नौकरी से छुट्टी लेकर शोध के लिए आये हैं. मुझे बहुत अच्छा लगा मिलकर, उनके नए मिशन को जान कर.

पहली मुलाकात में वे काफी सच्चे लगे.बात से भी और चेहरे से भी. कही कोई बनावटीपन नहीं, कोई नाटकीयता नहीं. मुझे पहली ही मुलाकात में लगा की, मैं, उनके शोध में जहाँ तक हो सके उनकी मदद करू.

आज मुझसे जो बन पड़ा वो कर दिया, वो बड़ी गंभीरता से अपना काम कर रहे हैं. मुझे उनके बारे में बहुत कुछ जानने का मन करता है पर अच्छा नहीं लगता की कुछ पूंछु. या फिर कैसे पूछूँ ?

वो मेरी सीट के ठीक सामने ही बैठते है.जब भी नज़रें उठती हैं मेरी, तो उन्ही का चेहरा दिखता है.कभी कभी मेरी नज़रें भी मिल जाती है उनसे , तब बडा अजीब लगता है, ये सोचकर की क्या सोचते होंगे वे? पर हमारी सीट ही ऐसी है की उसे चेंज भी नहीं किया जा सकता. पर जो भी हो उनको काम करते हुए देखना बहुत अच्छा लगता है.

आज वेदांत जी लाइब्रेरी नहीं आए, मेरा मन भटका सा रहा। बार-बार निगाहें जाती रहीं उस खाली कुर्सी की ओर, जहाँ वो रोज़ बैठकर काम करते थे।

वो खाली कुर्सी दिन भर मुझे परेशान करती रही, हर काम किया मैंने, पर मन कहीं नहीं लगा।

उदासी और खालीपन मेरे पूरे दिन पर छा गया। जैसे उनकी मौजूदगी ही मेरे सुकून की वजह थी। आज उनकी अनुपस्थिति ने मुझे अपने ही विचारों में उलझा दिया।

आज दूसरा दिन था, और उनकी वो कुर्सी अब भी खाली रही। काफी देर तक इंतज़ार करती रही, सोचा शायद वो देर से आएँगे, पर वो नहीं आए।

मन बेचैन हो गया, बार बार निगाह उसी ओर जाती रही, जहाँ उनकी यादें समाई थीं। वो खाली कुर्सी मेरे दिल का आईना बन गई, जिसमें सिर्फ़ उनकी

छवि दिखाई देती रही।

दिन भर काम तो किया मैंने, पर मन वहीं अटका रहा, उस जगह पर, जहाँ उनकी मौजूदगी की आदत थी। आज उनकी अनुपस्थिति ने मेरे पूरे दिन को उदासी में बदल दिया।

दूसरे दिन भी जब कुर्सी खाली रही, तो मन बेचैन हुआ, सोचा कहीं तबियत तो खराब नहीं। दिल ने रोकना चाहा, पर कदम खुद-ब-खुद चल पड़े, लंच ब्रेक में हॉस्टल की ओर।

हॉस्टल गयी तो सचमुच जो आशंका मेरे मन में थी थी वही सही साबित हुई.

वो दो दिनों से बीमार पड़े थे. उस दिन मेरी वजह से भींग गए थे. उन्हें उस तरह बिस्तर पे बीमार पड़ा देखकर अच्छा नहीं लगा. मेरे पास हर वक्त दवा रहती है, मैंने उन्हें थोड़ी सी दवा दे ददी. उनसे मिलकर लगा, जैसे कोई अपना सा मिल गया हो। एक ऐसा सहारा, जिससे सब कुछ बाँटा जा सके। दर्द भी, ग़म भी, और वो हर छोटी-सी खुशी भी। उनके साथ होने से खालीपन भर गया, और उदासी सुकून में बदल गई।

मैं सोच कर आई थी, जब तक वो ठीक नहीं होंगे, उनका लंच और डिनर मैं ही लेकर आऊँगी। पता नहीं ये अधिकार मेरे पास था या नहीं, पर कैसे आ गया, मैं समझ नहीं पा रही हूँ। शायद यही प्यार है, जहाँ अधिकार माँगा नहीं जाता, बस दिल से निभाया जाता है।

कभी-कभी अपनापन इतना गहरा हो जाता है, कि ज़िम्मेदारी अपने आप अधिकार में बदल जाती है।

फिर मैं हर दिन उनको जा कर देखती रही. मैं जानती हूँ की मेरे नहीं जाने से भी वो मैनेज कर लेते खुद को. कोई मेरे भरोसे तो आये नहीं थे यहाँ, पर पता नहीं क्यों मैं वहां खिंची चली गयी. उन तीन चार दिनों में मैंने उनसे काफी बातें की और हॉस्टल में बीते तीन चार दिनों के मीटिंग के बाद हम दोस्त हो गए.

उन्होंने मुझसे कहा की-मैं अपने बारे में बताऊँ, पर मैंने उनसे कह दिया की जब वक़्त आएगा तो सब कुछ बता दूँगी. अब तक मैंने अपने बारे में खास कर पापा मम्मी के रिश्ते के बारे में किसी को भी कुछ नहीं बताया है

ये एक ऐसा दर्द है जिसे साथ लेकर मैं जी रही हूँ और बहुत जी करता है की कोई ऐसा हो जिससे मैं अपने दिल की बातें शेयर कर सकूं..पापा और मम्मी के रिश्ते की वजह से मैं भी तो बिलकुल अकेली हो गयी हूँ.

मुझे भी ऐसा लगता है की कोई दोस्त हो जिसके साथ मैं अपने सारे दर्द उससे शेयर कर सकूँ.

वेदांत जी से मिलकर मुझे अब लगता है की वे एक ऐसे सुलझे हुए इंसान हैं जिनसे बहुत कुछ शेयर किया जा सकता है.

आज वो ठीक होकर आ गए ,बहुत अच्छा लगा उनको फिर अपनी सीट पर बैठा देख कर.

अब तो आदत सी हो गयी है उनको रोज उस सीट पर काम करते देखते हुए. अब हमारा लंच भी साथ होता है ,कितनी बदल गयी हूँ मैं उनके आने से.

मुझमें हो रहे इस बदलाव की बात मम्मी ने भी नोटिस की है.

मेरे ऑफिस से घर लौटते ही मम्मी मुझे उस दिन की हर बात बहुत डिटेल में पूछती हैं. पूछती तो पहले भी थी पर जब से उन्हें वेदांत के बारे में पता चला है तब से उन्हें मुझसे बात करने में इंटरेस्ट कुछ ज्यादा ही बढ़ गया है.

अब मैं भी हर बात मम्मी से कहती हूँ. और चाहती हूँ की वो मुझसे रोज दिन भर की बातों को पूछे और मैं मम्मी से रोज वेदांत के साथ गुजरे हर पल की बात शेयर करू.

मम्मी ने अब तक वेदांत जी को देखा नहीं है, फिर भी उनमें उनका इंटरेस्ट दिन ब दिन बढ़ता ही जा रहा है.

मेरा कम्युनिकेशन अब मम्मी से पहले से काफी बेहतर हो गया है. हमारे बीच एक नयी बोन्डिंग बन रही है. शायद इसकी भी वजह वेदांत ही हैं. मम्मी

अब मम्मी से ज्यादा दोस्त बनती जा रही हैं. पापा के नहीं रहने से जो उदासी आ गयी थी हमारी जिंदगी में ,अब उसमें थोडा बदलाव आ रहा है. जो बहुत ही अच्छा लग रहा है .

मेरे जीवन में बहुत कुछ बदल रहा है, चुपके चुपके, पर ऐसा होने की वजह जब जब मैं खोजती हूँ तो बस एक ही कारण और नाम सूझता है.

क्या एक व्यक्ति में इतनी ताकत होती है की वो बिना अहसास कराये सब कुछ बदल दे?क्या यही प्यार है, यही मोहब्बत है, जिसमें मैं धीरे धीरे डूबती जा रही हूँ. मुझे तो और कोई वजह नजर नहीं आती इसके सिवा.

वो आए थे एक मक़सद के साथ, एक सपने के साथ, अपना शोध पूरा करने की चाह में।

किताबें और मैगज़ीन देते-देते कब उनका मक़सद मेरा मक़सद बन गया, कब उनका सपना मेरी आँखों का सपना हो गया, पता ही नहीं चला।

अब तो हाल ये है, कब उनकी धड़कनें मेरे दिल में धड़कने लगीं, कब उनकी मौजूदगी मेरी ज़िंदगी का हिस्सा बन गई, पता ही नहीं चला आख़िर कैसे हो जाता है ये सब ? कोई अजनबी दूर से आकर कैसे किसी के ख्वाबों का हिस्सा बन जाता है? शायद यही है दिल का जादू, जो बिना पूछे, बिना बताए, किसी को अपना बना लेता है।

मैं कई बार सोचती हूँ की उनके साथ काफी पॉइंट पे जाऊं, वहां के शांत वातावरण में जहाँ और कोई न हो,मैं रहूँ वो रहे और बाकी काम तो वहां की काफ़ी कर देगी, पर हिम्मत ही नहीं होती कहने की, पता नहीं वो क्या सोचें.

वेदांत की डाईरी से ......

मैं काव्या के उस डायरी के हर लफ़्ज़ में डूबता गया, और समझ पाया कि ये आग एकतरफ़ा नहीं है। वो कितनी समझदार निकली, कि आज तक उस आग के धुएँ का अहसास तक नहीं होने दिया मुझे।

मुझे तो लगता रहा कि वो बस सहयोगी है, जैसे सबकी मदद करती है, वैसे ही मेरी भी। पर उस डायरी ने मेरे दिल में पहले से जल रही आग को और भड़का दिया। अब ये आग सिर्फ़ मेरी नहीं रही, ये दोनों दिलों की धड़कनों में एक साथ जल रही है।

मैंने काव्या की डाईरी को आगे पढना शुरू किया--

मेरा दिल कोई कोरा काग़ज़ नहीं था, कई बार उस पर लिखने की कोशिश हुई, पर किसी की स्याही में इतना दम नहीं था कि वो अपनी सक्शियत की छाप छोड़ सके।

पर इस बार की बात ही कुछ और है, हर लफ़्ज़ मेरी यादों में उतरता जा रहा है, हर अहसास मुझे डुबो रहा है उस समुंदर में, जो अब तक मेरे लिए अनजाना था। क्यों हो रहा है ऐसा? कैसे कोई अनजाना ख्याल मेरे दिल का हिस्सा बन गया? शायद यही है प्यार का जादू, जो बिना पूछे, दिल पर अपनी अमिट छाप छोड़ देता है।

उसकी आगे की डायरी में दो दो लाइन्स की, किसी और के लिखे शेर के संग्रह भी थे जो उसकी दिल की गहराईयों में जो कुछ भी घटित हो रहा था उन अहसासों को और स्पष्ट कर रहे थे.

जैसे ये लाइन्स-

कुछ तो हवा सर्द थी, तो कुछ तेरा ख्याल था, शायद यही कारण था की आज अहसास में इतनी नमी थी.

फिर से सो जा ऐ दिल क्योंकि धुंध बहुत है तेरे शहर में, अपने दीखते नहीं और जो दीखते है वो अपने नहीं.

सच्ची मुहब्बत में अल्फाज़ से ज्यादा अहसासों की अहमियत होती है.

सच्ची मोहब्बत बातों से नहीं अपने प्यार की क़द्र से होती है. जज्बातों को जुबान देना कितना कठिन है.इसका अहसाह मुझे अब होने लगा है. कई बार सोचती हूँ की कुछ कहूं उनसे पर जैसे ही उनको देखती हूँ मेरी जुबान मानो सिल कर खामोश हो जाती हैं.

काव्या ने आगे लिखा था- ----मौसम को बदलते हुए तो मैंने पहले भी देखा था ,पर उस वक़्त जब भी बारिश होती थी तो मैं खिडकियां बंद कर लेती थी ,सर्दियों में रजाई ओढ़ कर घर में बंद रहती थी और गर्मियों की शाम में बंद कमरे में ac चला कर बाहर के माहौल से दूर रहती थी.

पर अब कुछ भी वैसा नहीं रहा.बारिश होती है तो मुझे बच्चो की तरह बारिश में भीगने का दिल होता है और भीगने भी लगी हूँ.

बारिश की हर बूँद में मुझे लगता है उनका अहसास, जैसे हर शीतल बूँद के साथ उनका शीतल स्पर्श मिल रहा हो.

सर्दियों में ओस से डूबे गुलाब को देखकर दिल ख़ुशी से भर जाता है. गर्मी की शाम में अब बंद कमरा नहीं खुली हुई छत पे घूमना अच्छा लगता है, उनके ख्यालों और यादों के साथ.

हर मौसम जैसे मेरे दिल का आईना बन गया है। बरसात की बूंदों में भीगते हुए लगता है, कोई मेरे साथ है जो हर ठंडी फुहार को गर्माहट में बदल देता है, और हर गर्माहट को ठंढी फुहार में ।

ओस से भीगे लाल गुलाब को देखते ही ऐसा महसूस होता है जैसे उसकी खुशबू में तुम्हारी मौजूदगी घुल गई हो। गर्मियों की शाम में जब मैं अकेली छत पर टहलती हूँ, तो हवा की हर सरसराहट मुझे यह एहसास दिलाती है कि मैं अकेली नहीं हूँ—तुम्हारी परछाई मेरे साथ चल रही है।

तुम्हारे होने से मेरी दुनिया सिर्फ बदल नहीं गई, बल्कि पूरी नई हो गई है। जैसे पूरी कायनात ने मेरे लिए अपना रंग, अपनी धुन और अपनी रौशनी बदल ली हो। हर पल, हर मौसम अब तुम्हारा नाम गुनगुनाता है... और मैं उसमें डूब जाती हूँ।

जिस दिन उनकी झलक नहीं मिलती, लगता है जैसे पूरी कायनात ने अपनी खूबसूरती मुझसे छुपा ली हो। सूरज की रौशनी, चाँद की ठंडक, हरियाली की ताजगी—सब कुछ बेमानी सा लगता है। मेरे लिए दुनिया तभी रंगीन होती है जब वो सामने हों या उनका ख्याल मेरे साथ साँस ले रहा हो।

सोचती हूँ, कि कैसा है ये मन और मौसम का ये रिश्ता?

बिलकुल हैरान कर देने वाला है। पहली बार समझ आया कि दिल की धड़कनें भी मौसम की तरह बदल सकती हैं—कभी बरसात की नमी में, कभी वसंत की खुशबू में, कभी गर्मी की शाम की तन्हाई में। अब हर पल नया है, हर अहसास अनजाना है, और हर मौसम उनकी मौजूदगी से ही अपना अर्थ पाता है।

अगले पन्नो में उसने किसी शायर के कुछ शेर लिखे थे ----पता नहीं कैसा अहसास है ये, जब से तुम मिले हो सबकुछ अच्छा लगने लगा है. अच्छा लगता है हर रात तेरे ख्यालों में खो जाना, जैसे दूर हो कर भी तेरी बाहों में सो जाना...ना जाने कौन सा रिश्ता है इस दिल का तुमसे,ये धडकना भूल सकता है पर तेरा नाम नहीं वो लम्हा बना दो मुझे...जो गुजर कर भी... तुम्हारे साथ रहे...!! तन्हाई अच्छी लगती है,सवाल तो बहुत करती है पर,.जवाब के लिए ज़िद नहीं करती..

करूं तेरा ज़िक्र या एहसासों में रहने दूं, करूं तुझे महसूस या धड़कन में बहने दूं

तुझे लफ्जों में करूं बयां, या इबादत में ही रहने दूं.

अगला जो पेज था डाईरी का वो बिलकुल ताज़ा था.

उनमें कल की बातों का पूरा जिक्र था. उन सब बातों का जो कल काफी पॉइंट पे हुई थी. उसी में आगे लिखा था......

कल की शाम मेरे लिए किसी जादू से कम नहीं थी। मैं उनके साथ अपनी पसंदीदा कॉफ़ी शॉप गई—वो जगह जहाँ हर कोना, हर खुशबू मेरी रूह तक उतर जाती है। कॉफ़ी का अरोमा, हल्की रोशनी और सुकून भरा अम्बिएंस... सब कुछ जैसे हमारे लिए ही बना हो। उनके साथ बैठकर हर घूँट में एक नई मिठास थी, हर मुस्कान में एक नई कहानी।

वो जगह अब सिर्फ एक कॉफ़ी शॉप नहीं रही, बल्कि मेरे दिल का एक हिस्सा बन गई है। जैसे वहाँ की दीवारें, वहाँ की खुशबू और वहाँ की हवा भी हमारे साथ बिताए उस पल को हमेशा के लिए संजो लेना चाहती हों।

आज जब उनका साथ मिला तो लगा जैसे मैं अपनी पहचान खो बैठी हूँ। मेरे अहसास, मेरी धड़कनें, मेरी साँसें—सब कुछ बदल गया है उनकी मौजूदगी से। उनसे मिलकर ऐसा लगता है कि मैं अब वही नहीं रही जो पहले थी, बल्कि एक नई "मैं" जन्म ले चुकी हूँ।

कभी सोचती हूँ कि ये रिश्ता किसको सहारा दे रहा है—क्या उन्हें मेरी ज़रूरत है या मुझे उनकी?

पर सच तो यह है कि ज़रूरत और चाहत दोनों एक-दूसरे में घुलमिल गई हैं। जैसे दो रूहें एक-दूसरे का आईना बन गई हों, और अब कोई फर्क नहीं पड़ता कि कौन किसके लिए है।

उनके साथ होने से हर पल में एक नई चमक है, हर अहसास में एक नई गहराई। मेरी दुनिया अब उनकी मौजूदगी से ही पूरी है, और मेरी पहचान अब उनके नाम से ही रोशन है।

कॉफ़ी की हर घूँट के साथ मैं उलझती रही—ये जादू कॉफ़ी का है या आपके साथ होने का। उस प्याले की गर्माहट और आपकी मौजूदगी ने , दोनों मिलकर मेरे दिल में एक अनकहा सा सुकून भरते रहे। हम दोनों की ख़ामोशी भी जैसे एक भाषा बन गई थी—जहाँ शब्दों की ज़रूरत नहीं थी, सिर्फ़ निगाहें और एहसास ही काफी थे।

वो पल ऐसा था जैसे समय थम गया हो। कॉफ़ी की महक और तुम्हारी नज़दीकी ने मिलकर मेरी रूह को छू लिया। अब मुझे समझ आता है कि कभी-कभी ख़ामोशी ही सबसे गहरी बातचीत होती है।

ये पता भी नहीं चलता था की उन निःशब्द लम्हों में हमारी सांसे, हमारी धडकने क्या महसूस करती थी?

आज मैंने, उन सब बातों को उनके साथ शेयर किया, जो अब तक मेरे दिल में दफ़न थी

इतने कम समय में किसी पे इतना एतबार कैसे और कब हो गया पता भी नहीं चला. वो बातें जो मेरी जिंदगी की एकदम निज़ी दस्तावेज थी, वो मैं कैसे रख पायी उनके सामने. शायद इतना करीब और मेरे जज्बातों को समझने वाला कोई मिला भी तो नहीं था इसके पहले.

कुछ तो ऐसा जादू है उनमें कि बस उनका ख़याल आते ही दिल की धड़कनें बदल जाती हैं। जैसे कोई अदृश्य शक्ति मेरे भीतर उतर आती हो और हर अहसास को नया रंग दे देती हो। उनके बारे में सोचते ही लगता है कि मेरी रूह किसी अनजानी लय पर नाचने लगी है।

ये सम्मोहन सिर्फ़ आकर्षण नहीं, बल्कि एक गहरी डोर है जो मुझे उनसे बाँध देती है। उनकी मौजूदगी से ही मेरी दुनिया का हर पल मायने रखता है,

और उनकी याद से ही मेरा दिल ज़िंदा महसूस करता है।

शायद आज पहली बार ऐसा लगा की जो दर्द सालों से मेरे दिल में दफ़न पड़ी थी,जमी पड़ी थी बर्फ की तरह आज किसी नए रिश्ते की ऊष्मा के अहसासों से बहुत हद तक पिघल गयी. आज मुझे बहुत अच्छा लग रहा है,काफी हल्का महसूस कर रही हूँ.

सच है कि खुद का दर्द किसी और को दिया नहीं जा सकता, पर जब कोई शांति से, बिना कुछ कहे, बस सुन ले—तो दिल का बोझ हल्का हो जाता है।

उनकी ख़ामोशी में भी एक अपनापन है, जैसे हर शब्द से पहले उनकी मौजूदगी ही मेरे ज़ख्मों पर मरहम रख देती हो।

कभी लगता है कि सुनना ही सबसे बड़ा इज़हार है—जहाँ शब्दों की ज़रूरत नहीं, सिर्फ़ दिल की धड़कनें और आँखों की नमी ही सब कुछ कह जाती हैं।

उनके साथ बैठकर, अपनी बात कह देना ऐसा है जैसे दर्द को हवा मिल गई हो और वो धीरे-धीरे घुलकर कहीं दूर चला गया हो। शायद यही प्यार का सबसे खूबसूरत रूप है—जहाँ कोई हमें समझे, चाहे कुछ कहे या न कहे, पर उसकी मौजूदगी ही हमारी रूह को सुकून दे जाती है।

आज वेदांत ने कितने प्यार और संजीदगी से मेरी बातों को सुना. यही काफी था मेरे लिए.

अपनी दास्तान सुनाते सुनाते, मुझे कई बार ऐसा लगा की मैं रो दूं पर किसी तरह से खुद को कण्ट्रोल कर पायी. पर कुल मिलाकर आज का दिन मेरे लिए काफी अर्थ पूर्ण बीता.

जब भी कभी वेदांत के बारे में सोचती हूँ तो हर वक़्त एक ही ख्याल आता है, उनकी शालीनता,गंभीरता, उनकी सोच, उनकी लगन, सब कुछ इतना पवित्र और परिपक्व लगता है की उसमे प्यार के सिवा कुछ और हो ही नहीं सकता. मुझे अब हमेशा ऐसा लगता है की सचमुच मुझे उनसे इश्क हो गया है. अब ये

भी लगता है की इस प्यार की दरिया में डूबने के अलावा मेरे पास कोई रास्ता भी नहीं बचा है. इस प्यार में डूबी, कितने अद्‌भुत अहसासों से गुजर रही हूँ मैं, अगर मुझे कुछ भी समझ में आया है की प्यार क्या है तो उसकी वजह सिर्फ वेदांत हैं.

अब मैं हर पल ये सोचती हूँ की जिस दिन उनका शोध पूरा हो जायेगा और वो चले जायेंगे तो कैसे रह पाउंगी मैं उनके बगैर. मम्मी भी बहुत कुछ समझने लगी है. मैं कुछ भी नहीं छुपाती उनसे, सब कुछ शेयर करती हूँ.

वो तो अब ये भी कहने लगी है की तुम वेदांत से शादी कर लो, जब इतना पसंद है तुझे. हर वक़्त तू उसी का जिक्र करती है. जिंदगी में हमेशा अपनी पसंद का नहीं मिलता कोई,

पर मैंने उन्हें कह दिया है कि वेदांत मेरे लिए सिर्फ़ एक दोस्त नहीं, बल्कि मेरी ज़िंदगी का सबसे बेशकीमती हिस्सा हैं। उनकी दोस्ती मेरे दिल की धड़कन जैसी है—जिसे खोने का ख्याल ही मुझे डराता है।

शादी का नाम आते ही लगता है कि दोस्ती की सहजता कहीं बदल न जाए, और वो दुनिया फिर वही न रहे जो आज है।

मैं उस बदली हुई दुनिया को स्वीकार नहीं कर पाऊँगी, क्योंकि मेरे लिए वेदांत की मौजूदगी दोस्ती के रूप में ही सबसे खूबसूरत है। उनका साथ मेरे लिए अनमोल है, और मैं चाहती हूँ कि यह रिश्ता हमेशा उसी रूप में बना रहे—जहाँ दोस्ती ही प्यार का सबसे सच्चा और सबसे स्थायी रूप हो।

<u>वेदांत की डाईरी से</u> –

डायरी के इन पन्नों को पढ़ते ही महसूस हुआ कि ये कल रात के ही लिखे हुए हैं—बिलकुल ताज़े अहसास, जैसे अभी-अभी दिल से निकले हों।

हर शब्द में रात की ख़ामोशी की नमी थी, और हर वाक्य में सुबह की पहली किरण की चमक।

ये पंक्तियाँ सिर्फ़ लिखी हुई बातें नहीं, बल्कि दिल की धड़कनों का आईना हैं—जहाँ हर भाव, हर ख्याल, हर धड़कन किसी की मौजूदगी से रंगीन हो गई है।

जैसे ओस से भीगी पंखुड़ी पर सूरज की पहली किरण पड़ते ही वो और भी चमक उठती है, वैसे ही ये ताज़े अहसास मेरे दिल को रोशन कर रहे थे। डायरी अब मेरे लिए सिर्फ़ यादों का पन्ना नहीं, बल्कि मेरी रूह का सबसे रोमांटिक आईना बन गई है।

इतना पढने के बाद, मैं रुक गया .क्यों की दोस्ती की उस लाइन को पढने के बाद और उस पल के बाद अब मेरे लिए भी सब कुछ बदल गया था.

एक ख्वाब, जो मैंने देखा था, और जिसे मैं हकीकत में बदलना चाहता था, वही बदल गया. मेरे सामने अब सब कुछ साफ़ था. उसकी नज़रों में मैं एक बहुत ही अच्छा दोस्त था उसका, इसके उपर और कुछ नहीं.

हमारा साथ दोस्ती के रिश्ते से ज्यादा उपर जाने की ताकत ही नहीं रखता था.

पर इतनी गलतफहमी मुझसे होगी, मेरा दिल ये मान नहीं पा रहा था. खासकर काव्या की dairy पढने के बाद. उसमे तो उस इश्क के सच का पूरा कबूलनामा तक था.

कितना दुरूह है ये मन का विज्ञान भी—हर अहसास, हर धड़कन प्यार जैसा लगता है। पर सच्चाई यह है कि वो रिश्ता सिर्फ दोस्ती का है, और दोस्ती ही अपने आप में सबसे गहरा और सबसे अनमोल बंधन है। कभी-कभी दिल चाहत को प्यार का नाम दे देता है, पर आत्मा जानती है कि यह अपनापन दोस्ती की ही रौशनी से जगमगा रहा है।

अब मेरे पास कोई विकल्प नहीं बचा, सिवाय इसके कि मैं मान लूँ—हम सिर्फ़ दोस्त हैं। और शायद यही सबसे खूबसूरत सच है, क्योंकि दोस्ती ही वह रिश्ता है जो बिना किसी बंधन के, बिना किसी अपेक्षा के, हमेशा दिल के सबसे करीब रहता है।

दोस्ती तो खुद में ही एक बहुत ही प्यारा रिश्ता है, अपने आप में पूर्ण है. उसमे और क्या चाहिए. सच ही तो सोचा था काव्या ने.

काव्या की डायरी को पढने के बाद मेरा नज़रिया क्या, सब कुछ ही एकदम बदल गया, एक झटके के साथ.

पहले मैं सिर्फ अपने हित और स्वार्थ के लिए सोच रहा था पर अब अचानक मेरे लिए काव्या से दोस्ती के मायने बदल गए थे. पहले मैं सोचता था की किसी लड़की से अच्छी दोस्ती का अंत सिर्फ शादी ही हो सकती है पर अब ऐसा नहीं था.सोचते सोचते कब सो गया पता नहीं चला.

सुबह नींद खुली फोन की आवाज सुनकर. समय देखा तो ८ बज रहे थे .फोन का डायल टोन कुछ अलग लगा. देखा तो काव्या का फोन बज रहा था और उस पर मम्मी का नाम फ़्लैश हो रहा था.

मैं समझ गया की वो अपने अपनी मम्मी के फोन से अपने फोन पे डायल कर रही है. मैंने उठाया तो काव्या की ही आवाज आई. उसने कन्फर्म किया की बैग और फोन मेरे पास ही है न. मैंने हाँ कह दिया.

फिर बोली, ओके मैं लाइब्रेरी में ले लूंगी. इसके अलावा और कुछ भी बात नहीं हुई. मैं जल्दी जल्दी तैयार होने के लिए बाथरूम चला गया. मेरे दिमाग में रात की बातें घूम रही थी.

कॉफ़ी पॉइंट पर काव्या की जीवन की बातें, फिर डायरी की वो अंदर की बातें.सब कुछ मेरे मन को झंझोड़ रही थी. मैं सोच रहा था की पापा और मम्मी के होते हुए भी कितनी अकेली है वो, कोई दोस्त नहीं कोई अपना नहीं जो उसके दिल की बातें, उसके अंदर छिपे दर्द को बाँट सके.

सच ही तो सोचा था उसने ,उसे एक दोस्त चाहिए. मुझमे उसने जरूर कुछ ऐसा पाया की वो सारी बातें. सारे दर्द जो अभी तक सीने में दबा पडा था, कल शाम को सब बाहर आ गया. शायद उसे एक हमदर्द चाहिए था.जो उसकी बातों को सुन सके और एक दोस्त से अच्छा और कौन हो सकता था ?

दूसरे दिन ठंढे दिमाग से जब मैंने सब कुछ सोचा तो सारी बातें समझ में आ गयी और काव्या की सोच मुझे बहुत ही सहज और सही लगी.

मेरे ख्वाब को एक झटका तो जरूर लगा पर एक अच्छी दोस्त तो थी ही वो मेरी. वो भी मेरे लिए एक बड़ी बात थी.

आज सोमवार था, और गाँधी जयंती थी मतलब पूरे दिन की छुट्टी. मैं सबसे पहले फ्रेश होकर, नास्ता कर कुछ सोचना चाहता था, कल की गुजरी उस रात के बारे में जिसने दिया था काव्या का विश्वास, उसकी मुहब्बत, उसकी चाहत और अपने बारे में एक नज़रिया जिसमे मैं खुद को बहुत इम्पोर्टेन्ट महसूस कर रहा था.

ये अहसास कि मैं महत्वपूर्ण हूँ, मेरे अपने मन से नहीं आया था। ये तो काव्या की नज़रों ने मुझे दिया था—उसकी समझ, उसकी अपनापन भरी बातों से।

वैसे ही जैसे किसी ने मेरे दिल के भीतर छिपे अनमोल रत्न को पहचान लिया हो और उसे रोशनी में ला दिया हो।

काव्या ने मुझे यह एहसास कराया कि मेरी मौजूदगी उसके लिए कितनी मायने रखती है। उसकी समझ ने मेरी आत्मा को छू लिया, और मुझे यह विश्वास दिलाया कि मैं भी किसी के लिए उतनी ही बेशकीमती हूँ जितनी वो मेरे लिए हैं।

कितना सुखद होता है जब उनकी नज़रों में आप ऊँचाई पर पहुँच जाते हैं—वो ऊँचाई जहाँ चाहत और अपनापन एक साथ मिलते हैं। जिसे आप दिल से चाहते हो, जब वही आपको इतना महत्व देता है कि खोने का डर उसके चेहरे पर साफ़ झलकने लगे, तो उस पल की मिठास को शब्दों में बयाँ करना कितना मुश्किल हो जाता है।

उनकी आँखों में अपनी जगह देखना ऐसा है जैसे पूरी दुनिया ने आपको अपना सबसे अनमोल ख़ज़ाना मान लिया हो। वो डर कि कहीं आप दूर न हो जाएँ, दरअसल प्यार का सबसे सच्चा इज़हार है—जहाँ चाहत और मोहब्बत दोनों ही ख़ामोशी में बोल उठते हैं।

हलाकी ये भी एक सच था की जो ख्वाब मैंने देखे थे वो फिलहाल हकीकत में तब्दील होते नहीं दिख रहे थे ,इसके बावजूद कोई कमी नहीं लग रही थी

बल्कि ये लग रहा था की अब वो ज्यादा करीब है मुझसे.

दोस्ती से बड़ा कोई रिश्ता शायद नहीं होता, वो विराट होता है, वो पति पत्नी के रिश्ते से भी उपर होता है

दोस्ती में कोई अहम् नहीं होता. और न ढेर सारी अपेक्षाएं और यदि ऐसा होता भी है तो फिर दोस्ती नहीं होती.

मैं अब पूरे रिश्ते को एक नए सिरे से, नए अर्थ से देखने की कोशिश कर रहा था.

मैंने शुरू से सोचना शुरू किया की अब इस दोस्ती के नए अर्थ को, जहाँ सामने वाला आपसे बेइन्तेहाँ मोहब्बत भी करता है, शादी की भी इच्छा है पर इस डर से निर्णय नहीं ले पाता की कही ये रिश्ता खो न जाये,किस तरह से हैंडल किया जाय?

थोडा सोचने पे जल्द ही सब साफ हो गया और समझ में भी आ गया की अब आगे क्या करना है और उसे अंजाम तक कैसे पहुचाना है?

पहले मै काव्या के घर जाने की कभी सोचता भी नहीं था, कुछ हिचक तो कुछ गलत समझे जाने का डर.

पर अब पहला काम था काव्या से उसके घर जाकर मिलना, उसका फोन लौटाना और एक नए जोश से आगे की योजना को सोचना और पूरा करना.

यही सोच कर मैंने काव्या की मम्मी के फोन पर डायल किया, उन्होंने ही उठाया..

मैंने अपना परिचय दिया. पर उन्होंने जैसे ही मेरी आवाज सुनी ,सुनते ही कहा ,खूब अच्छी तरह पहचानती हूँ बेटा, कोई दिन ऐसा नहीं गुज़रता जिस दिन तुम्हारा जिक्र काव्या नहीं करे, देखा तो नहीं पर ऐसा लगता है जैसे जन्म जन्म का रिश्ता हो तुमसे .कभी आते क्यों नहीं घर?

मैंने छुटते ही कहा ,जी आज आपसे आने की इजाजत लेने के लिए ही तो फोन किया. काव्या का फोन छूट गया है मेरे पास ,उसे लौटाना है ,क्या मैं आ

जाऊं.

शर्मिंदा क्यों कर रहे हो बेटा, ऐसी बात कर के. बस तुम चले ही आओ. आज तो तुम्हारी छुट्‌टी भी होगी.

और हाँ आज का नास्ता और लंच यही करना है ये सोच कर आना. ना नहीं करना बस अब आ जाओ.

जी मैं आ जाऊँगा, आप काव्या से अपने घर का लोकेशन भिजवा दें.

उन्होंने कहा--ठीक है अभी बोलती हूँ उसको.

फिर मैंने फोन को काट दिया.

मैं तैयार होने के लिए चला गया और बीच बीच में फोन भी चेक करता रहा लोकेशन के लिए.

पर लोकेशन नहीं आया. आधे घंटे के बाद सीधे दरवाजा नॉक हुआ, खोला तो सामने काव्या खड़ी थी. मैंने ध्यान से देखा , उसके चेहरे पर एक अजीब सी मुस्कान थी शायद एक डीवाईन और मिस्टीरियस मुस्कान.

मैं अवाक हो गया.

उसने मेरे चेहरे की भावों को शायद पढ़ लिया था-मुस्कराते हुए बोली---क्यों शाक लगा.क्या?

मैंने कहा- शॉक नहीं प्लीजेट सरप्राइज –मै तो लोकेशन का इंतज़ार कर रहा था, नाहक आपने कष्ट किया.

उसने कहा – अरे आपने लोकेशन माँगा था, मम्मी ने तो जीपीएस ट्रैकर ही आपको भेज दिया क्या ये जीता जागता, सजीव जीपीएस आपको पसंद नहीं आया?

ये जीपीएस आपको गाड़ी पे बिठा के सारे रास्ते की जानकरी देते हुए आपके लोकेशन पे पहुंचा देगा, और वो भी बिना किसी पेमेंट के.

पहले तो मन में आया कि कह दूँ – काश ये GPS ट्रैकर हमेशा मेरे पास रहता, मेरे हर रास्ते के साथ, ज़िंदगी भर के लिए। काश वो मुझे हमेशा सही राह दिखाता, हर मोड़ पर, हर सफ़र में। पर कह नहीं सका।

शायद इसलिए कि ये ट्रैकर सिर्फ़ मशीन नहीं था, ये तो उनका अहसास था। उनकी मौजूदगी ही वो दिशा थी जो मुझे भटकने से बचाती थी। अब लगता है कि ज़िंदगी का सबसे सही रास्ता वही है, जहाँ उसका साथ हो।

मैंने कहा अरे ऐसी बात नहीं, इस GPS को देख कर तो मेरी ख़ुशी ही दोगुनी हो गयी. एक तो आपके घर को देखना और दूसरी ख़ुशी की अब आपका घर खोजना भी नहीं पड़ेगा. आपने तो मुझे दो दो खुशियाँ एक साथ दे दी. चलिए चलते हैं, मैं तो तैयार हूँ.

11

पहली विजिट, काव्या के घर की

मैंने कमरे का ताला बंद किया और साथ चलते हुए स्कूटी तक आये.

काव्या ने स्कूटी स्टार्ट की और मैं उसके पीछे बैठ गया. वो बड़े आराम से धीरे धीरे घर की तरफ चल पड़ी.

मैं ये सोच रहा था की काश ये सफ़र बस चलता रहे, कभी ख़तम नहीं हो. ये सफ़र अब सिर्फ़ दूरी तय करने का नहीं, बल्कि दिल से दिल तक पहुँचने का था। हर पल, हर सांस में यही ख्वाहिश थी — कि ये रास्ता अनंत हो जाए और हम कभी अलग न हों।

उसका घर तो सिर्फ 4 या 5 किलोमीटर ही दूर था पर वहां पहुचने में उसने काफी समय लिया.

रास्ते में चलते चलते उसने उस रास्ते का पूरा भूगोल बता दिया, जैसे कहाँ, सब्जी मिलती है, कहा रेस्टुरेंट है जहाँ माँ बेटी टाइम स्पेंड करते हैं. आखिर घर आ ही गया.

एक बड़ा सा गेट था जिसे काव्या ने खोला और हम अन्दर चले गए. घर आलिशान तो नहीं था पर बाहर से बहुत ही ख़ूबसूरत था. घर के साइड में एक बड़ा सा लॉन था जहाँ कुछ चेयर्स पड़े थे,एक बड़ी सी रंगीन छतरी लगी थी. बहुत सारे प्लांट लगे थे जो उस घर की ख़ूबसूरती में इजाफा कर रहे थे.

हम अन्दर गए. सीधे ड्राइंग रूम में.जहाँ काव्या की मम्मी हमारा इंतज़ार कर रही थी.

औसत से ज्यादा लम्बी, उम्र करीब 55 साल की, बालों में थोड़ी सफेदी थी आंखो पे चस्मा, काफी ग्रेसफुल लुक था उनका.

मैंने उन्हें पैर छू कर प्रणाम किया. उन्होंने मुझे गले से लगा लिया, और बोली--- बेटा, आपके बारे में मैं इतना कुछ सुन चुकी हूँ की अब बस आपको देखना ही भर रह गया था. बहुत अच्छा हुआ की काव्या का फोन आपके पास छूटा, और आप हमारे यहाँ आये.

मैं हमेशा टीना (काव्या का घर का नाम) को कहना चाहती थी की किसी दिन घर बुलाने को पर झिझक से कुछ नहीं कह पा रही थी. भगवान् ने आज मेरे मन की सुन ली और आज अचानक ये मौका भी दे दिया.

बेटा, आज कितने दिनों के बाद मैं इतनी खुश हूँ की तुम्हे बता नहीं सकती, सचमुच उनकी आँखे नम लग रही थी. और उनके चेहरे पर न जाने कितने सारे भाव आ जा रहे थे.

फिर अचानक काव्या ने कहा--अरे मम्मी, बैठने को भी कहोगी या नहीं ,या फिर खड़े खड़े ही सारी बाते होगी.

हम सब वही ड्राइंग रूम में बैठ गए.

तब काव्या ने कहा –वेदांत जी, आज सब कुछ इतना अचानक हुआ की हम नास्ते में कुछ विशेष तयारी नहीं कर सके हैं. अब आप बताये कि आप क्या लेंगे?

हमारे पास अंडे हैं, पनीर, दही और दूध भी है. तुरत तैयार हो जाएगा .

बस आप बता दीजिये. क्या लेंगे, कोई फॉर्मेलिटी नहीं है. इसके पहले की मैं कुछ बोलता उसकी मम्मी ही बोल पड़ी-- टीना, डोंट वरी, तुम लोग बातें करो, मैं देखती हूँ क्या करना है. ये तो घर की ही तरह है जो भी बनेगा उसको खाना ही है. और हम कोई खराब चीज तो उसे देंगे नहीं. क्यों बेटा ठीक कहा न मैंने?

वेदांत-हाँ मम्मी जी आप बिलकुल ठीक कह रही हैं.वैसे भी मेरा कोई खास चॉइस नहीं है,

इस बार काव्य बोल पड़ी --नहीं मम्मी हम लोग तो बातें रोज ही करतें हैं, आज तुम बातें करो मैं नास्ते को देखती हूँ. पर मम्मी नहीं मानी और तैयारी के लिए चली गयीं.

मम्मी के चले जाने के बाद काव्या ने कहा ,चलिए अब मैं फ्री हूँ, आपको अपना घर दिखाऊँ, और तब हम चल पड़े घर देखने.

उसका घर एक डुप्लेक्स था, जिसमे दो बड़े कमरे, डाईनिंग रूम और किचेन नीचे बना था. और दो कमरे और एक बड़ा सा हॉल उपर था. एक बड़ी सी. बालकनी भी थी.

उपर का एक कमरा काव्या का था. उसमें एक बड़ी सी खिड़की थी जिसमे शीशे के स्लाइडिंग डोर लगे थे. जैसे ही उसने उन स्लाइडिंग डोर को खोला, एक ठंढी हवा का झोंका तेजी से आया, और हमें ताजगी का अहसाह करा गया.

सामने दून की पहाड़ियाँ फैली थीं, जंगल साफ़ दिख रहे थे। दिल को खुश कर देने वाला, सुकून से भर देने वाला दृश्य था सामने।

खिड़की के ठीक सामने टेबल और कुर्सी थी, उस पर किताबें थी और लैपटॉप रखा था। सब कुछ वैसा ही था जैसा मैंने कभी अपनी कल्पना में सोचा था — एक कमरा, ज़िंदगी के शोरगुल और बाज़ार की भीड़ से दूर।

जहाँ से प्रकृति का नज़ारा साफ़ दिखे, जहाँ शांति के दो पल मिलें। मैंने तुरंत कुर्सी खींचकर बैठ गया, और अपलक उन पहाड़ों को देखने लगा

अखंड शांति थी—न कोई शोर, न कोई हलचल। सिर्फ़ प्रकृति की मधुर आवाज़ें और मेरे दिल की धड़कनें। उस पल में जब मैंने आँखें बंद कीं, तो लगा जैसे पूरी कायनात मेरे लिए ठहर गई हो।

जैसे हवा ने अपनी गति रोक दी हो, पत्तों ने अपनी सरसराहट थाम ली हो, और समय ने अपनी रफ़्तार धीमी कर दी हो— मुझे सिर्फ उस पल का सौंदर्य महसूस कराने के लिए। वो क्षण इतना पवित्र था कि लगा मानो ब्रह्मांड ने मुझे

अपनी गोद में भर लिया हो।

कुछ समय वैसे ही आँखे बंद किये ही बीत गया तो काव्या ने मेरा कन्धा पकड़ कर के हिलाया,

बोली—अरे आप तो सो गए, क्या रात में सोये नहीं थे ?

मेरे लिए तो सच यही था, पहले तो डायरी और उसके बाद उसके बारे में सोचने का काम ,कहाँ ठीक से सो पाया था उस रात.

पर मैंने कहा नहीं, मैं तो खिड़की के सामने के इस नज़ारे में खो गया था.

भला कल की रात के उस सच को उससे कैसे कहता?

मैंने कहा, वैसे घर के नाम से तो सिर्फ घर वाले ही बुलाते हैं, पर क्या मैं आपको टीना कह सकता हूँ?

मुझे तो ये नाम बहुत ही क्यूट और प्यारा सा लग रहा है .

उसने छूटते ही कहा ,जो घर आया है वो तो मेरे लिए घर वाला ही है, और आप तो वैसे भी बहुत करीब हैं हमारे, ये कहते हुए उसका चेहरा एकदम सूर्ख हो गया था, शायद चेहरे का ग्लो ज्यादा ही बढ़ गया था .

उसने कहा- आप बेहिचक मुझे टीना कह के बुला सकते हैं. आपके मुह से टीना सुनना तो ,मुझे कुछ ज्यादा ही अच्छा लगेगा.

वेदांत-आपका घर, खासकर आपका कमरा बहुत प्यारा है, बहुत सुकून महसूस हुआ यहाँ बैठ कर. पता नहीं क्या क्या आइडियाज आने लगे बैठने के बाद.

मुझे लिखने का शौक है, लिखा भी पर नियमित रूप से कुछ लिखना चाहता हूँ, पर माहौल और समय नहीं मिलता इसलिए लिख नहीं पाता. आज यहाँ बैठा तो लगा की यही तो वो जगह है जो मेरे जेहन में थी.

ऐसा लग रहा है जैसे मुझे जन्नत मिल गयी हो. बड़ी सी खिड़की, पहाड़ियां, जंगल, जब बारिश होती होगी,तो कितना मज़ा आता होगा, आसमान से टपकती

बूंदों को देखने में. आप तो जन्नत में हैं. रियली,आज मुझे बहुत इर्ष्या हो रही है आपसे.

काव्या-इतनी इर्ष्या करने की जरूरत नहीं है हमसे, कल से आप सब कुछ पैक करके शिफ्ट हो जाएँ यहाँ.

किसी को कोई परेशानी नहीं होगी. चार कमरे और इतना बडा हॉल, और रहने वाले सिर्फ हम दो ही हैं.

हम मां और बेटी. लाइब्रेरी जाने में भी कोई दिक्कत नहीं होगी. बस मेरी स्कूटी में थोड़ी पेट्रोल डलवा देंगे.

मम्मी तो बिना देखे ही फैन थी आपकी. मैं भी एतराज नहीं करूंगी. मुझे भी बहुत अच्छा लगेगा.

मैं बस मुस्कुराया पर बोला कुछ भी नहीं.

फिर हम उस बड़े से हॉल में गए. वहां एक बड़ा सा स्क्रीन लगा था, वो एक होम थिएटर था. काव्या ने कहा--ये पापा की पसंदीदा जगह है. यहाँ वो अक्सर पार्टी arrange करते थे, एक तरफ बार बना था. पापा को क्लासिक फिल्मे देखने का बहुत शौक था, जब भी पार्टी होती तो फिल्म जरूर चलती थी, कभी संगीत संध्या होती, जिसमे पापा खुद और उनके कुछ दोस्त गाना गाते थे. उनके सारे गेस्ट खूब मस्ती करते थे. ओल्ड विंटेज वाइन, बढ़िया लजीज खाना, संगीत, फिल्म, और फिर डांस. पर अब तो वो सब कुछ बंद ही हो गया पापा के जाने के बाद. ये सब कहते कहते टीना का चेहरा उदास हो गया था. खो गयी थी वो उन गुजर गए लम्हों में जो शायद अब उसके लिए उनका लौट आना नामुमकिन था .

वहां बैठ कर मैंने कुछ पल बिताये,किताबों को देखा, वाइन कलेक्शन्स को देखा.

सच में, बहुत ही सुरुचिपूर्ण किताबें थीं वहाँ। हर किताब जैसे अपने भीतर एक नई दुनिया समेटे हुए थी। और वाइन का कलेक्शन तो नायाब था — मशहूर ब्रांड्स की बोतलें सजी हुईं, मानो किसी ख़ास लम्हे का इंतज़ार कर रही हों।

ऐसा लगता था कि ये सब बस उस पल के इंतज़ार में हैं, जब उनका असली मालिक लौटेगा। जब फिर से महफ़िल सजेगी, हँसी और बातें गूंजेंगी, और हर बोतल अपने स्वाद की कहानी सुनाएगी।

वो कमरा सिर्फ़ किताबों और वाइन का संग्रह नहीं था, वो यादों और इंतज़ार का भी ठिकाना था। जहाँ हर चीज़ अपने मालिक की मौजूदगी के बिना अधूरी थी, और उसकी वापसी की आस में चुपचाप खामोश खड़ी थी।

मैं बड़े ध्यान से देख रहा था उनको.

काव्या ने हँसते हुए पूछा – "पीने का शौक़ है क्या आपको? बहुत गौर से देख रहे हैं वाइन कलेक्शन को।"

मैं मुस्कुराया और कहा – "शौक़ीन तो नहीं हूँ, न ही कोई आदत है। पर जब माहौल अच्छा हो, और साथ में अच्छी कंपनी हो, तो मुझे अच्छा लगता है।

मैं ड्रिंक को कम, उसके सुरूर में डूबकर कंपनी को ज़्यादा एन्जॉय करता हूँ। बस इतना ही कनेक्शन है मेरा ड्रिंक के साथ।"

उस पल में वाइन की बोतलें सिर्फ़ पेय नहीं रहीं, वो एक महफ़िल का प्रतीक बन गईं – जहाँ असली नशा संगत और अहसास का होता है।

काव्या ने तुरत कहा, यदि मैं कंपनी दू तो क्या आप लेंगे?

मैं इस बात के लिए तैयार नहीं था, इसलिए जवाब की जगह सवाल ही कर दिया.

मैंने कहा –आप ड्रिंक लेती हैं क्या ?

उसने मुस्कुराते हुए कहा– "अरे, मैं आर्मी ऑफिसर की बेटी हूँ। हमारे बदन में खून के साथ वाइन भी बहती है, यही तो है आर्मी वालों का जज़्बा और जुनून।"

उसकी आँखों में वही चमक थी, जैसे साहस और शरारत एक साथ झलक रहे हों। उस पल में उसकी बातों ने मुझे सम्मोहित कर लिया– जैसे ताक़त और नज़ाकत दोनों ही उसकी रगों में साथ-साथ बहते हों।

पर मैं मज़ाक कर रही हूँ, मैं भी आप की ही तरह हूँ यदि मन लायक कंपनी मिल जाए तो मैं भी सोच सकती हूँ. पर आपने बताया नहीं, मेरी कंपनी में आप वाइन ले सकते हैं क्या ?

इस बार तो मैं पूरी तरह तैयार था जवाब देने के लिए.

मैंने मुस्कुराते हुए कहा – "अरे ये भी कोई पूछने की बात है क्या? आपकी कंपनी में वाइन तो क्या, ज़हर भी पी लूँ मस्ती से।"

मेरे इस जवाब पर वो थोड़ी विचलित हो गई।

उसने मेरे दोनों हथेलियों को कसकर पकड़ लिया, और आँखों में हल्की-सी नमी के साथ बोली – "मैं आपको कभी ज़हर पिलाऊँगी? क्या ऐसी लगती हूँ मैं?"

उस अचानक आये एक पल में माहौल बदल गया। मेरे मज़ाक ने उसकी भावनाओं को छू लिया था। उसकी पकड़ में एक डर था, एक अपनापन था, और एक गहरी चाह थी कि हमारे बीच कभी कोई गलतफ़हमी न आए।

उस स्पर्श में प्यार की सच्चाई और रिश्ते की गर्मी, दोनों एक साथ महसूस हुईं।

उसके हाथ पकड़ते ही मेरे पूरे शरीर में एक उबाल सा उठ गया। एक सनसनाहट सी नसों में दौड़ गई। ऐसा लगा जैसे मैं वहाँ नहीं, बल्कि किसी जन्नत में हूँ। उस स्पर्श में एक अनकहा अपनापन था, एक गहरी चाह थी, और एक ऐसा अहसास था जिसे शब्दों में बाँधना मुश्किल था।

लेकिन इससे पहले कि मैं कुछ और सोचता या कहता, उसने अचानक झटके से मेरा हाथ छोड़ दिया। उसकी आँखों में झिझक थी, चेहरे पर हल्की सी लाली थी। उसने धीमी आवाज़ में कहा – *"I am really sorry"* और झेप गई।

उस पल में मुझे समझ आया कि कभी-कभी प्यार का सबसे गहरा इज़हार खामोशी और झिझक में छुपा होता है। उसका हाथ पकड़ना और फिर झटके से छोड़ देना — यही तो उस अनकहे रिश्ते की सबसे सच्ची तस्वीर थी।

मैं चुपचाप उसके चेहरे पर आए भाव को देख रहा था। उसका चेहरा एकदम सुर्ख़ लाल हो गया था, जैसे अचानक कोई अनकहा राज़ सामने आ गया हो। उसकी आँखों में झिझक थी, पर साथ ही एक गहरी चमक भी थी।

हम दोनों एक-दूसरे को देख रहे थे, और उस खामोशी में बहुत कुछ छुपा था। ऐसा लग रहा था जैसे यह पल हमें खुद से पूछ रहा हो — **"ये क्या हो गया अचानक?"**

लेकिन इससे पहले कि कुछ और कहा या सोचा जाता, नीचे से मम्मी का कॉल आ गया, नाश्ते के लिए। उस आवाज़ ने उस पल को तोड़ दिया, पर दिल में जो हलचल थी, वो वहीं रह गई।

उस खामोशी और उस नज़र में एक अनकहा रिश्ता था, जो शब्दों से नहीं, सिर्फ़ अहसासों से समझा जा सकता था।

हम नास्ते के टेबल पर आ गए. काव्या एकदम चुप थी, सर थोडा झुका हुआ था.

मम्मी ने कहा –बेटा हाथ धो लो, अभी नास्ता लग रहा है .

पर मैं तो जैसे किसी ट्रांस में था। काव्या के हाथों का वो स्पर्श अभी भी मेरी हथेलियों में तैर रहा था। एक सनसनाहट पूरे शरीर में दौड़ रही थी, एक सिहरन जो मुझे जन्नत का अहसास दिला रही थी।

मैं उस प्यारे अहसास को खोना नहीं चाहता था। वो पल इतना गहरा था कि शब्दों में बाँधना मुश्किल था। जैसे समय ठहर गया हो, और मैं सिर्फ़ उस स्पर्श की गर्माहट में डूबा रह गया हूँ।

तभी काव्या ने हल्की मुस्कान के साथ कहा — "हाथ धोकर आ जाइए।"

उसकी आवाज़ ने मुझे वर्तमान में लौटा दिया। पर दिल में जो हलचल थी, वो वहीं रह गई। उस स्पर्श की गर्माहट, उस झिझक की मासूमियत – सब कुछ जैसे मेरी यादों में दर्ज हो गया।

वो पल छोटा था, पर असर गहरा। जैसे किसी ने मेरे दिल पर अनकहे रिश्ते की मुहर लगा दी हो।

अब मैं जानता हूँ कि यह अहसास सिर्फ़ एक क्षणिक अनुभव नहीं है, बल्कि मेरी ज़िंदगी का हिस्सा बन चुका है। एक अनकहा रिश्ता, एक अनकहा अहसास, जो हर सांस के साथ मेरे भीतर ज़िंदा रहेगा।

पर मैंने कहा, नहीं मैं ऐसे ही ठीक हूँ,

मैंने हल्की मुस्कान के साथ कहा – "आज मैं हाथ नहीं धोऊँगा। इन्हीं हाथों से नाश्ता कर लूँगा। आज पता नहीं, अपने हाथों को धोने का मन ही नहीं कर रहा।"

मेरे शब्द सुनते ही काव्या का चेहरा एक बार फिर लाल हो गया। उसकी आँखों में झिझक थी, और होंठों पर हल्की-सी मुस्कान। जैसे मेरे जवाब ने उसके दिल में कोई अनकहा भाव जगा दिया हो।

थोड़ी देर चुप रही, फिर थोड़े संकोच से बोली – "क्या आप कुछ खाने से पहले हाथ नहीं धोते?"

उसके सवाल में मासूमियत थी, पर साथ ही एक गहरी चिंता भी। जैसे वो मेरे जवाब को मज़ाक नहीं, बल्कि दिल से सुन रही हो।

उस पल में मुझे लगा कि कभी-कभी साधारण बातें भी रिश्तों को गहराई तक छू जाती हैं।

उस एल पल की घटना के बाद मेरे भीतर एक ग़ज़ब का आत्मविश्वास आ गया था।

मैंने मुस्कुराते हुए कहा – "आज किसी ने मेरे हाथों पर अपने हाथों से एक जादू कर दिया है, किसी ने *disinfect* कर दिया है मेरे हाथों को, क्या इसके बाद

भी धोना पड़ेगा?"

मेरे शब्द सुनकर काव्या बुरी तरह झेप गई। उसके चेहरे पर लाली फैल गई, पर उसने कुछ भी नहीं कहा। उसकी खामोशी ही सब कुछ कह रही थी।

कभी-कभी बातें सीधे नहीं कही जातीं, पर समझने वाला सब समझ जाता है। उस पल में मुझे यही लगा कि प्यार का सबसे गहरा इज़हार शब्दों में नहीं, बल्कि खामोशी और अहसासों में छुपा होता है।

मैं कुर्सी पर बैठा था, अब भी उस प्यारे से स्पर्श में डूबा हुआ।

सोच रहा था कि कैसे ज़िंदगी की छोटी-छोटी घटनाएँ अचानक हमारे भीतर एक बड़ा मोड़ ला देती हैं। दिल को भर देती हैं एक अजीब-सी चाहत से, जैसे कोई नया अध्याय शुरू हो गया हो।

थोड़ी देर में सब कुछ टेबल पर सजा दिया गया। आलू पराठा की खुशबू कमरे में फैल गई, बॉयल्ड अंडे और ऑमलेट की गर्माहट ने माहौल को और भी घरेलू बना दिया। पनीर सैंडविच की परतों में सादगी थी, और बादाम की खीर व लस्सी ने उस सुबह को मीठा और ठंडा स्पर्श दिया।

खिड़की से बाहर पहाड़ियाँ अब भी दिख रही थीं, पर मेरे भीतर का दृश्य बदल चुका था। अब हर चीज़ में एक नया रंग था, हर स्वाद में एक नया अहसास। जैसे उस स्पर्श ने मेरी दुनिया को एक अलग ही जादू से भर दिया हो।

सब कुछ देख कर ही इतना टेस्टी लग रहा था कि भूख बढ़ गयी. मैंने जम कर खाया. लगभग एक साल से ज्यादा ही समय से कैफे का खाना खाने के बाद इस खाने को खाकर आत्मा एकदम तृप्त हो गयी. मैं, आंखे बंद कर उस स्वाद को अन्दर तक महसूस कर रहा था.

तभी मम्मी ने कहा –बेटा लस्सी भी है ,पी लो.

हाँ मम्मी, उसे तो पियूँगा ही पहले जो खाया है उसे सेट तो कर लूं. आज काफी समय के बाद घर का खाना नसीब हुआ है, ऐसा लग रहा है की जैसे कोई जन्नत नसीब हो गयी हो.

इतना खूबसूरत घर, इतना अच्छा लोकेशन, ये लज़ीज़ खाना और उस पर इतनी अच्छी यादगार मेहमान-नवाज़ी—और क्या चाहिए, किसी को भी ज़िंदगी में।

मैंने दिल से कहा – "मम्मी जी, कैसे धन्यवाद करूँ आपका। जिस अपनापन से आपने सबकुछ बनाया सब कुछ सजाया, वो किसी भी शब्द से बयान नहीं हो सकता।"

उस पल में लगा कि घर सिर्फ़ दीवारों और सजावट से नहीं बनता, बल्कि उस गर्मजोशी और प्यार से बनता है जो मेहमान-नवाज़ी में झलकता है।

हर स्वाद, हर पकवान सिर्फ़ भोजन नहीं था, बल्कि एक रिश्ते की मिठास थी। और उस अपनापन ने मेरे दिल में एक स्थायी याद छोड़ दी।

तभी काव्या जो अबतक खामोश बैठी थी, बोली ---आप मुझे धन्यवाद करें जिसने आपको वो बैग दिया और भूल गई.

मैंने कहा -आपसे वो भूल हुयी या जान बूझ के किया.

काव्या ने झेपते हुए कहा -आप को जो भी अच्छा लगे आप वैसा ही समझ लीजिये.

बातचीत में एक हास्य आ गया था.

मम्मी भी काफी खुश हो रही थी.बार बार कुछ खाने को आग्रह कर रही थी.

उनको देखकर काव्या ने कहा--वाह मम्मी मुझे तो आप इतना रिक्वेस्ट कभी नहीं करती हो खाने के लिए

आज क्या खास है ? आज तो चीफ गेस्ट के आगे मेरी कोई पूछ तक नहीं, और फिर उसने अपनी मम्मी को दोनों हाथों से घेर कर, अपनी ठुढही को मम्मी के सर पे रख कर बोली –

मम्मी, आज आपको देख कर मुझे इतनी खुशी हो रही है की आप सोच तक नहीं सकती. न जाने कितने सालों के बाद आपके चेहरे पर आज ये ख़ुशी देख

रही हूँ.

मम्मी ने कहा –हाँ बेटा,आज मैं सचमुच बहुत खुश हूँ, न जाने कितने वर्षों के बाद हम माँ बेटी आज खुश हैं.

ये टीना भी तो हमेशा उदास और चुप चाप रहती थी, ऑफिस से आने के बाद भी, न तो ज्यादा बात ही करती थी, पर मेरे केयर में कोई कमी नहीं करती.

खाने के बाद ये अपने कमरे में चली जाती है और कुछ कुछ पढ़ती और लिखती रहती है, फिर सो जाती है, पर अब जब से तुम आये हो न बेटे, इसकी जिन्दगी में एक अजीब सा बदलाव आ रहा है, जो मुझे तो बहुत अच्छा लग रहा है.

इसके आगे वो कुछ और बोलती की तभी काव्या ने मम्मी को कहा –अब चुप भी रहो न मम्मी. मैं जान तो गयी की तुम बहुत खुश हो आज. अब इससे ज्यादा क्या चाहिए मुझे.

फिर मम्मी ने कहा –बेटा..तुम यहाँ आया करो, जब भी जी आ जाये, और वेकेशन में तो जरूर ही आवो.

अब तो तुम वैसे भी कोई अजनबी नहीं रह गए हो मेरे लिए, जब से काव्या ने तुम्हारे बारे में सब कुछ बताना शुरू किया है. अब तो ऐसा लगता है की मैं कितने सालों से जानती हूँ तुमको, भले ही तुमको देखने का मौका आज लगा है.

वेदांत—हाँ मम्मी –जरूर आऊंगा, इतना प्यार और अपनापन दिया एक अनजान को आपने, इसे मैं कभी खोना नहीं चाहूँगा.

तभी काव्या ने लस्सी और बादाम की खीर को आगे बढ़ाते हुए मुस्कुराकर कहा – "ये भी आपके लिए ही है। आपको शायद पता नहीं कि इन दोनों आइटम्स के लिए मेरी मम्मी पूरे देहरादून में मशहूर हैं।

उसने आगे कहा --और एक खास बात, आप ये भी जान लीजिए, कि मम्मी ये सिर्फ़ खास गेस्ट के लिए बनाती हैं। तो सोच लीजिए आज क्यों बनी है ये।"

उसकी बात सुनकर मेरे दिल में एक अजीब-सी गर्माहट भर गई। जैसे अचानक मुझे एहसास हुआ कि मैं सिर्फ़ एक मेहमान नहीं हूँ, बल्कि उस घर की महफ़िल का हिस्सा बन चुका हूँ।

लस्सी की ठंडक और खीर की मिठास में अब सिर्फ़ स्वाद नहीं था, बल्कि अपनापन और सम्मान भी घुला हुआ था।

कभी-कभी एक साधारण-सा पकवान भी दिल को यह एहसास दिला देता है कि आप किसी के लिए *खास* हैं।

मैंने छूटते ही कहा –इसीलिए तो ये दोनों आइटम मैंने आखिर के लिए छोड़ा है. ताकी पूरे मज़े ले के इनको ख़तम करूंगा. फिर मैंने खीर खाना शुरू किया. सच में लाजवाब थी वो खीर. एक एक चम्मच में मानो अमृत का स्वाद आ रहा था.

वेदांत- मम्मी जी, ऐसी दिव्य स्वाद वाली खीर मैंने आज तक नहीं खाई है ,गाढ़ी गाढ़ी मलाईदार , सचमुच मज़ा आ गया.

मेरा पेट कंठ तक भर गया था, पर अभी लस्सी को भी पीना था.

मैंने कहा, इसे थोड़ी देर में पिऊंगा,

और फिर हम बातें करने लगें. मम्मी जी बार बार मेरे आने पे ख़ुशी जता रही थी. बातों बातों में ही ये भी बताया की काव्या अपने बैच की टोपर थी B.tech में. उसे कई MNC में बड़े अच्छे पैकेज का ऑफर भी था पर सब कुछ छोड़ कर, सिर्फ मेरे लिए इसने बी.लिब किया और यहाँ लाइब्रेरी ज्वाइन कर ली की मैं अकेली न पड़ जाऊ इसके लिए मुझे बहुत अफ़सोस होता है.

इसका ,एक इंजिनियर की डिग्री लेकर लाइब्रेरियन का काम करना मुझे अच्छा तो नहीं लगता पर ये भी मजबूर है, मेरी वजह से. इतना कहकर वो उदास हो गयी.

मैं एकदम चौंक गया इस बात को जान कर की, काव्या के पास B.tech की डिग्री है और अपने बैच की इंजीनियरिंग की टॉपर थी और ये बात आज तक मुझे पता तक नहीं चला.

मैं सोचने लगा कि, साल भर से ज्यादा हो गए हमें मिलते,

मैंने उसकी ओर देखा और बोला, और क्या छुपाया है आपने मुझ से, बताईये न.

मम्मी इस बीच किचन में चली गयी थी,

तब काव्या ने जवाब दिया—जो सबसे ज्यादा छुपाने की बात थी उसे तो मैंने आपको बता दिया, ये तो कोई खास बात थी भी नहीं, बस एक डिग्री है, जो अब मेरे किसी काम की नहीं. और ये सब मैंने अपनी माँ के लिए किया, सभी तो करते हैं अपने पेरेंट्स के लिए. मैंने आखिर कुछ बड़ा क्या किया?

ऐसा नहीं करती तो मम्मी एकदम टूट जाती, बिखर जाती. मेरे यहाँ रहने से कम से कम ये एक नार्मल लाइफ तो जी रही हैं. मम्मी देहरादून को छोड़ कर कहीं जाने को तैयार नहीं थी, तो मैं कैसे जाती इनके बिना, और छोड़ के जाने का तो सवाल ही नहीं था.

एक बड़े पैकेज के चक्कर में अगर बाहर चली जाती तो मेरी माँ एकदम अकेली हो जाती और बिखर जाती. ये सब बोलते हुए, काव्या बहुत शांत थी न कहीं कोई किसी से शिकायत थी न ही किसी से कोई गिलवा.

और जानते है आप, काव्या ने आगे कहा - जब मैंने ऐसा कर दिया तो मुझे दिल में बहुत सुकून मिला और बहुत अच्छा लगा.

दिन भर लाइब्रेरी में बैठ कर मैंने जितनी शांति और सुकून से इतनी किताबें पढ़ी और कितना कुछ सीखा वो सब शायद किसी MNC के एक बड़े पैकेज में मुझे कभी भी नहीं मिलता.

हमेशा टारगेट, समय की सीमा का पालन और नहीं पूरा होने पर आगे की प्रमोशन बंद, नार्मल इन्क्रीमेंट बंद,और सबसे बडी बात की हमेशा एक दबाव में रहना. MNC जॉब की यही तो सच्चाई है.

यहाँ लाईब्रेरियन की नौकरी में कोई प्रेशर नहीं, उलटे जिंदगी एक दम शांत है, ठहरी हुई है झील की तरह, यही तो चाहती थी मैं, और माँ भी साथ हैं, सामने

हैं मेरी आँखों के और मैं भी सामने हूँ उनके.

दोनों ही साथ साथ हैं एक दूसरे के लिए.

बड़े पैकेज , कभी भी ऐसे ही नहीं मिल जाते. उसके साथ और भी कई चीजें भी साथ मिलती है फ्री में , जैसे आपका ही समय कभी भी आपके हाथ में नहीं रहता, आप शायद ही अपने परिवार के लिए उपलब्ध रहतें हैं, ख़ासकर उस समय जब उनको आपकी जरुरत है. मेरे कई बैचमेट हैं जो आज मल्टीनेशनल कंपनी में बड़े पैकेज पे काम कर रहे हैं. मैं उनके touch में रहती हूँ. उनसे मेरी हमेशा बातें होती हैं, सबके साथ करीब ऐसे ही हालात हैं. पैसे तो हैं उनके पास काफी पर जो सुकून मुझे मिला है यहाँ रह के,ये उनको नसीब नहीं. उलटे जब वो मेरी लाइफ को देखते हैं तो बोलते हैं –यार तू तो बड़ी मस्ती में जी रही है. बड़े पैकेज के साथ जो फ्री में स्ट्रेस मिलती है उनके साथ सब कोई एडजस्ट नहीं कर पता.

पर यहाँ जॉइन करने के बाद मुझे लगता है कि जो निर्णय मैंने लिया, वह मेरे लिए पूरी तरह सही साबित हुआ है। कम से कम मेरे केस में तो बिल्कुल सही है।

मेरे लिए सबसे अहम बात यही थी कि मेरी ज़रूरतें बहुत कम हैं। तो फिर बड़े पैकेज का मैं क्या करती? मुझे चाहिए थी एक शांत ज़िंदगी, और वह मुझे यहाँ मिल गई।

कभी-कभी ज़िंदगी में सही चुनाव वही होता है जो हमें सुकून दे, न कि सिर्फ़ बड़ा नाम या बड़ा पैकेज। और जब दिल को शांति मिल जाए, तो समझो कि असली सफलता मिल गई।

सच में उसने जो कुछ भी किया अपनी माँ के लिए किया था. उसने बड़े सहज ढंग से एक बहुत बड़ी बात रख दी मेरे सामने. मैं स्तब्ध था की इस उम्र में सभी लोग कुछ दूसरा ही ख्वाब देखते हैं पर ऐसा बलिदान क्या सबके बस में है? शायद सबके बस की ये बात नहीं.

पर जो भी सच था वो सामने था. मैंने ज्यादा कुछ नहीं कहा बस इतना ही कहा की आप सचमुच एक होनहार, सरल,और मानवीय मूल्यों से भरी एक

कामयाब नारी हैं और उससे भी उपर एक नायाब इंसान भी.

आपको मेरी बहुत सारी शुभकामनाएं अपने मकसद में कामयाबी के लिए.

मैं काफी देर तक निःशब्द, काव्या के चेहरे को देखता रहा. कितनी शांति के साथ वो बोल रही थी,इतने बड़े बलिदान के बाद भी उसमे कोई पश्चाताप की भावना नहीं थी.मैं दंग रह गया, और उसका कायल भी

थोड़ी देर के बाद मम्मी भी आ गयी, फिर ढेर सारी बातें हुई हमारे बीच, पर हर चर्चा एक बिंदु पे आ के अटक जाती थी की सब कुछ होते हुए भी एक सूनापन है , खालीपन है दोनो की जिंदगी में , एक सन्नाटा है जिसे टूटना ही चाहिए.

दोनों ने अपने अपने हिस्से का ढेर सारा दर्द झेल लिया है, अब सजा भी काफी हो गयी, अब तो एक दूसरी इनिंग की शुरूआत होनी ही चाहिए.

हम सब ने उस दिन काफी एन्जॉय किया, लंच हुआ, फिर हम बाहर घूमने गए, डीनर लिया और जब वापस काव्या मुझे छोड़ने हॉस्टल आयी तो एक निर्णय मैंने तुरत लिया .

मैंने कहा—काव्या एक बात मैं आपसे कहना भूल गया, मैं कल से चार पांच दिन नहीं रहूँगा. एक बहुत ही जरुरी काम आ पड़ा है. दिन भर बिजी होने की वजह से, बता नहीं सका आपको.

काव्या के चेहरा पर एक साथ कई भाव आये, थोडा चौकने का और फिर थोडी उदासी का भी. उसके चेहरे से साफ़ जाहिर था की ऐसी कौन सी बात अचानक हो गयी जिसकी जानकारी उसे नहीं है.

उसने धीरे से पूछा –क्या मैं जान सकती हूँ आखिर ये अचानक क्या हुआ? घर पे सब ठीक तो है न, मां ठीक हैं न.

मैंने कहा घर पे सब ठीक है. आपको बताता भी पर सोचता हूँ की पहले सफलता मिल जाय तो सब कुछ अपने आप साफ़ हो जायेगा. बस दुआ कीजिए की सब अच्छा हो और पॉजिटिव हो.

उसने फिर उन्ही उदास और सूनी आँखों से मुझे देखा और कहा –मैं तो हमेशा आपके लिए दुआ ही करती हूँ की आपकी थीसिस अच्छे से पूरी हो जाये और आप अपने मकसद में कामयाब हो जाए.

हाँ, आप सही कह रही हैं। मेरे लिए इस मकसद में कामयाब होना बहुत ज़रूरी है।" मैंने मुस्कुराते हुए कहा।

काव्या ने धीरे से मुस्कुराते हुए कहा – "आपको कैसे धन्यवाद करूँ आज के दिन के लिए? आपके आने से मम्मी को सालों बाद इतना खुश देखा। काश वो आगे भी ऐसे ही खुश रहतीं।"

उसकी बात सुनकर और जब उसने मेरी ओर देखा और मुस्कुराई, मेरे भीतर एक अनोखी गर्माहट भर गई। ऐसा लगा जैसे मेरी मौजूदगी ने उसके जीवन में खुशी का एक नया रंग भर दिया हो। यह कोई बड़ा काम नहीं था – बस एक सच्चा साथ, एक छोटा-सा लम्हा – लेकिन उसका असर गहरा था।

मुझे एहसास हुआ कि हम अक्सर यह नहीं समझ पाते कि हमारी छोटी-सी उपस्थिति, हमारी एक मुस्कान, या एक स्नेहभरी बात किसी के दिल को कितना सुकून दे सकती है। यही तो असली मकसद है हमारी जिंदगी का – किसी के चेहरे पर मुस्कान लाना, किसी के दिल में सुकून जगाना।

हम सब एक-दूसरे की कहानियों में छोटे-छोटे किरदार हैं, लेकिन कभी-कभी वही किरदार किसी के लिए सबसे खास बन जाते हैं।

मैंने कहा आप चिंता न करें वो अब खुश रहेंगी ,हम सब मिलकर इनकी जिंदगी की नयी पाली की शुरुआत करेंगे. और रही बात धन्यवाद् की, जब दोस्त माना है तो फिर ये सब फॉर्मेलिटी दुबारा मत करियेगा.

विदाई का वह पल कुछ अलग ही था। हम दोनों थोड़े बुझे मन से अलग हुए। हवा में एक अजीब-सी चुप्पी थी, जैसे शब्दों ने अचानक अपनी ताक़त खो दी हो। जाते-जाते काव्या ने एक बार मेरी ओर देखा – वही उदास और सूनी नज़रें, जिनमें अनकहे सवाल और अधूरी बातें छिपी थीं।

उसकी आँखों में एक हल्की-सी नमी थी, पर वह कुछ कहे बिना आगे बढ़ गई। मैं वहीं खड़ा रह गया, उस नज़र की गहराई में डूबा हुआ। ऐसा लगा जैसे

उस एक पल में उसने बहुत कुछ कह दिया हो — जो शब्दों से नहीं, सिर्फ़ दिल से समझा जा सकता था।

विदाई कभी आसान नहीं होती। जाते हुए उस नज़र ने मेरे दिल में एक निशान दिया था, जो शायद लंबे समय तक मिटेगा नहीं।मै सोच तो पहले से ही रहा था कुछ करने का पर जबतक काव्या की मम्मी से नहीं मिला था तबतक मेरे दिमाग में उनकी कोई छवि नहीं बन पाई थी,और काव्या से जो बात भी हुई और उससे जो कुछ भी समझ बनी थी मेरी वो सही नहीं थी. एक जिद्दी और मानसिक रूप से विकारग्रस्त औरत की बनी थी.

पर आज उनसे मिलकर लगा कि जो कुछ हुआ उनकी जिंदगी में वो नासमझी थी और अब जो उनका रूप है वो पश्चाताप, ग्लानी और गलती की स्वीकारोक्ति का है. गलतियाँ तो हर इंसान से होती ही हैं.

अगर ये सब सच है तो उनको वो सब कुछ वापस मिल जाना चाहिए जो इतने सालों तक कही खो गया था.

12

सीक्रेट मिशन गोवा

कमरे में आकर मेरा प्लान पक्का हो गया, गोवा जाकर ,काव्या के पापा से मिलना और एक निवेदन करना की क्या वापसी हो सकती है उनकी उस जिंदगी में जो वो सालों से पीछे छोड कर आगे कुछ इस तरह बढ़ गए हैं जैसे उनका अपना कोई अतीत है ही नहीं..

उसी रात गोवा के लिए मैंने प्लेन का टिकट लिया, पैकिंग की. दूसरे दिन ग्यारह बजे की फ्लाइट थी, उसके लिए नौ बजे निकलना भी था. जब पैकिंग पूरी हो गयी तो मैं बिस्तर पे लेट गया. न जाने कब नींद आ गयी पता नहीं चला.

दूसरे दिन मेरे अन्दर एक नया जोश, नयी उर्जा थी, एक नया उत्साह था अपने नए मिशन के लिए.

सुबह समय पे तैयार होकर देहरादून के जॉलीग्रांट एअरपोर्ट पर पहुँच गया.

बोर्डिंग की सारी फॉर्मेलिटी पूरी कर जब मैं एंट्री पॉइंट पे पहुंचा तो अभी भी आधे घंटे का समय बचा था.

वो आधे घंटे कटे नहीं कट रहे थे. एक एक पल भारी पड़ रहे थे. खैर वो समय भी आया जब मैंने बोर्डिंग की और फ्लाइट समय पे खुली. करीब ढाई घंटे का सफ़र था. इन ढाई घंटों में मुझे अपना पूरा प्लान सोच लेना था.

मेरा टारगेट यही था की जिस मिशन पे जा रहा हूँ उसमे मैं कामयाब हो जाऊ. इस कामयाबी में सबकी भलाई थी एक परिवार जो सब कुछ होते हुए भी,

थोड़ी नासमझी में अलग हो गया था अगर मिल जाय तो, कितना अच्छा हो.

गोवा के डाबोलिन हवाई अड्डे पर पहुँच कर मैंने GPS लोकेशन से काव्या के पापा का ऑफिसियल एड्रेस चेक किया, जिसे मैंने काव्या की डायरी से लिया था, टैक्सी की और चल पड़ा उस मिशन को कामयाब करने, जिसकी जिम्मेवारी मैंने खुद ले ली थी.

जब मैं गोवा के आर्मी स्टेशन पहुंचा तो शाम के चार बज रहे थे. आर्मी मुख्यालय के मेन गेट पर आकर मुझे अचानक थोड़ी हिचक महसूस हुई, की आ तो गया यहाँ, पर मेरा कौन सा रिश्ता है इनके साथ जिसके आधार पर मैं ब्रिगैडिअर साहब से बात करू. एक बार की पहचान भी तो नहीं है. पता नहीं वो मिलेंगे भी की नहीं मुझ से.

इसी उहापोह में मैंने गेट पर खड़े.एक जवान को ब्रिगेडियर साहब के नाम की पर्ची दी और बोला की उनसे मिलना है. उसने उपर से नीचे तक एक बार मुझे देखा और बोला, अभी बात करता हूँ सर.

थोड़ी देर में मुझे बुलाया गया. एक बहुत बड़े हॉल में जहाँ ढेर सारी कुर्सियां लगी थी, वहीं इंतज़ार करने को कहा गया. आज पहली बार मैं किसी आर्मी बेस में आया था. कुछ अजीब सा फील हो रहा था. शायद अन्दर मीटिंग चल रही थी. करीब एक घंटे के बाद बहुत सारे ऑफिसर्स बाहर आये, तब मेरी बारी आई अन्दर जाने की.

मैं बहुत ही धड़कते दिल और थोड़ी हिचकिचाहट के साथ अन्दर गया और उन्हें नमस्कार किया.

पहले तो वो थोडा मुस्कुराए फिर उन्होंने बैठने का इशारा किया और बोले, सॉरी तुम्हे देर तक इंतज़ार करना पड़ा. एक अर्जेंट मीटिंग चल रही थी, इसलिए तुम्हे वेट करना पड़ा.

अब मेरी बारी थी.

मैंने बोलना शुरू किया, सर मैं देहरादून से आया हूँ, वेदांत नाम है मेरा.

उसके बाद मुझे कुछ बोलने की जरुरत नहीं हुई.

ब्रिगेडियर साहब ने ही बोलना शुरू किया. अच्छा तो आप ही वेदांत हो, आईएफएस, नौकरी में मन नहीं लगा तो नौकरी से छुट्टी लेकर शोध कर रहे हो., लाइफ में कुछ करने की तमन्ना है, जंगल बचाने के मिशन में ज्यादा दिलचस्पी है, पर वो मिशन जॉब में रहते हुए पूरा नहीं पा रहा है. घर में सिर्फ माँ हैं, जो तुम्हे बहुत प्यार करती है. उन्होंने ने ही तुम्हे मां और पिता का प्यार दिया है और आज जो कुछ भी तुम हो उसमें मां का एक अहम किरदार है, काव्या के तुम सबसे अच्छे दोस्त हो.

क्यों, कुछ और भी बोलूं तुम्हारे बारे में, या तुम्हे जानने के लिए इतना बहुत कम है.

मैं अवाक् रह गया. जिस झिझक से मैं अब तक डर रहा था, वो ऐसे ख़तम हो जायेगी, कभी सोचा न था.

मैंने पूछा ,सर आप कैसे इतना जानतें हैं, मेरे बारे में इतना सब कुछ?

तब वे बोले –ये जो कुछ मैंने तुमसे कहा वो मेरी आवाज नहीं है, ये सब कुछ काव्या बोल रही थी.

मेरी जब भी बात होती है उससे, वो तब तक ख़तम ही नहीं होती जब तक तुम्हारा जिक्र ना हो.

तो यंगमैन, अपने बारे मैं बताने की कोई जरुरत नहीं, अब ये बताओ की तुम्हारा सामान कहाँ है, और कब आये गोवा? क्या ऑफिसियल टूर है, कोई काम है यहाँ या सिर्फ घूमने आये हो.

वेदांत- आज ही आया हूँ और एअरपोर्ट से सीधे होटल, और पास के ही होटल में अपना सामान रख कर ,बस आपसे मिलने आया हूँ.

उन्होंने कहा-तुम्हारे आने की बात का तो काव्या को जरुर पता होगा,पर उसने कुछ भी नहीं बताया जब की ऐसे हमेशा चर्चा करती रहती है, तुम्हारी.

मैंने कहा –सर, काव्या को इसके बारे में कुछ भी पता नहीं है, अगर उसे पता रहता तो वो जरुर बताती आपको, मैं एक खास मिशन में आया हूँ. और

सिर्फ आपसे ही मिलने आया हूँ. न तो कोई ऑफिसियल टूर है और न कोई घूमने का मकसद है मेरा.

ये सुनकर ब्रिगेडियर साहेब थोडा चौंके और थोडा गंभीर हो गए.

बोले-क्या काव्या और तुमने कोई मैरिज का डिसिजन लिया है?

नहीं सर –ऐसी कोई बात नहीं, बल्कि सच तो ये है की, उसे शादी में कोई दिलचस्पी ही नहीं है.

हाँ समझ सकता हूँ ,उसकी अपने ही घर की एक्सपीरियंस जो सही नहीं है.

पर मुझे तो एकदम लगा की, इतनी दूर से आने का मकसद तो एक ही हो सकता है.

ठीक है, इस पर हम इत्मीनान से बात करेंगे, अभी तो तुम थके होगे.

और सुनो गोवा में आकर, होटल में रुकना, काव्या के पापा को हरगिज़ मंजूर नहीं है.

इसके पहले की मैं कुछ कहता, उन्होंने मेरे होटल का नाम पूछा और तुरत एक फोन पे अपने अधिनस्थ को निर्देश दिया और आधे घंटे में मेरा सामान होटल से मेरे पास पहुँच गया था.

शाम के करीब छह बजे हम साथ साथ उनके बंगले पे गए.

पांच कमरे का बड़ा सा बंगला. तीन कमरे और एक बड़ी सी टेरेस उपर में बनी थी और दो कमरे एक बड़ी सी ड्राइंग रूम, नीचे बनी हुई थी.

फुली फर्निश्ड, सब चीज़ें करीने से सजी थी, देखकर लगता ही नहीं था की इतने बड़े बंगले में कोई अकेले रहता है यहाँ.

आर्मी के बड़े पोस्ट की यही तो रुवाब और शान होती है जिसे पहली बार मुझे बड़े नज़दीक से देखने का मौका मिला.

मैंने पूछा –सर इतने बड़े घर में आप कैसे रह लेते हैं? क्या कभी बोरियत या अकेलेपन का अहसास नहीं होता आपको ?

मेरी बात ख़त्म होते ही वे बोले--सब कुछ क्या आते ही जान जाओगे. अभी थोडा रेस्ट करो फिर बातें करते हैं.

एक जवान ने मेरे सामान को उपर के कमरे में रख दिया और बोला साहब ने आपको इसी में रहने को बोला है. मैं कपडे बदल कर थोडा फ्रेश हुआ और नीचे आकर उनके पास बैठ गया.

तुरत खानसामा आ गया और बोला सर क्या लेंगे? उस समय शाम के सात बज रहे थे, भूख तो जोरों से लगी थी पर कहने में हिचक लग रही थी. पर ब्रिगैडिअर साहब ने ताड लिया था

उन्होंने सीधे खाने का आर्डर दिया और मुझे लॉन में चलने का इशारा किया.

मैं उनके साथ लॉन में आ गया। वाकई बहुत ही खूबसूरत लॉन था — ढेर सारे फूल, मखमली घास, और एक तरफ़ फव्वारा चल रहा था। पूरा सेटअप किसी रिसॉर्ट जैसा लग रहा था। एक रंगीन कैनोपी, जैसी सी-बिच पर होती है, वो भी लगी थी। नीचे टेबल और कुर्सियाँ सजी थीं।

टेबल पर दो गिलास रखे थे, साथ में व्हिस्की की बोतल, बर्फ, सोडा और एक बियर की बोतल भी पड़ी थी। कई तरह के स्नैक्स भी सजे थे। मैं जाकर वहीं बैठ गया और उनका इंतज़ार करने लगा।

थोड़ी देर बाद वो फ्रेश होकर आए। आते ही मुस्कुराकर बोले — "तो बताइए बरखुरदार, क्या शौक रखते हो? बियर या व्हिस्की, या फिर कोई और ड्रिंक?"

उस सवाल में एक अपनापन भी था और एक हल्की-सी शरारत भी। जैसे वो जानना चाहते हों कि मेरी पसंद क्या है, पर असल में वो मेरी *संगत* को ही सबसे ज़्यादा अहमियत दे रहे थे।

मुझे थोड़ी झिझक हो रही थी –बोला सर मै कोल्ड ड्रिंक ले लूँगा,

“अरे यंगमैन, गोवा में आकर कोई कोल्ड ड्रिंक पीता है भला! यदि थोड़ा भी लेते हो तो शर्म करने की कोई ज़रूरत नहीं है।”

इसके पहले कि मैं कुछ कहता, उन्होंने बटलर को इशारा किया। बटलर ने बड़े अदब से गिलास में व्हिस्की, सोडा और बर्फ डाली, और फिर चुपचाप वहाँ से चला गया।

हमारे बीच *चियर्स* हुआ। उन्होंने बड़े इत्मिनान से व्हिस्की का एक बड़ा घूँट लिया, और मुस्कुराकर बोले – “बरख़ुरदार, अब आप बताइए कि कैसे कष्ट किया इतनी दूर आने का।

मैं समझ सकता हूँ कि इतनी दूर से अपना समय और पैसा खर्च करके आने का मक़सद तो ज़रूर कोई गंभीर ही होगा।”

वैसे कोई कोई आता है जॉब के लिए या पैरवी के लिए पर तुम्हे देखकर लगता नहीं की तुम्हे ऐसी कोई जरुरत है. तुम तो पहले से ही IFS हो ,एक बहुत ही अच्छे जॉब में हो.

उनकी बातों में अपनापन भी था और एक गहरी जिज्ञासा भी। जैसे वो मेरे दिल की गहराई तक झाँकना चाहते हों। उस पल में मुझे लगा कि यह बातचीत सिर्फ़ एक ड्रिंक के साथ नहीं, बल्कि एक रिश्ते की शुरुआत के साथ हो रही है।

पहले ही घूँट ने मेरे भीतर हल्की-सी गर्माहट फैला दी थी। जैसे ही वह स्वाद गले से उतरकर दिल तक पहुँचा, मुझे लगा कि मेरा आत्मविश्वास अब जाग रहा है। वो झिझक और वो संकोच, जो अब तक मुझे रोक रही थी, धीरे-धीरे पिघल रही थी. व्हिस्की के पहले बड़े घूँट से ही एक सुरूर सा चढ़ गया था। मुझे लगा कि मेरा आत्मविश्वास अब बढ़ने लगा है। और उसी क्षण मुझे ऐसा एहसास हुआ कि मैं अपनी बात कह सकता हूँ – वही बात, जिसके लिए मैं यहाँ आया हूँ।

दिल में जो मक़सद था, जो सोच मुझे इतनी दूर खींच लाई थी, अब उसे सामने रखने का साहस मिल रहा था। कभी-कभी एक छोटा-सा सुरूर ही दिल की दीवारें तोड़ देता है, और हमें वो ताक़त दे देता है जिससे हम अपनी सच्चाई कह सकें।

सर, मैं अपने यहाँ आने की मकसद की बात करने के पहले कुछ कहना चाहता हूँ.

आपको तो सब पता ही है कि मैंने अपने जॉब से छुट्टी लेकर शोध करने का फैसला किया है, फिर उसके बाद सोचूंगा की आगे कैसे मूव करना है. मेरी पहली विजिट थी देहरादून की वो मेरे आईएफएस के सिलेक्शन के बाद ट्रेनिंग की थी.

पर जब मैं दूसरी बार देहरादून आया तो, सब कुछ बदल गया था, मेरे लिए सचमुच एक समस्या थी की शुरुआत कहाँ से करूं, पर पहले दिन से ही काव्या ने जिस तरह मुझे हेल्प किया, उससे मुझे ये साफ़ हो गया की मेरे लिए भगवान् ने एक मसीहा भेज दिया है, मेरे सपनो को पूरा करने के लिए.

मेरे सब्जेक्ट से, जुडी जितनी भी किताबें,जर्नल, रिपोर्ट्स विडियो हो सकती थी, वो सब ,काव्या ने समय के साथ मुझे उपलब्ध करा दिया. एक साल में मुझे ये पूरी तरह महसूस हो गया की जो मेरा सपना था, वो उसका हो गया है और वो पूरा होते जा रहा है धीरे धीरे.

आज उसकी मदद से मेरा ९५% काम लगभग पूरा हो चुका है. जिसे मैं समझ रहा था की दो साल लगेंगे

अब जो भी बचा है वो सिर्फ टाइपिंग का काम ही बचा है. मैंने दो साल की छुट्टी ली थी पर मुझे लगता है की ये सवा साल में पूरा हो जायेगा, और वो सब काव्या की मदद से.

उसकी मदद सिर्फ यही तक नहीं थी, बल्कि एक बार जब मैं बीमार पड़ा तो जितनी मदद हो सकती थी उसने किया. दवा से खाना तक, उसके बाद छुट्टीयों में उसने मेरे लिए देहरादून गाइड का काम किया. बहुत सारी जगहों को मैंने उसके साथ ही देखा. और मैंने खूब एन्जॉय किया उसकी कंपनी को.

मुझे ऐसा लगा की कितनी जिंदादिल और सहयोग भरा ब्यवहार है उसका. पर उसके साथ साथ ही ये भी हमेशा लगा कही न कहीं एक खालीपनऔर सूनापन भी है उसकी जिंदगी में

उसी क्रम में एकदिन मुझे पता चला की आप किन्ही कारणों से अलग रहने का डिसिजन लेकर गोवा आ गए हैं. आप का अलग होना ,हो सकता है की आपके लिए थोडा सुकून भरा होगा पर, उन दोनों की लाइफ एकदम अधूरी है.

तनहा और उदासी से भरी. फिर एक दिन उसने बताया की, आंटी जी से आपकी कुछ नाराजगी थी, जिसने आपको मजबूर किया आपको अलग रहने के लिए. फिर उसने ये भी बताया की, जिन वजहों से आपकी नाराजगी थी मम्मी के साथ, वो अब नहीं रही, आंटी में, उस घटना के बाद. काफी बद्लाव् आ गया है, अब जो जिंदगी वो जी रही हैं वो ग्लानी से भरी और अपनी गलतिओं की समझ वाली है.

मेरे आये वहां साल भर से ज्यादा हो गए पर मैं कल ही पहली बार उनसे मिला, और काफी इम्प्रेस हुआ उनसे. इतनी स्नेहिल, सौहार्द्र, और प्रेमपूर्ण भाव से वो मुझसे मिली की मुझे बरबस अपने माँ की याद आ गयी.

मैं वहां करीब दिन भर रहा, और बड़े अच्छे ढंग से समझ में आया की, कितनी उदास है उनकी जिंदगी.

कई बार उन्होंने आपका जिक्र किया की, काश वो होते तो ,यहाँ की जिंदगी कुछ और होती, काव्या किसी अच्छे कंपनी में काम कर रही होती. सच में सबकुछ अच्छा होते हुए भी. उनकी और काव्या की उदासी मुझे अच्छी नहीं लगी.

तबतक ब्रिगेडियर साहब ने अपना ग्लास ख़तम कर दिया था, बटलर ने आकर दुबारा ग्लास भर दिया था.

उन्होंने मेरी तरफ इशारा कर ग्लास खाली करने को कहा पर मैंने कहा, मेरे लिए इतना ही काफी है, उन्होंने जोर नहीं दिया. मैंने एक बड़ा घूँट फिर लिया, और फिर बोलना शुरू किया.

मैं हमेशा सोचता हूँ कि काव्या कितनी स्नेहिल है, कितनी सहयोगी है। वो हमेशा दूसरों की मदद करती है, और मेरी भी उसने इतनी मदद की। तो मेरा भी फ़र्ज़ बनता है कि मैं उसके लिए कुछ करूँ।

उसकी ज़िंदगी में भी उसके हिस्से की धूप और बारिश आनी चाहिए। वो पूरी तरह हक़दार है एक बेहतर ज़िंदगी की – एक ऐसी ज़िंदगी जिसमें उसके साथ पापा और मम्मी दोनों का साथ हो।

जब भी हम किसी अपने को(जिसे हम पसंद करते हो) कभी-कभी बहुत करीब से घुटते हुए देखते हैं तो उनकी खुशियाँ हमारी ज़िम्मेदारी बन जाती हैं। और यही एहसास मुझे आज सबसे गहरा लग रहा है।

मैंने कल ही, उसी वक़्त सोच लिया की मैं मिशन गोवा पे जाऊँगा, और आपसे मिलकर एक नम्र निवेदन करूँगा की अब आप और आत्म निर्वासन की जिंदगी न जियें और फिर से उनकी जिंदगी में आकर, उनके हिस्से की धूप से उनकी जिंदगी को ऊर्जावान बना दें. और उसी रात जब मैं वापस आया तो सबसे पहले मैंने अगले दिन की गोवा की फ्लाइट टिकट ली और आज मैं आपके सामने हूँ एक विनती के साथ.

इस पूरे ट्रिप की कुछ भी जानकारी न तो काव्या को है न मम्मी जी को. मैंने काव्या से बस इतना ही कहा है की मैं थोड़े अर्जेंट काम से चार पांच दिन बाहर रहूँगा बस इससे ज्यादा उसे कुछ भी पता नहीं.

"मैंने हाथ जोड़कर विनम्र निवेदन किया—आदरणीय सर, यदि अनजाने में मुझसे कोई अनुचित शब्द निकल गया हो तो मैं हृदय से क्षमा चाहता हूँ।परंतु यह भी कहना चाहूँगा कि जो भी त्रुटि हुई थी, उसकी कठोर सजा इन सात वर्षों में भोग ली जा चुकी है।अब आप कृपया उन्हें क्षमा कर दें और पुनः अपने स्नेहिल आशीर्वाद से उनका जीवन खुशियों से भर दें"

बस सर, यही है मेरा “मिशन गोवा” और आपका जो भी जवाब होगा उसे बिना किसी गिला या शिकायत के स्वीकार कर मैं कल चला भी जाऊंगा. आप जो भी निर्णय लेंगे उस पे मैं कुछ भी नहीं कहूँगा.

मैंने अपने दिल की बात आपसे कह दी. और अब बस ,मुझे कुछ और नहीं कहना है.

मेरी ग्लास ख़तम हो चुकी थी. ब्रिगेडियर साहब ने कुछ भी नहीं कहा..उनका चेहरा शांत और गंभीर लग रहा था.

थोड़ी देर तक वे चुप रहे और फिर एक बड़े घूँट के साथ अपना ग्लास ख़तम किया. उनका ग्लास खत्म होते ही बटलर ने आकर खाना तैयार होने की सूचना दी. वो चुपचाप उठे और मुझे खानेपर चलने का इशारा करते हुए आगे बढ़ गए.

"हम दोनों आमने-सामने बैठे थे, डिनर की मेज़ पर।वातावरण में एक अजीब-सी निस्तब्धता पसरी हुई थी।

वे बिल्कुल मौन थे, और उनकी चुप्पी मेरे मन में उलझन और भय दोनों भर रही थी।मैं सोचता रहा—पता नहीं उनके मन में इस समय कौन-सी भावनाएँ चल रही होंगी।"

"पर मुझे जो कुछ कहना था वो मैं सब कुछ कह चुका था, व्हिस्की के उस बड़े पटियाला पेग ने मेरा कांफिडेंस इतना बढ़ा दिया था कि मैं वो सब कुछ कह सका जो मैं सोच के आया था."

मैंने कहा, सर आपने कुछ कहा नहीं.

उन्होंने धीरे से कहा-खाने के समय बोला नहीं करते,पहले डिनर कर ़लो फिर आगे की बातचीत होगी.

खाना काफी लजीज था. सूप के साथ शुरू हुआ और खीर के साथ ख़त्म हुआ. फिर हम लॉन में आकर बैठ गए. बहुत सारी इधर उधर की बातें पूछी उन्होंने पर उस प्रश्न पर अभी तक कुछ भी नहीं कहा, जिस मिशन पर मैं गोवा गया था, तब तक ग्यारह बज गए थे रात के.

मुझे नींद आ रही थी पर मैं बड़े बेसब्री से अपने प्रश्न के उत्तर का इंतज़ार कर रहा था.

फिर अचानक उन्हों ने कहा, वेदांत अगर तुम्हारा मिशन गोवा सफल नहीं हुआ तो क्या करोगे?

मेरे लिए ये एक झटका था, पर ये भी जानता था की जिस मिशन पर मैं आया हूँ वो इतना आसान नहीं है.

उसमें कुछ भी हो सकता है. हाँ भी और ना भी.

वेदांत –सर, मेरे मन जो कुछ भी था और जो मेरे बस में था वो मैंने करने की कोशिश की, मैं गीता का फालोवर हूँ. सिर्फ कर्म करता हूँ और फल भगवान् के हाथों में छोड़ देता हूँ, मैंने अपना कर्म कर दिया है अब बाकी उपर वाले के हाथों में है. कल तो मैं वैसे भी चला जाऊंगा.

वेदांत, तुम्हारी बातों में एक अजीब-सी शांति है। लेकिन क्या तुम्हें डर नहीं लगता कि परिणाम तुम्हारी उम्मीदों के विपरीत भी हो सकता है?"

वेदांत (मुस्कुराते हुए): "डर तो हर इंसान को लगता है, सर। लेकिन जब हम कर्म को ही अपना धर्म मान लेते हैं, तो डर धीरे-धीरे मिट जाता है। परिणाम चाहे जैसा भी हो, वह मेरे हाथ में नहीं है। मुझे जो करना था, वो कर दिया। अब ईश्वर की इच्छा ही अंतिम सत्य है।"

ब्रिगेडियर-"तुम्हारी दृढ़ता मुझे सोचने पर मजबूर करती है। शायद यही असली ताक़त है — कर्म करना और परिणाम को स्वीकार करना।"

वेदांत (धीरे से): "हाँ सर, यही तो गीता का सार है। और यही मेरा विश्वास भी।"

ब्रिगेडियर- वेदांत, तुमने अपना कर्म कर दिया, फिर भी ,अगर उसका परिणाम तुम्हारे सोच के अनुसार नहीं हुआ तो क्या करोगे?

वेदांत –मैंने तो कह ही सर, जो कुछ परिणाम आये उसे स्वीकार कर लूँगा, क्योंकि मैं जानता हूँ की अच्छे मकसद से किया गया काम हमेशा सही परिणाम देता है. अगर फिर भी मेरी सोच के अनुसार नहीं हुआ तो फिर वापस लौट जाऊँगा.

ब्रिगेडियर -क्यों चले जाओगे--पहली बार गोवा आये हो ,बिना घूमे कैसे जावोगे? और फिर काव्या क्या सोचेगी की इतनी दूर से उसका कोई दोस्त आया और मैंने उसके लिए कुछ भी नहीं किया.

मैंने कहा –सर पहली बात तो ये है की, जैसा पहले ही बता चुका हूँ की उसे मेरा गोवा आना पता ही नहीं है, और यदि इस मिशन में सफल नहीं हुआ तो जिंदगी में कभी बताऊंगा भी नहीं

दूसरी बात ये है की मेरा मिशन वही था जो मैंने आपसे कहा, गोवा घूमना मेरा मकसद कभी भी नहीं था.

पर असफल भी हुआ तो मुझे इस बात का तो अफ़सोस नहीं रहेगा की मैंने अपनी तरफ से कुछ नहीं किया. जिंदगी मेरे लिए कोहरे या धुंध के समान है, जैसे जैसे हम आगे बढ़ते हैं रास्ता साफ़ नज़र आने लगता है

मैंने कोशिश तो की. और अंत में,जब मैं लौटूंगा तो एक मधुर याद तो रहेगी ही ,आपसे मिलने की और इतनी अच्छी हॉस्पिटैलिटी की. इन्ही यादों के साथ मैं वापस लौट जाऊंगा, ये यादें भी कम मधुर नहीं हैं मेरे लिए.

तब उन्होंने कहा –देखो रात काफी हो चुकी है, अब सो जाओ –कल देखते हैं, क्या करना है ?

वो मुझसे काफी बड़े थे, इसलिए उनके सामने और कुछ कहना मुझे उचित नहीं लगा। मैंने बस हल्की-सी मुस्कान के साथ "गुड नाइट" कहा और अपने कमरे की ओर बढ़ गया।

लेकिन उस रात नींद मेरी आँखों से कोसों दूर थी। बिस्तर पर लेटे हुए ऐसा लग रहा था मानो मैंने जीवन की सबसे कठिन परीक्षा दी हो — पूरी तैयारी, पूरे मनोयोग से, और अब रिजल्ट का इंतज़ार है ।

कमरे की खामोशी में हर धड़कन मुझे यह याद दिला रही थी कि कल सुबह उसका परिणाम सामने आएगा। मन में एक अजीब-सी हलचल थी, जैसे समय थम गया हो और मैं केवल प्रतीक्षा कर रहा हूँ। उस रात का हर क्षण एक लंबी सांस की तरह था — भारी, गहरा और उम्मीदों से भरा।

हर रात के बाद सुबह तो होती ही है. उस दिन भी सुबह हुई, जब जगा तो 8 बज रहे थे. इतनी देर तक तो मैं कभी नहीं सोता था. पर उस दिन, एक तो व्हिस्की का हैंग ओवर और दूसरा देर तक जागता रहा रिजल्ट के विषय में सोचते सोचते, शायद यही वजह थी देर से उठने की. पर ब्रिगेडियर साहब तो. मोर्निंग वाक पूरा कर योग और मैडिटेशन में लगे थे

मैं भी जल्दी जल्दी सुबह के सारे काम निबटा कर, नहा धोकर तैयार हो गया. ये भी मन में था की यदि मिशन फेल होता है तो सेकंड हाफ तक वापस

चला जाऊंगा. मैंने फ्लाइट की return टिकेट भी देख ली थी.

नौ बजे वो फ्री हो गए और बोले, चलो ब्रेकफास्ट करते है,वही बातें करेंगे.

डाइनिंग टेबल पर, एक बार फिर हम आमने सामने थे.

वो मुस्कुरा के बोले –आज तो गोवा दर्शन करना है?

मुझे थोडा अजीब सा लगा. जब ये जानते हुए की गोवा दर्शन मेरा टारगेट नहीं है तो फिर क्यों वही बात दुहरा रहे हैं?

मैंने साफ साफ कहा- सर आप तो जानते है की मेरा फोकस सिर्फ एक है- यदि असफल हुआ तो वापस.

आप प्लीज अपना निर्णय बताएं. मेरा कोई भी प्लान आपके निर्णय पर ही निर्भर है.

वो एक बार फिर मुस्कुराये –बोले-चलो नास्ता शुरू करो-पहले खाना, फिर उसके बाद ही कुछ होगा.

मैंने चुपचाप नास्ता किया लॉन में कदम रखते ही हवा का एक हल्का झोंका मेरे चेहरे से टकराया।

बाहर सब कुछ सामान्य था—हरी घास, पेड़ों की छाँव, और दूर से आती चिड़ियों की आवाज़। लेकिन भीतर का बोझ इतना गहरा था कि हर सांस भारी लग रही थी।

वो सामने बैठे थे, बिल्कुल शांत। उनकी आँखों में कोई हलचल नहीं थी, जैसे किसी ने भीतर के सारे तूफ़ान को बाँध दिया हो। उस शांति में एक अजीब-सी ताक़त थी, जो मुझे और असहज कर रही थी। मैं चाहता था कि वह कुछ कहें, कोई शब्द, कोई इशारा—पर सब कुछ स्थिर था।

समय जैसे थम गया था। हर पल लंबा खिंचता जा रहा था। मुझे लग रहा था कि मैं उस शांति के बीच धीरे-धीरे डूब रहा हूँ। बाहर की ख़ामोशी और भीतर का शोर—दोनों का टकराव मुझे तोड़ रहा था।

थोडा रुक कर बोले- वेदांत –तुमने काव्या की इतनी तारीफ की, वो मेरी बेटी है, उसे तो मैं जानता ही हूँ.

तुमने जो भी बातें उसके बारे में कही वो सब सही है. पर मेरे लिए तुम भी एक नायाब इंसान हो.

तुमने अपनी एक दोस्त के लिए जो कुछ भी किया वो भी अपने आप में बेमिशाल है. इतना कौन करता है किसी के लिए आज वो भी इस मतलबी दुनियां में.

तुम्हारी एक बात मुझे बहुत पसंद आयी, जब तुमने कहा की उनकी जिंदगी में उनके हिस्से की धूप और बारिश मिलनी ही चाहिए. मैं पूछता हूँ की क्या सिर्फ उन्हें ही जरूरत है उनके हिस्से की धूप और बारिश की.

मैं तुरत उनकी बात समझ नहीं पाया, मैं साफ़ जवाब सुनना चाहता था पर वे थोडा गोल मटोल बाते कर रहे थे.

उन्होंने फिर कहा- आज सात साल से मैं भी अपने हिस्से की धूप और बारिश की तलाश में सब कुछ भूल गया हूँ, क्या मुझे नहीं चाहिए,वो सब.

यह प्रश्न हमें सोचने पर मजबूर करता है कि क्या जीवन में केवल दूसरों की ज़रूरतें पूरी करना ही पर्याप्त है। असल में, हर व्यक्ति को अपने हिस्से का अनुभव चाहिए।

अगर कोई अपने हिस्से की धूप नहीं पाता, तो उसकी आत्मा बुझ जाती है। अगर कोई अपने हिस्से की बारिश नहीं पाता, तो उसका मन सूख जाता है।

जीवन का संतुलन तभी बनता है जब हर कोई अपने हिस्से की धूप और बारिश के साथ जी सके।

कभी-कभी हर के जीवन में कोई व्यक्ति ऐसा आ जाता है जो हमें हमारे हिस्से की धूप और बारिश का एहसास कराता है। वह हमें यह याद दिलाता है कि हम भी जीने के हकदार हैं, हम भी अपने हिस्से का उजाला और ठहराव पा सकते हैं। वही व्यक्ति हमारे लिए आशा की चिंगारी बन जाता है।

आज तुमने यहाँ आकर मेरी जिंदगी में आशा की एक नयी चिगारी जलाइ है. मेरे लिए तो मेरी जिंदगी में तुम ही धूप और बारिश बन कर आये हो, एक मसीहा बनकर आये हो तुम

जो काम इतने दिनों तक किसी से नहीं हो सका, सभी अपने अपने झिझक और ईगो को लेकर अपनी सांसों को कम करते रहे और तनहा रहकर जिंदगी जीते रहे,

पर यंगमैन आज जो काम तुमने एक झटके में किया है वो काबिले तारीफ है, वो भी बिना किसी स्वार्थ के.

मैंने बीती रात काफी देर तक तुम्हारे मिशन गोवा पर सोचा, और यही महसूस किया की ये तो हमारा मिशन होना चाहिए था, जिसे तुमने अपने उपर ले लिया. अब मैं ज्यादा सस्पेंस नहीं रखना चाहता हूँ. तुम्हे मुबारकबाद देना चाहूँगा तुम्हारे मिशन की कामयाबी के लिए जिसे तुमने हमारे लिए किया.

“मुझे तुम्हारे इस मिशन पर गर्व है और मैं पूरी तरह तुम्हारे साथ हूँ। पर गोवा मिशन बिना गोवा दर्शन के कभी कामयाब नहीं हो सकता।

"उनके शब्दों में एक हल्की-सी शरारत थी, जैसे गंभीरता के बीच अचानक कोई उजली किरण चमक उठी हो।"

उन्होंने आगे कहा --आज रविवार है — और रविवार का मतलब होता है फन डे।

मुझे सहसा विश्वास ही नहीं हुआ कि ये कोई सपना है या हकीकत।

मैं अवाक् होकर उन्हें देखता रहा। उनकी आँखों में एक चमक थी, और चेहरे पर वह आत्मविश्वास जो किसी भी संदेह को मिटा देता है।

वो समझ गए कि मुझे यकीन नहीं हो रहा है।

वो मेरे पास आये और मेरे कंधे पे हाथ रखकर बोले, वेदांत, मैं तुम्हारे गोवा मिशन में पूरी तरह साथ हूँ, अब जल्दी से तैयार हो जाओ, चलो गोवा घूमते हैं,

अब जाके मेरे जेहन में पूरी बात समझ में आ गयी थी.

मैं अचानक उठ खड़ा हुआ और सीधे उनके चरणों को पकड़ लिया। मेरी आवाज़ काँप रही थी, पर दिल से निकले शब्दों में सच्चाई थी – "सर, आपने मेरे जैसे छोटे आदमी की बातों को सुना और मान भी लिया। यह मेरे लिए किसी चमत्कार से कम नहीं है। मैं विश्वास ही नहीं कर पा रहा हूँ कि मेरी बातों को इतनी गंभीरता से लिया गया।"

उस पल में मेरे भीतर भावनाओं का सैलाब उमड़ पड़ा। यह सिर्फ़ सम्मान का क्षण नहीं था, बल्कि उस विश्वास का भी, जो मुझे अपने कर्म और अपने शब्दों पर मिला।

उनके शब्द मेरे कानों में गूँजे – "तो कैसे विश्वास दिलाऊँ... क्या करूँ कि तुम भरोसा करो? मैंने यही सोचा है कि आज मैं तुम्हारे साथ गोवा दर्शन करूँगा।"

मैं स्तब्ध रह गया। यह मेरे लिए किसी अप्रत्याशित उपहार से कम नहीं था। मन में हल्की-सी धड़कन तेज़ हो गई, जैसे अचानक कोई सपना आँखों के सामने साकार हो रहा हो।

13

गोवा - सन सैंड और समुंदर की लहरों की मस्ती

गोवा की गलियाँ, समुद्र की लहरें, चर्च की घंटियाँ और हवा में घुली आज़ादी की खुशबू – सब मेरे सामने जीवंत हो उठी। मुझे विश्वास ही नहीं हो रहा था कि यह हकीकत है। उनकी आँखों में एक आत्मीय चमक थी, और उनकी मुस्कान में वह आश्वासन, जो कह रही थी – *हाँ, हाँ यही तो सच है।*

उन्होंने आगे कहा-कल मंडे है, ऑफिस अटेंड करूँगा और अपनी छुट्टी अप्रूवल करवाऊंगा दिल्ली से और मंगलवार को हम साथ साथ देहरादून चलेंगे, तुम्हारे इस पूरे मिशन के सुखद अंत के लिए.

क्यों ठीक हैं न? अब तो चलोगे न गोवा घूमने और अब तो विश्वास होगा न.

फिर उन्होंने मुझे अपने चरणों से उपर उठाया और बोले,बेटे तुम्हारी जगह वहां नहीं मेरे दिल में है, और मुझे जोर से पकड़ कर अपने सीने से सटा लिया.

उन भावुक लम्हों में मेरी आँखे भर आई थी.मुझे देख कर, बोले अरे तुम तो बहुत सेंटीमेंटल हो. यदि मैं ना कहता तो क्या करते तुम?

खैर छोड़ो आज का दिन सेलिब्रेशन का है. फिर उन्होंने बटलर को कुछ निर्देश दिया और मुझे बोलकर खुद भी तैयार होने चले गए.

थोड़ी देर बाद आर्मी की जीप आ गयी और हम उस पर सवार होके चल पड़े गोवा दर्शन के लिए.

ये पूरी तरह एक प्राइवेट ट्रिप थी. जिसे मैंने खूब एन्जॉय किया. वो हर थोड़ी देर बाद रुक कर लोकल जगहों के बारे में बताते जा रहे थे. फिर करीब 4 बजे शाम को हम एक होटल पे रुके

वहां पहले से ही शायद सब आर्डर किया हुआ था. हम वहां जा के बैठ गए.ब्रिगेडियर साहब ने फिर गोवा के बारे बताना शुरू किया.

वेदांत –तुम्हे तो आईडिया होगा ही की गोवा –की पहचान ही है **धूप से चमकते समुद्र तट, सुनहरी रेत, लहरों पर सर्फिंग, ठंडी फेनी और ताज़ी मछलियाँ**। यहाँ की थाली में मसालों की खुशबू, नारियल की मिठास और समुद्र का स्वाद एक साथ घुला होता है। और सच तो यह है कि गोवा की **स्पेशल थाली मेक्रेल** फिश के बिना अधूरी ही लगती है।

आज तुम्हें उस असली गोअन थाली का स्वाद लेने का अवसर मिला है—जहाँ हर निवाला समुद्र की लहरों की तरह ताज़गी लिए होता है, और हर मसाला गोवा की मिट्टी की कहानी सुनाता है।

तो चलो, इस थाली के साथ गोवा की आत्मा को महसूस करते हैं—**Sun, Sand, Sea और Authentic Flavours** का संगम

मैंने हँसते हुए कहा—"आज के सेलिब्रेशन के लिए इससे अच्छा और क्या हो सकता है। आज आप जो कुछ भी करेंगे वो एक सेलिब्रेशन ही होगा और वो सब मंज़ूर है मुझे।"

थोड़ी ही देर में वेटर आया। उसके हाथों में चमचमाती फेनी की बोतल थी, और साथ में दो पारदर्शी काँच के ग्लास। जैसे ही उसने बोतल खोली, भीतर से उठती खुशबू ने हवा में एक जादू घोल दिया।

उसने धीरे-धीरे फेनी उड़ेली, और उस सुनहरी तरल ने ग्लासों में उतरते ही मानो गोवा की आत्मा को हमारे सामने रख दिया।

हमने ग्लास उठाया और समुद्र की लहरों को देखते हुए,चियर्स की फिर धीरे-धीरे हमने चुस्की लेना शुरू किया

हर घूँट में गोवा की मिट्टी, नारियल के पेड़ों की छाँव और समुद्र की नमी का स्वाद था। पहली घूँट लेते ही लगा जैसे समंदर की लहरें भीतर तक उतर गई हों — हल्की जलन, मीठा नशा, और हवा में घुली आज़ादी।

पहली ही साँस में लगा कि यह सिर्फ़ एक पेय नहीं, बल्कि समुद्र की लहरों, नारियल के पेड़ों और गोवा की धड़कन का संगम है। उस पल में हर चीज़ उत्सव बन गई थी—ग्लासों की चमक, फेनी की महक, और हमारे बीच की ख़ामोशी भी।

यह शुरुआत थी एक कहानी की, जो गोवा की धूप, रेत और लहरों की तरह अनंत और जीवंत थी।

थोड़ी ही देर में वेटर ने फेनी का दूसरा ग्लास भर दिया —इस बार उसकी तीखी खुशबू ने ही पहले से कम हो रहे नशे के सुरूर को फिर से चढ़ा दिया। साथ में थी भुनी हुई मैक्रेल फिश — ताज़ा, मसालेदार, और हर निवाले में समंदर की कहानी कहती हुई।

थोड़ी ही देर में थाली सजकर आ गई—चमचमाते पीतल के बर्तनों में परोसी गई गोअन स्पेशल।

सामने प्लेट में थी ताज़ा भुनी हुई मैक्रेल फिश — मसालों से सजी, धुएँ की खुशबू में लिपटी, जैसे गोवा की आत्मा उस स्वाद में समा गई हो।

मक्क्रेल फिश करी, नारियल से सजी प्रॉन्स बालचाओ, गरमागरम सोल कढ़ी, और साथ में हल्की-सी मीठी बेबिंका। हर व्यंजन जैसे गोवा की कहानी सुना रहा था—कभी समुद्र की लहरों की, कभी पुर्तगाली विरासत की, और कभी स्थानीय मसालों की।

पृष्ठभूमि में हल्का-सा संगीत बज रहा था—कोंकणी लोकगीतों की धुनें, जो समुद्र की लहरों के साथ मिलकर एक अनोखा सुर बना रही थीं। बाहर समुद्र की आवाज़ और भीतर थाली का स्वाद—दोनों मिलकर शाम को उत्सव बना रहे थे।

हमने न वक़्त देखा, न दुनिया — बस तीन घंटे तक उस टेबल पर एक छोटा-सा गोवा बसा लिया। हर चुस्की के साथ बातें गहराती गईं, हर निवाले के साथ कुछ यादें बनती गईं। फेनी का नशा सिर में नहीं, दिल में उतर रहा था।

हमने हँसते-बोलते, खाते-पीते उस पल को जीया। यह सिर्फ़ एक डिनर नहीं था, बल्कि गोवा की आत्मा का अनुभव था। फेनी की महक, थाली का जायका और संगीत की लय—सबने मिलकर उस पल को यादगार बना दिया।

डिनर के बाद हम समुद्र किनारे निकल पड़े। रेत पर हमारे कदमों के निशान बनते और लहरें उन्हें धीरे-धीरे मिटा देतीं। आसमान में चाँद अपनी चाँदनी बिखेर रहा था, और समुद्र की लहरें उस रोशनी को अपने भीतर समेट रही थीं। हवा में नमक और नारियल की खुशबू थी, जो हर सांस को ताज़गी दे रही थी।

हम दोनों चुपचाप चलते रहे, कभी हँसते, कभी ठहरकर लहरों को देखते। उस पल में लगा कि गोवा हमें अपनी गोद में समेट रहा है—प्यार की गर्माहट, बारिश की ठंडक, और समुद्र की अनंतता सब कुछ हमारे साथ था।

वो लम्हे केवल एक उत्सव के नहीं रहे, बल्कि एक स्मृति बन गए —ऐसी स्मृति जो हर बार समुद्र की आवाज़ सुनते ही दिल में फिर से जीवित हो उठेगी।

वो गुजर रहे लम्हे सिर्फ एक अनुभव नहीं थे — वो एक एहसास थे एक कहानी थी, जिसे हम दोनों ने मिलकर जिया। और शायद, अगर कोई उस पल को कैमरे में कैद करता, तो वो किसी फिल्म का सबसे खूबसूरत सीन बन जाता।

सच कहें तो जब ज़िंदगी की रफ्तार थमती है और तनाव की परछाइयाँ पीछे छूट जाती हैं, तब हर लम्हा एक जादू बन जाता है। उस दिन गोवा की हवा में वही जादू घुला हुआ था — हल्की नमी, समंदर की गूंज, और दिल में एक अजीब-सी राहत।

उस दिन सिर्फ पेट नहीं भरा — दिल भी भर गया।

गोवा की मिट्टी, उसकी खुशबू, उसका स्वाद — सब कुछ उस थाली में समाया हुआ था। और हम? बस उस कहानी के किरदार बन गए, जो स्वाद से शुरू होकर यादों में बदल गई।

मुझे समझ में आ गया की आज जो भी खाने को मिला उन सबका निर्देश पहले से दे दिया गया था. उन्होंने ही बताया की अक्सर आते हैं यहाँ, जब भी गोवा की ऑथेंटिक कुजीन खाने का मन होता है. उस समय रात के 8 बज रहे थे. घर जाने का रास्ता करीब दो घंटे का था तो अब सीधे घर ही जाना था.और हम चल पड़े.

थकान भी हो चली थी. रस्ते में ट्रैफिक की वजह से थोडा ज्यादा समय लग गया, दस बजे रात को घर पहुंचे. अंकल ने कहा- जाओ अब रेस्ट कर लो.

मैं भी यही चाहता था. सीधे अपने कमरे में जाकर ठन्डे पानी से नहाया और ड्रेस चेंज कर, बिस्तर पे लेट गया.

सुबह से बिजी था,आज वो सब मिल गया जो सोच के आया था,.

अब मैं बेताब था उस परिवार का मिलन देखने के लिए,जिसके लिए मैं आया था, और साथ साथ मन इस बात के लिए भी बेताब हो रहा था की मैं काव्या को ये खुशखबरी भी दे ही दूं, पर दूसरी तरफ ये भी दिल में आ रहा था की नहीं, सरप्राइज में ज्यादा मजा है, मिशन तो पूरा हो ही चुका है.अब हड़बड़ी किस बात की?

दूसरे दिन मैंने उनके साथ ही ब्रेकफास्ट लिया, बातें की. उस दिन का यही प्रोग्राम था की अंकल आज ऑफिस जायेंगे, अपनी छुट्टी मंजूर करायेंगे और कल हम ग्यारह बजे की फ्लाइट से देहरादून निकल जायेंगे.

आज दिन भर मुझे अपने मर्जी से बिताना था, पर उसकी भी ब्यवस्था, उन्होंने कर दी थी, एक जीप मेरे ही डिस्पोजल पर थी.

पर मैंने कहा, आज मैं एक बाइक से गोवा एक्स्प्लोर करना चाहूँगा.

वो बड़े खुश हो कर बोले, वॉउ...सो अडवेंचरस.

ओके, तुम्हारे लिए बाइक तो घर पर ही मिल जायेगी, वो विधान हैं न, अपना बटलर, उसी की बाइक है.

एकदम लेटेस्ट, बहुत संभाल के रखता है. मैंने ही दिलाई है, मैं उसे कह देता हूँ. और वो सबकुछ हो गया जो मैं चाहता था.

उस दिन बाइक पे खूब मस्ती की. ऐसा लगता था की मेरी स्टूडेंट लाइफ फिर से मुझे मुझे वापस मिल गयी हो.

करीब 8 बजे रात को घर पहुंचा तबतक अंकल घर नहीं आये थे.

रास्ते में ही फोन करके उन्होंने बता दिया था की नव बजे तक लौटेंगे. अभी तकरीबन एक घंटे देर थी तब तक मैं फ्रेस होकर तैयार हो गया था.

वो सही टाइम पर आ गए.साथ में ढेर सारे पैकेट्स थे.शायद देहरादून के लिए थे. वो मुझे बीस मिनट वेट करने को बोल सीधे कमरे में गए और फ्रेश होकर लॉन में आ गए.

जब लौटे तो उनके हाथ में एक पैकेट था.

उसे खोलकर मुझे देते हुए बोले,देखो तो कैसा है ?वो एक बहुत ही खूबसूरत जैकेट था, मेरे लिए.

मैंने कहा –अंकल इसकी क्या जरुरत थी?

उन्होंने छुटते ही कहा, “ज़िंदगी में बहुत सारी बातें बिना ज़रूरत के भी की जाती हैं। वैसे तुम ये बताओ – तुम्हें यहाँ आने की क्या ज़रूरत थी? जिस मिशन पर तुम आए हो, क्या वह सच में तुम्हारा था?”

उनके शब्दों ने मुझे भीतर तक हिला दिया। यह सवाल केवल मेरे मिशन पर नहीं था, बल्कि मेरी नीयत और मेरे अस्तित्व पर भी था। मैं कुछ क्षणों तक मौन रहा। मन में विचारों का तूफ़ान उठ रहा था – क्या सच में यह मिशन मेरा था, या मैं किसी और की इच्छा पूरी करने आया था?

उस पल मुझे लगा कि यह कोई साधारण बातचीत नहीं, बल्कि एक परीक्षा है। परीक्षा मेरे साहस की, मेरे विश्वास की, और मेरे आत्मसम्मान की। उनकी आँखों में अनुभव की गहराई थी और उनकी आवाज़ में वह दृढ़ता, जो मुझे अपने भीतर झाँकने पर मजबूर कर रही थी।

मैं निरुत्तर था. जैकेट को पहना सच में बहुत प्यारा था.

अंकल ने पूछा –पसंद आया?

मैंने कहा –बहुत ही प्यारा है,

"आपकी पसंद वाकई बहुत उम्दा है। यह तो मैंने गोवा प्रवास के दौरान ही समझ लिया था। आपके रहने का हेल्दी लाइफ़स्टाइल, खाने का शौक और उसे बनाने का जुनून, और सबसे बढ़कर आपकी मेहमाननवाज़ी — सब कुछ इतना परिपूर्ण है कि मुझे लगा मानो मैं किसी सपनों की दुनिया में हूँ।

पहली बार यह अहसास हुआ कि कोई इंसान इतना परफेक्ट भी हो सकता है। इन दो दिनों में मैंने आपसे बहुत कुछ सीखा — न सिर्फ़ जीवन जीने का तरीका, बल्कि हर छोटी-सी बात में संतुलन और सुंदरता ढूँढने की कला भी।"

अंकल ने मुस्कुराते हुए कहा, "ये जो ज़िंदगी है ना, इसमें कोई परफेक्ट नहीं होता। हम सब हर वक़्त एक-दूसरे से कुछ न कुछ सीखते रहते हैं।

मैंने भी तो तुमसे बहुत कुछ सीखा। तुमने जो इतना बड़ा मिशन बनाया मेरे और मेरे परिवार के लिए — ऐसा कौन करता है और किसके लिए करता है? पर तुमने यह बात सोची और एक अधूरे परिवार के लिए जो किया, तुम शायद सोच भी नहीं सकते कि यह कितना बड़ा काम है। और आज हम, सात सालों के बाद, तुम्हारी वजह से मिलने जा रहे हैं।"

उनके शब्द मेरे दिल में गहराई तक उतर गए। यह सिर्फ़ प्रशंसा नहीं थी, बल्कि उस विश्वास की मुहर थी जो उन्होंने मेरे प्रयासों पर लगाई थी। मुझे लगा जैसे मेरी मेहनत और मेरी नीयत को एक सच्चा अर्थ मिल गया हो।

वहाँ क्या होगा, ये तो मैं नहीं जानता पर तुम्हारा जो ये प्रयास है न, इसके महत्व में कोई कमी खोज ही नहीं सकता.

फिर थोड़ी और बातें हुई, उसके बाद मैंने डिनर लिया और फिर हम जल्द ही सोने चले गए.

कल सुबह नौ बजे की फ्लाइट थी.अब तो बस एक ही बात रह गयी थी, उन लम्हों के गवाह बंनने की जिसमे ये तीनो एक होने वाले थे.बहुत बेसब्री हो रही थी अब मुझे.

दूसरे दिन जल्दी जल्दी तैयार होकर नास्ता किया और निकल पड़े हम डाबोलिन एअरपोर्ट के लिए.

चेक इन के लिए समय पर पहुँच गए. चेक इन किया, सिक्यूरिटी चेक इन भी हुई. अभी आधे घंटे की देर थी,बोर्डिंग में. हम वही बैठ कर गोवा की बातें करते रहे.फिर बोर्डिंग की घोषणा हुयी, हम प्लेन के अन्दर गए.

करीब दो घंटे का सफ़र था देहरादून का, पर वो दो घंटे बीत ही नहीं रहे थे, मेरे लिए.

मेरी दिल की धड़कने बढ़ी जा रही थी. मैं ये सोच रहा थी की काव्या और आंटी को बिना बताये जो रिस्क लिया हैं मैंने, अगर कुछ उल्टा पुल्टा हो गया तो फिर मेरी क्या स्थिति होगी?

अब सचमुच मैं थोडा नर्वस हो रहा था. खैर जो होना था सो हो गया.

अब मैं सिर्फ ये इंतज़ार कर रहा था की जल्दी से देहरादून का जोलिग्रांट हवाई अड्डा आवे और वहाँ पहुँच के अपने मिशन को कामयाब होता देखूं.

पर मेरे चाहने से क्या होता है,सब कुछ तो अपने नियत समय से ही होता है.

दो घंटे बीते,पायलट ने दस मिनट में पहुँचने की घोषणा की और फिर हमारे प्लेन ने जोलिग्रांट एयर पोर्ट पे लैंड किया.

सामान ले के चेकआउट करने में थोड़ी देर लगी. बाहर आर्मी की जीप हमारा इंतज़ार कर रही थी.

ड्राईवर ने जोर से सलाम बजा के हमारा सारा सामान जीप में रखा और फिर उस पे बैठ के हम घर को रवाना हुए. वहां से सफ़र तो आधे घंटे का ही था पर उसका एक एक पल मेरे उपर भारी लग रहा था.

अंत में वो लम्हा भी आया जब घर के ठीक सामने आकर, जीप खड़ी हो गयी.

हम उतर गए.अंकल ने ड्राईवर को निर्देश दिया की तुम थोड़ी देर के बाद समान उतारना. लोहे का गेट खोलकर हम अन्दर गए और अब बस सामने घर के अन्दर जाने का दरवाजा खुलवाना था.

मैंने अंकल से कहा, "आप ज़रा एक तरफ खड़े हो जाइए। बेल मैं बजाता हूँ।

आपको थोड़ी देर अभी परदे में ही रहना है। यह मेरी आपसे रिक्वेस्ट है। मैं आपको एकदम से सामने नहीं लाना चाहता। अब इस कहानी में मैं थोड़ा सरप्राइज़ एलिमेंट डालना चाहता हूँ।"

अंकल ने मुझे ध्यान से देखा और हल्की-सी मुस्कान दी।

उनकी आँखों में विश्वास था और चेहरे पर वह अपनापन, जो कह रहा था कि वो मेरी योजना को समझ गए हैं। उस पल में मेरे भीतर उत्साह और घबराहट दोनों साथ-साथ थे। यह सिर्फ़ एक मुलाक़ात नहीं थी, बल्कि एक भावनात्मक क्षण था — जहाँ मैं चाहता था कि उनकी उपस्थिति किसी चमत्कार की तरह सामने आए।

दरवाज़े की घंटी बजाने से पहले मेरा दिल ज़ोर-ज़ोर से धड़क रहा था। मुझे लगा जैसे मैं किसी नाटक का निर्देशक हूँ और अंकल मेरे सबसे अहम किरदार। पर्दा उठने वाला था, और उसके पीछे छिपा हुआ सच सामने आने वाला था।

14

कामयाबी, सीक्रेट मिशन गोवा की

उनकी सहमति पाकर मैंने धीरे से बेल बजाई। कुछ ही देर में दरवाज़ा खुला और सामने काव्या थी। मुझे देखते ही उसके चेहरे पर एक अजीब-सा भाव उभर आया — हल्की-सी सकपकाहट, और पूरे आश्चर्य से भरा हुआ एक्सप्रेशन। उसकी आँखों में सवाल थे, होंठों पर हल्की-सी मुस्कान, और चेहरे पर वह भाव जो कह रहा था कि उसने ऐसी मुलाक़ात की कल्पना भी नहीं की थी।

मैंने उसे ध्यान से देखा। उस क्षण में समय जैसे थम गया हो। मेरे लिए यह सिर्फ़ एक दरवाज़ा खुलना नहीं था, बल्कि एक कहानी का नया अध्याय शुरू होना था। पर्दे के पीछे अंकल खड़े थे, और मैं जानता था कि जब वे सामने आएँगे तो यह क्षण किसी चमत्कार से कम नहीं होगा।

काव्या---आ....प, अभी, इस समय, कहाँ से आ रहे हैं ?

वेदांत --जी,बस अभी आ ही रहा हूँ. सीधे आपके ही पास. क्या आप एक व्यक्ति से मिलना चाहेंगी?

पहचानिए ..उनको, तब तक अंकल सामने आ गए थे-

काव्या ने जैसे ही अंकल को देखा, उसके मुह से शब्द फूट पड़े — "अरे पा..पा.. आ...प" और वह दौड़कर उनसे लिपट गई।

कुछ वक़्त तक दोनों बाप-बेटी एक-दूसरे से लिपटे रहे, जैसे समय थम गया हो और दुनिया की सारी दूरी मिट गई हो। उस आलिंगन में वर्षों का इंतज़ार, अधूरी यादें और अनकही भावनाएँ एक साथ बह निकलीं।

फिर धीरे-धीरे उसे मेरा ध्यान आया। मेरी ओर देखकर उसने हल्की-सी मुस्कान के साथ कहा, "तो ये था आपका सीक्रेट मिशन... जिसके बारे में आपने मुझे एक भनक तक नहीं लगने दी।"

उसकी आँखें नम थीं, लेकिन चेहरे पर एक अजीब-सी खुशी थी — वैसी खुशी जो किसी खो गए रिश्ते को, फिर से पाने पर होती है। उस पल मुझे लगा कि मेरी सारी मेहनत, मेरी सारी कोशिशें सार्थक हो गईं।

मैंने कोई जवाब नहीं दिया. पर तबतक काव्या की तेज आवाज़ अन्दर तक पहुँच गयी थी, आंटी तक.

वो भी दौड़ कर बाहर आई. .

वहाँ आकर जब उन्होंने बाहर का दृश्य देखा, तो अचानक ठिठक गई। उनकी आँखों में अविश्वास था — जैसे सामने जो हो रहा है, वह किसी सपने से कम नहीं। वह कभी मुझे देखती, तो कभी बाप-बेटी के मिलन को। उनकी आँखें फैली हुई थीं, और चेहरे पर वही भाव था जो किसी अप्रत्याशित चमत्कार को देखकर आता है।

एकदम काठ मार गया था उन्हें।

कुछ देर तक उनके होंठों से एक भी शब्द नहीं निकला। कमरे में केवल भावनाओं की गूँज थी — आँसुओं की नमी और खुशी की चमक।

मेरे लिए यही वह क्षण था जिसका मैं इंतज़ार कर रहा था।

मैं देखना चाहता था कि वो कैसे प्रतिक्रिया करेगी, और उनकी यह स्तब्धता ही मेरे मिशन की सबसे बड़ी सफलता थी।

अंकल शायद समझ गए थे कि वो विश्वास नहीं कर पा रही हैं और न ही कुछ बोल रही हैं।

तभी उन्होंने ही पहल की और हल्की-सी मुस्कान के साथ कहा, "मैडम, क्या अंदर आने के लिए भी नहीं बोलेंगी?"

उनके शब्दों ने उस मौन को तोड़ दिया। माहौल में एक हल्की-सी गर्माहट फैल गई। यह वाक्य किसी चाबी की तरह था जिसने उस क्षण की जमी हुई भावनाओं का दरवाज़ा खोल दिया।

वह अब भी स्तब्ध थीं, लेकिन अंकल की आवाज़ में अपनापन और सहजता थी। लेकिन धीरे-धीरे उनके होंठ काँपे और आँखों से आँसू बह निकले। कुछ क्षणों तक उन्होंने खुद को सँभालने की कोशिश की, फिर धीमी आवाज़ में बोलीं, "अंदर आइए... आज आपने जो किया है, वह मेरे लिए किसी चमत्कार से कम नहीं है।"

उनकी आँखों में अविश्वास और खुशी दोनों थे। यह वही क्षण था जिसका इंतज़ार सभी कर रहे थे — जब अधूरी दूरी मिट गई और रिश्तों की डोर फिर से जुड़ गई।

अंकल ने आगे बढ़कर उनके आँसू पोंछे और कहा, "अब सब ठीक हो जाएगा। आज से कोई अधूरा नहीं रहेगा।"

धीरे-धीरे उनके चेहरे पर भावनाओं की लहर दौड़ गई — नम आँखें, काँपते होंठ और एक मुस्कान जो कह रही थी कि यह पल उनके लिए अविश्वसनीय होते हुए भी सबसे सच्चा है।

तब जाकर वह अचानक अपने ट्रांस से बाहर आई। उनकी आँखें अब तक नम हो चुकी थीं। वह जल्दी से अंकल से चिपट गईं। उस आलिंगन में वर्षों की दूरी, अधूरी यादें और अनकही भावनाएँ एक साथ बह निकलीं।

उन्हें इस बात का ज़रा भी भान नहीं रहा कि मैं भी वहीं खड़ा हूँ। उस पल में उनके लिए दुनिया जैसे थम गई थी।

अब मेरे सामने उस पूरे परिवार का मिलन का दृश्य था.

मैंने चुपचाप उस दृश्य को देखा। मेरे दिल में संतोष था कि मेरा "सीक्रेट मिशन" अब अपने सबसे सुंदर परिणाम तक पहुँच चुका है। यह वही क्षण था

जिसका मैं लंबे समय से इंतज़ार कर रहा था – जब रिश्तों की डोर फिर से जुड़ जाएगी और अधूरा परिवार पूरा हो जाएगा।

वो फूट-फूट कर रोने लगीं। बाप, बेटी और पत्नी के उस अद्‌भुत मिलन का मैं इकलौता गवाह था। उनकी भावनाओं का सैलाब देखकर मेरी भी आँखों में आँसू आ गए।

पर मेरे लिए तो यही वे पल थे, जिनको पूरा करने के लिए मैंने अपना मिशन बनाया था। और अब उस मिशन के पूरा होने का सच मेरे सामने था। यह केवल एक योजना का सफल होना नहीं था, बल्कि रिश्तों की डोर को फिर से जोड़ने का चमत्कार था।

उस क्षण में मुझे लगा कि मेरी सारी मेहनत, मेरी सारी कोशिशें सार्थक हो गईं। ये मिलन ही मेरे मिशन का असली पुरस्कार था।

सबकी आँखों से निकले आंसुओं के सैलाब ने मेरे गोवा मिशन की 100 प्रतिशत पूरी होने की सर्टिफिकेट दे दी थी.अब कुछ भी कसर बाकी नहीं रहा मेरी मिशन की सफलता में.

उस वक़्त मुझे ऐसा लग रहा था जैसे भगवान मेरे आस-पास ही कहीं हैं। वातावरण में एक दिव्य-सी अनुभूति थी, जैसे हर सांस में कोई अदृश्य शक्ति समाई हो।

अपने मक़सद के कामयाब होने पर जो खुशी आज मुझे मिल रही थी, वैसी आत्म-तृप्ति तो शायद IFS बनने पर भी मुझे नहीं मिली थी।

यह केवल एक उपलब्धि नहीं थी, बल्कि आत्मा की गहराई तक पहुँचने वाला अनुभव था।

मेरे सामने जो दृश्य था – आँसुओं से भीगा मिलन, रिश्तों की डोर का फिर से जुड़ना, और अधूरेपन का पूरा होना – वही मेरे मिशन का असली फल था। उस क्षण में मुझे लगा कि जीवन का सबसे बड़ा पुरस्कार यही है: किसी के जीवन में अधूरेपन को मिटाकर उसे संपूर्ण बना देना।

भावनाओं का सैलाब और सुनामी के थमने के बाद जब थोड़ी शांति मिली, तो अंकल ने मेरी ओर देखते हुए कहा, "बेटा, तुम दूर क्यों खड़े हो? तुम भी आओ। तुम्हारा गोवा मिशन जो हमें मिलाने के लिए था, वो तुम्हारा ही तो था। तुम्हारे आए बिना तो ये सब होता ही नहीं। और हमारा ये मिलन भी अधूरा है यदि तुम अलग खड़े रहोगे।"

उनके शब्दों ने मेरे दिल को गहराई तक छू लिया। यह केवल एक निमंत्रण नहीं था, बल्कि उस मिशन की सच्ची स्वीकृति थी जिसे मैंने अपने दिल से बनाया था। मुझे लगा जैसे मेरी भूमिका अब पूरी तरह स्वीकार हो गई है — मैं केवल गवाह नहीं, बल्कि इस मिलन का हिस्सा भी हूँ।

धीरे-धीरे मैं आगे बढ़ा। मेरी आँखों में आँसू थे, पर दिल में एक अजीब-सी शांति और गर्व था। यह वही क्षण था जिसका मैं लंबे समय से इंतज़ार कर रहा था — जब मेरा मिशन केवल पूरा ही नहीं होगा, बल्कि मुझे भी उस परिवार का हिस्सा बना देगा।

फिर हम चारों गले मिले और कुछ देर तक उसी आलिंगन में खोए रहे। उस मिलन में आँसुओं की नमी और मुस्कानों की गर्माहट दोनों थीं।

मिलन के कुछ पलों के बाद आंटी ने मुझे फिर से गले लगाया।

उनकी आवाज़ काँप रही थी, पर उसमें गहरी सच्चाई थी। "बेटा, आज जो कुछ भी तुमने हमारे लिए किया है न, उसका अहसान मैं ज़िंदगी भर भी नहीं चुका सकती।"

मैंने हल्की मुस्कान के साथ कहा, "आंटी, आप एक तरफ तो मुझे बेटा कहती हैं और फिर अहसान की बात करती हैं। बेटा भी भला अहसान करता है क्या? बेटा तो बस अपना कर्तव्य निभाता है।"

मेरे शब्द सुनकर उनकी आँखों से आँसू और तेज़ी से बह निकले, लेकिन इस बार वे आँसू दुख के नहीं, बल्कि संतोष और अपनापन के थे। उस क्षण में मुझे लगा कि मेरा मिशन केवल पूरा ही नहीं हुआ, बल्कि मैं एक हिस्सा भी बन गया उन लम्हों का जिसने जोड़ दिया था बिखरगए रिश्तों को.

आंटी की आवाज़ काँप रही थी, पर उसमें सच्चाई और दर्द दोनों थे। "नहीं बेटा, तुम न तो सोच सकते हो और न मैं शब्दों में बयां कर सकती हूँ कि तुमने जो हमारे लिए किया है, उसका क्या मतलब और क्या अर्थ है हमारे जीवन में।

जहाँ धड़कनें चल तो रही थीं, पर न कोई उत्साह था, न ही कोई ऊर्जा। बस सांसों का दर्द भरा, उदास सफ़र था हमारा।"

उनके शब्द सुनकर मेरा दिल भर आया। यह केवल आभार नहीं था, बल्कि उस जीवन की गवाही थी जो अधूरा था और अब पूरा हो रहा था। मुझे लगा जैसे मेरी कोशिशों ने केवल एक परिवार को, बल्कि उनके जीवन की धड़कनों को भी एक नया अर्थ दे दिया है।

उस क्षण में आँसुओं और मुस्कानों का संगम था। यह मिलन केवल रिश्तों का नहीं, बल्कि आत्माओं का था। और मैं जानता था कि यही मेरे मिशन की सबसे बड़ी सफलता है — किसी के जीवन में फिर से रोशनी और ऊर्जा भर देना।

आज मेरा दिल मुझ से कह रहा था की तुमने उस सारी उदासी को एक झटके में दूर कर दिया.

तब तक ड्राईवर सारे सामान को अन्दर लाकर रख दिया था और ब्रिगेडियर साहब से जाने की इज़ाज़त लेने के लिए सर झुकाए खड़ा था.

उन्होंने इशारे से जाने की इजाज़त दे दी.

उसके जाने के बाद हम सब घर के अंदर गए और सोफ़े पर बैठ गए। माहौल अब भी भावनाओं से भरा हुआ था, लेकिन धीरे-धीरे शांति लौट रही थी।

तभी मैंने पहली बार काव्या की ओर ध्यान से देखा। मेरे भीतर एक अजीब-सी बेताबी थी — मैं जानना चाहता था कि उसके मन में क्या चल रहा है, उसका रिएक्शन क्या होगा?

उसने भी मेरी ओर देखा। उसकी आँखें अब भी आँसुओं से भीगी हुई थीं, लेकिन उनमें एक अजीब-सा भाव था। वह भाव केवल कृतज्ञता का नहीं था, बल्कि उससे भी कहीं गहरा — जैसे शब्दों से परे कोई एहसास।

शायद यह आभार था, शायद विश्वास, या शायद उससे भी बढ़कर कोई ऐसा भाव जिसे केवल दिल ही समझ सकता था । ऐसा लगा मानो उन आँखों में मेरे लिए एक स्वीकार्यता, एक अपनापन और शायद कोई ऐसा एहसास था जिसे शब्दों में बाँधना मुश्किल है

उसकी आँखों की उस चमक ने मुझे भीतर तक छू लिया। मुझे लगा कि मेरे मिशन का असली अर्थ अब उसकी नज़रों में झलक रहा है।

उस समय उन आँखों को देखकर मेरा मन सचमुच उनमें डूब जाने का कर रहा था।

मेरे भीतर एक अजीब-सी खामोशी उतर आई। दिल कह रहा था कि यही वह क्षण है जहाँ मेरी सारी कोशिशें, मेरा पूरा मिशन, और मेरी सारी भावनाएँ एक साथ साकार हो रही हैं।

हो सकता है यह मेरी ग़लतफ़हमी हो, पर उसकी आँखों में जो भाव था, वह वैसा ही था जैसे कोई माशूका अपने आशिक से वर्षों बाद मिलती हो – अपनी आँखों में विरह का दर्द और मिलन की चमक लिए।

पर उसने कुछ भी कहा नहीं। बस मुग्ध भाव से मेरी ओर देखती रही। उसकी नज़रें जैसे शब्दों से कहीं ज़्यादा बोल रही थीं। उनमें एक अनकहा संवाद था, जो दिल तक पहुँच रहा था।

मेरे लिए यह क्षण किसी कविता जैसा था – जहाँ शब्दों की ज़रूरत नहीं, केवल आँखों की भाषा ही सब कुछ कह देती है।

आंटी अब अन्दर चली गयी थी, शायद आज की सेलिब्रेशन लंच की तैयारी में. अंकल भी अन्दर चले गए. रह गये मैं और काव्या.

मैंने काव्या से कहा, "अब मुझे इज़ाज़त दीजिए, हॉस्टल जाने के लिए।"

काव्या ने तुरंत जवाब दिया, "इज़ाज़त नहीं, पनिशमेंट मिलेगा आपको।"

मैंने आश्चर्य से पूछा, "ऐसा क्या किया है मैंने, जिसके लिए आप मुझे पनिशमेंट देना चाहती हैं?"

उसकी आँखों में आँसू थे, पर आवाज़ में हल्की-सी नाराज़गी और गहरा अपनापन था।

"आप इतने दिनों तक मुझे छोड़कर चले गए और वो भी बिना कुछ बताए। आपको पता भी है मेरे ऊपर क्या बीती?

मैं हर दिन सोचती रही, हर पल इंतज़ार करती रही... और आप चुपचाप चले गए। पनिशमेंट तो बनता है।"

उसके शब्दों में शिकायत थी, लेकिन साथ ही उस शिकायत के पीछे छिपा हुआ प्यार और लगाव भी साफ़ झलक रहा था।

"मैं क्या-क्या सोचती रही आपको लेकर... आपने मुझे बहुत परेशान किया है। बिना पनिशमेंट के तो आपको नहीं छोड़ूँगी मैं।"

'आपको पता भी है मेरे ऊपर क्या बीती? हर दिन, हर पल मैंने आपको याद किया। कभी सोचा कि आप मुझे भूल गए, कभी लगा कि शायद मैं आपके लिए मायने ही नहीं रखती।

और फिर भी कभी दिल ये भी कहता था कि आप लौटेंगे... लेकिन वो इंतज़ार कितना दर्दनाक था, आप सोच भी नहीं सकते।"

मैं अवाक रह गया। सोच रहा था – क्या ये वही काव्या है? वही सीधी-सादी, चुप रहने वाली, जिसने सबकुछ महसूस करते हुए भी आज तक अपने अहसासों को दबाए रखा था और मुझे सिर्फ़ दोस्त की तरह ही समझा था।

आज उसके हर भाव कुछ और ही बयान कर रहे थे। जैसे वह मेरी माशूका हो और अपने आशिक से बहुत नाराज़ हो। उसकी आँखों में शिकायत थी, पर उसी शिकायत में छिपा हुआ प्यार भी था।

मेरे दिल में एक अजीब-सी हलचल हुई। यह क्षण मेरे लिए अनपेक्षित था, पर साथ ही बेहद गहरा भी।

काव्या की शिकायत सुनकर मैंने अपना सिर झुका लिया और धीरे से कहा, "हाँ काव्या, गुनाहगार तो हूँ मैं आपका। मैंने आपको कुछ भी बता कर नहीं

गया। शायद मैं ये समझ ही नहीं पाया कि आप इतनी नाराज़ हो जाएँगी। पर मेरे लिए भी ये एक मिशन था। अगर आपको बता कर जाता तो शायद आप मुझे कभी इज़ाज़त नहीं देतीं।"

मेरी आवाज़ में सच्चाई और पश्चाताप था। "वैसे इस गलती की जो भी सज़ा आप देंगी, मुझे हर सज़ा मंज़ूर है।"

उस क्षण में माहौल बेहद भावुक हो गया। मेरी स्वीकारोक्ति ने जैसे उसकी शिकायत को और गहराई दे दी, पर साथ ही यह भी जताया कि मेरे दिल में उसके लिए कितना सम्मान और अपनापन है।

काव्या----तो फिर आप अभी बैठिये, आप अभी कहीं नहीं जा रहे हैं. आपको इज़ाज़त सिर्फ पापा ही दे सकते हैं.

और फिर बोली—-पापा, वेदांत जी अब जाना चाह रहे हैं. उसकी बात सुनकर उसके पापा मम्मी, जो शायद किचेन में थे, एक साथ बाहर आये और बोले-अभी जब तक मेरी इज़ाज़त नहीं होगी कही नहीं जाना है.अभी हम लंच करेंगे- ढेर सारी बातें करेंगे फिर आज का डिनर कहीं बाहर लेंगे तब अंत में तुम्हे हॉस्टल ड्राप किया जायेगा.

एक साँस में उनका फतवा जारी हो गया.

और दूसरी बात-आज मैं और वेदांत मिल कर आज का लंच बनायेंगे. कोई दूसरा नहीं आएगा. आज की लंच हमारी तरफ से.

आंटी ने कहा –जैसा आदेश कर्नल साहेब.

कर्नल नहीं अब ब्रिगेडियर साहेब बोलिए. कर्नल की दास्तान तो अब पुरानी हो गयी. आंटी थोड़ी सकपका गयी, पुरानी आदत जो ठहरी.

अंकल ने फिर कहा-अब सब कुछ नया है- मैं नया,तुम नयी, अब सब कुछ एक नए ढंग से शुरू होने जा रहा है.

आंटी ने कहा –हाँ ब्रिगेडियर साहब –इन्ही पलों के इंतज़ार में तो आँखे बिछाए बैठी थी. अब तक.

मुझे पूरी उम्मीद थी की आप जरुर आयेंगे. आज सचमुच मुझे ऐसा लग रहा है की एक नयी दुनियां मिल गयी है मुझे, मेरे मन में हमेशा के लिए एक डर सा बैठ गया था की जिंदगी में सेकंड चांस मिलेगा की नहीं पर इश्वर को लाख लाख शुक्रिया है, जिन्होंने ने एक मौका और दिया अपनी जिंदगी को फिर से जीने के लिए. ऐसा लग रहा है जैसे की हमारी जिंदगी की फिर से एक नयी शुरुवात हो रही हो. वैसी ही फीलिंग आ रही है.

इन सारी बातों में मैं, वैसे ही शामिल था जैसे परिवार का कोई अहम् सदस्य हो, मेरी उपस्थिति उनके लिए कोई अजनबी जैसी नहीं थी.

15
और मौसम बदल गया

काव्या ने एक बार फिर मेरी तरफ उन्ही कातिल निगाहों से देखा, जिसमे प्यार का समंदर लहरा रहा था. उस पल में सब कुछ थम गया था। काव्या की आँखों में उतरते हुए मैं जैसे किसी अनदेखे संसार में पहुँच गया। उसकी निगाहें—कभी तीखी, कभी कोमल—मेरे दिल पर ऐसे उतर रही थीं जैसे लहरें किनारे को छूती हैं। उसने कुछ नहीं कहा, पर उसकी खामोशी में अनगिनत शब्द छिपे थे।

उसने अभी पूरे प्रकरण पे कुछ भी नहीं कहा था, पर वो सारी बातें जिनके लिए शब्द कम पड़ जातें हैं और जो अनकही रहती हैं उन्हें निगाहें बयां कर देती हैं. आज उसकी उन निगाहों को देखकर मुझे वो सब कुछ महसूस हो रहा था, जिसे उसने लब्जों से कुछ भी नहीं कहा था.

मैंने महसूस किया कि प्यार को कहने के लिए लब्ज़ों की ज़रूरत नही होती। उसकी आँखों की गहराई में मुझे वो सब मिल रहा था, जिसकी तलाश में मैं अब तक भटकता रहा था। उस क्षण में, उसकी नज़रों ने मुझे यक़ीन दिला दिया कि अनकही बातें ही सबसे सच्ची होती हैं।

उसकी नज़रें, उसके चेहरे के भाव,उसके देखने का ढंग सब बदल गया था.

ऐसा नहीं था कि मैंने पहले उसकी नज़रों की नज़ाकत को महसूस नहीं किया था। पर आज जो दिख रहा था वो सब कुछ बदल गया था—वो बदल गयी थी,उसकी आँखों का अंदाज़, चेहरे की कोमलता, देखने का ढंग। उनमें एक नया रंग था, एक नया सुरूर था, जैसे प्यार की कोई अनदेखी लहर धीरे-धीरे मेरे दिल तक पहुँच रही हो।उनमे प्यार का शुरूर,नजाकत सब थोडा थोडा बढ़

गया था, एक नयी फीलिंग दिख रही थी उन नज़रों में.

मेरे मन की गहराइयों में हमेशा यही इच्छा रही थी कि वो अपने भीतर दबे हुए जज़्बातों को खुलकर बाहर लाए। वो भावनाएँ, जो अब तक डायरियों के पन्नों में कैद होकर साँस लेने को तरस रही थीं, आज उसकी आँखों से बाहर झाँक रही थीं।

उसकी खामोशी अब बोझिल नहीं लग रही थी, बल्कि उसमें एक मधुर संगीत था। उसकी नज़रों में आज एक नई फीलिंग थी—जैसे कोई बंद दरवाज़ा धीरे-धीरे खुल रहा हो और भीतर से रोशनी बाहर फैल रही हो।

मैंने महसूस किया कि यह शुरुआत है—उसके और मेरे बीच एक ऐसे सफ़र की, जहाँ शब्दों की ज़रूरत नहीं होगी। निगाहें ही सब कुछ कह देंगी, और दिल बिना कहे ही सब समझ जाएगा।

मैं काव्या के एहसासों को डायरी के पन्नों से आज़ाद होते हुए देखना चाहता था। और अब शायद वो वक़्त आ रहा था—धीरे-धीरे, पर यक़ीनन। उसकी आँखों में आज एक नया रंग था, एक नया सुरूर।

सच ही कहा गया है कि बढ़िया कॉफ़ी धीरे-धीरे ही तैयार होती है। उसी तरह सच्चा इश्क़ भी समय लेता है पकने में। और आज मुझे लग रहा था कि उसका इश्क़ अब पकने लगा है—उसकी निगाहों में, उसके चेहरे की मुस्कान में, उसके हर छोटे से इशारे में।

मेरे दिल की गहराइयों में एक उम्मीद जाग रही थी कि अब वो अपने भीतर दबे जज़्बातों को बाहर लाएगी। वो बातें, जो अब तक सिर्फ़ डायरी के पन्नों में साँस ले रही थीं, अब ज़िंदगी की खुली हवा में सांस लेंगी।

यह शुरुआत थी—एक ऐसे सफ़र की, जहाँ प्यार धीरे-धीरे अपनी पूरी ख़ुशबू फैलाएगा।

कायनात से धीरे-धीरे मुझे वो सब मिलने लगा था, जिसकी मैंने हमेशा तमन्ना की थी। हर दिन, हर पल, जैसे कोई अनदेखा हाथ मेरी दुआओं को सुन रहा हो और उन्हें सच कर रहा हो। जो कुछ अब तक अधूरा था, वो भी अब पूरा होने की आहट देने लगा था।

ऐसा लग रहा था कि ज़िंदगी ने मेरे लिए एक ख़ास रास्ता चुना है—जहाँ हर मोड़ पर काव्या की मुस्कान, उसकी निगाहें और उसके एहसास मेरा इंतज़ार कर रहे हैं। यह सफ़र अब सिर्फ़ मेरा नहीं रहा, बल्कि हम दोनों का हो गया था।

सचमुच, सच्चा इश्क़ धीरे-धीरे ही पकता है। और अब वो वक़्त आ रहा था, जब उसकी खामोशियाँ बोलने लगेंगी, उसकी डायरियों के पन्ने खुलकर ज़िंदगी की किताब बन जाएँगे, और उसका दिल मेरे दिल से बेख़ौफ़ होकर बातें करेगा।

थोड़ी देर के बाद हम किचेन में गए और आधे घंटे में जो लाइट लंच बन सकता था उसको बनाकर हम सब डायनिंग टेबल पर बैठ गए. और फिर शुरू हुयी ब्रिगेडियर साहब की कहानी. जो सिर्फ मेरे बारे में थी.

मेरे गोवा मिशन के बारे में.और अंत में कहा –इस लड़के ने एक ब्रिगेडियर की सर्जिकल स्ट्राइक कर दी है. इसने वो काम कर दिया है जो हम सबसे नहीं हो सका था.और इसी ख़ुशी में आज की डिनर होगी काव्या के फेवरिट प्लेस कॉफ़ी पॉइंट पर.

कॉफ़ी पॉइंट का जिक्र जैसे ही हुआ, मेरी और काव्या की नज़रे एक साथ मिली, दोनों ही मुस्कुराये और फिर नज़रे झुक गयी.

लंच के बाद अंकल और आंटी दोनों ने कहा, बेटा तुम थोडा रेस्ट कर लो फिर शाम को मिलते हैं. थक गए होगे.फिर काव्या को इशारा करते हुए कहा –बेटा वेदांत को कमरा दिखा दो.

उसके बाद दोनों अपने कमरे में चले गए। कमरे की खामोशी में एक अजीब सी गर्माहट थी—जैसे दीवारें भी उन अनकहे लम्हों को सुन रही हों। सात सालों की बातें, जो अब तक सिर्फ़ यादों में कैद थीं, आज खुलकर सामने आने वाली थीं।

उनके बीच कोई जल्दबाज़ी नहीं थी। हर शब्द, हर मुस्कान, हर निगाह धीरे-धीरे उन खोए हुए पलों को फिर से जीवित कर रही थी। यह ज़रूरी था—क्योंकि अधूरी बातें दिल में बोझ बन जाती हैं, और आज वो बोझ हल्का होने वाला था।

कमरे की रोशनी में, उनकी आँखों में एक नया सुकून था। जैसे दोनों ने तय कर लिया हो कि अब कोई बात अनकही नहीं रहे.

ज़िंदगी में गलतफहमियाँ होती रहती हैं, कभी-कभी शिकवे-शिकायतें भी दिल में जगह बना लेती हैं। पर रिश्तों में बर्फ की चादर नहीं जमनी चाहिए। अगर जम भी जाए, तो उसे पिघलना ज़रूरी है।

आज वही पल था—जब उनकी ज़िंदगी में जमी हुई बर्फ पिघलने लगी थी। सात सालों की खामोशियाँ, अनकही बातें, और अधूरी भावनाएँ धीरे-धीरे बहने लगी थीं। कमरे की खामोशी अब बोझिल नहीं थी, बल्कि उसमें एक नई गर्माहट थी।

उनकी आँखों में अब कोई दूरी नहीं थी, बल्कि एक अपनापन था। जैसे दोनों ने तय कर लिया हो कि अब कोई बात दिल में दबाकर नहीं रखी जाएगी। यह पल सिर्फ़ उनके रिश्ते को नहीं, बल्कि उनकी आत्मा को भी हल्का कर रहा था।

दोनों के जाने के बाद, काव्या मुझे उसी कमरे में ले गयी जो उसका कमरा था और बोली आप यहाँ रेस्ट करिए.

मैंने कहा ये तो आपका कमरा है आप मुझे कही दूसरी जगह दे दीजिये. मैं वही रेस्ट कर लूँगा. शाम भी हो गयी है चार तो बज ही गए हैं. मैक्सिमम दो घंटे में तो चलना ही होगा.

काव्या ने कहा नहीं आप इसीमे में रेस्ट करें मैं दूसरे कमरे में चली जाउंगी.और इसे आप अपना घर ही समझिये.

और फिर बोली-तो इजाजत है मुझे.?

मैं मुस्कुराया और बोला-आप अपने ही घर में मुझ से ही इजाजत मांग रही हैं.

काव्या-हां मांगना तो पड़ेगा ही, क्योंकि मम्मी पापा को तो मुझसे ज्यादा अब आप पर भरोसा हो गया है.

मैंने कहा – लगता है बहुत जलन हो रही है आपको.

काव्या—हाँ हो तो रही है थोड़ी थोड़ी पर ये जलन जला नहीं रही है मुझको, बल्कि ये जलन तो मेरे दिल में ठंढक पहुंचा रही है.

सब कुछ इतना अच्छा और सुखद लग रहा है की मेरे पास शब्द ही नहीं हैं की मैं कुछ कहूँ.

वैसे आपसे मुझे जलन क्यों होगी? आपने तो हमारी जिंदगी ही बदल दी है.नयी जिंदगी देने वाले से क्या जलन हो सकती है भला.

“आपने जो किया है... उसके लिए मैं शब्द नहीं ढूँढ पा रही हूँ। यह सिर्फ़ कृतज्ञता नहीं है। यह उससे कहीं ज़्यादा है। आपने हमें फिर से पूरा कर दिया। आपने मेरे जीवन की सबसे बड़ी कमी को मिटा दिया। मैं सोच भी नहीं सकती थी कि ऐसा दिन कभी आएगा... और आज वो दिन आपके कारण आया है।” आप जैसे लोगों की तो इबादत की जाती है.

मैं तो आपके चरण स्पर्ष करना चाहती हूँ, इजाजत देंगे क्या?

उसकी आवाज़ काँप रही थी, लेकिन उसमें सच्चाई और अपनापन था। उसकी आँखों में चमक थी — आँसुओं के बीच एक नई रोशनी।

मैंने उसे देखा और मेरे दिल में एक अजीब-सी शांति उतर आई। मुझे लगा कि मेरा मिशन केवल पूरा ही नहीं हुआ, बल्कि उसने किसी के जीवन को नया अर्थ दे दिया है।

मैंने कहा --ऐसी बात फिर नहीं कहना,काव्या, मैं कोई भगवान् नहीं हूँ की मेरी इबादत की जाय. मैंने वही किया जो मेरे दिल ने कहा.मेरे दिल ने यही कहा., की जिसने तुमको इस नयी जगह में इतनी मदद की,उसके लिए तुम कुछ तो करो, तो मैंने अपने दिल की सुनी और बस कर दिया.

काव्या- (बहुत ही शरारत भरे अंदाज में) क्या मैं जान सकती हूँ की आपके दिल ने और क्या क्या कहा है आपसे?.

वेदांत-कहा तो है दिल ने मुझसे बहुत कुछ, पर फिलहाल तो दिल यही कह रहा है की अब आप भी थोडा रेस्ट कर लो. और रही मेरे दिल की बात ,वो तो बाद में कभी भी कह दूंगा

काव्या—कभी क्यों, अभी क्यों नहीं?

वेदांत--नहीं, अभी तो मिशन गोवा के सेलिब्रेशन का वक़्त है, दिल की बातें फिर कह दूंगा. काफी समय है.अभी मेरे पास.

काव्या--पर मेरा दिल तो यही चाहता है की आपके दिल की बात अभी सुन लू, थोड़ी बेताबी सी हो रही है मुझे.

वेदांत—नहीं... अभी नहीं,अभी तो सेलिब्रेशन टाइम है.फिर दिल की बात तो आपसे कहूँगा ही.

काव्या- प्ली.....ज, कुछ तो कहिये,मुझे तो बड़ी बेचैनी हो रही जानने के लिए.

वेदांत-कह दूंगा ,थोडा सब्र कीजिये. (मैं उसे थोडा सस्पेंस में रखना चाहता था)

काव्या- (उदास होकर) ठीक है, उसके बाद काव्या ने जिद नहीं की, चुप चाप चली गयी.

काव्या के जाने के बाद ,मैंने कमरे का मुआयना किआ. दूसरी बार आया था मैं इस कमरे में. सब कुछ वैसा ही था. बड़ी सी खिड़की खुली थी, पहाड़ों की ठंढी हवा कमरे में आ रही थी और सामने थी पहाड़ों की खामोश चोटियाँ.

थोड़ी देर तक उनको निहारता रहा प्रकृति के उस हसींन नज़ारे को फिर बेड पर आ गया. बगल में टेबल पर काव्या का लैपटॉप पड़ा था और उपर रखी थी वही गुलाबी रंग की डायरी. उसके अन्दर एक पेन रखा था.

उस डायरी को देख कर मेरी आँखे एकदम चमक सी गयी.

एक बार फिर मैं अपने को उस डायरी को पढने से रोक नहीं सका.

डाइरी देखने के बाद, अब तो रेस्ट करने की कोई वजह नहीं बची. मैं पहले उसे ही पढना चाहता था, क्योंकि इसके बाद शायद ही मुझे मौका मिलता उसे पढने का, और मुझे पूरी उम्मीद थी की, उस में वो शायद सब कुछ लिखा होगा

जब मैं काव्या को बिना बताये गोवा चला गया था.और मैं उन सब बातों को जानने को बेताब हो गया की मेरे बिना बताये जाने पर उसके दिल के अन्दर कैसी सोच उठी थी और क्या लिखा था उसने?

मैंने दरवाजा को थोडा सटा दिया फिर आराम से लैंप की रौशनी में डायरी को खोल दिया और फिर एक बार चोरी चोरी उस डायरी को पढना शुरू किया.

ज़िंदगी में कुछ चीज़ें चोरी-छिपे करने का अपना ही मज़ा होता है। जैसे किसी और के बाग़ से ताज़े हरे अमरूद तोड़कर दोस्तों के साथ खाना—उसमें एक अलग ही आनंद होता है। कुछ ऐसा ही अहसास था उस डायरी को पढ़ने में।

हर पन्ना जैसे कोई छुपा हुआ फल था, जिसे तोड़कर मैं अपने दिल में रख रहा था। उन शब्दों में उसकी खामोशियाँ थीं, उसकी अनकही बातें थीं, और वो सब एहसास थे जो उसने कभी ज़ुबान से नहीं कहे। डायरी पढ़ते हुए ऐसा लग रहा था कि मैं उसकी रूह के सबसे गहरे हिस्से को छू रहा हूँ—वो हिस्सा जो अब तक सिर्फ़ काग़ज़ और स्याही में कैद था।

<u>एक बार फिर काव्या की डाईरी के पन्नों से</u>

मैंने पढना शुरू किया. आप मुझे मिले या न मिले ये तो मेरे मुकद्दर की बात है, पर कितना सुकून मिलता है उस समय, जब सोचती हूँ,आपकी आत्मीयता को अपने लिए इतना करीब पाकर, लगता है की जो भी आपसे मिला वो एक दुआ से कम नहीं, मेरे लिए

मैंने धीरे से , खुद से कहा— "काव्या, मुक़द्दर चाहे हमें मिलाए या न मिलाए, पर तुम्हारी आत्मीयता मेरे लिए सबसे बड़ी दौलत है। तुम्हारे शब्द मेरे दिल तक ऐसे उतरते हैं जैसे कोई दुआ हो। और सच कहूँ तो, तुम्हारी मौजूदगी ही मेरे लिए सबसे बड़ी नेमत है।"

आगे लिखा था ---आज वेदांत जी आये थे पहली बार हमारे यहाँ. मैं तो बहुत पहले से चाह रही थी की वो मेरे यहाँ आयें.पर डर से कह नहीं पा रही थी, पता नहीं वो क्या सोचें.

पर ये तो इश्वर का बनाया एक संयोग था जिसने अचानक वो सब कर दिया जिसे मैंने अपने मन में दबा के रखा था. न मेरा बैग छूटता और न वो तुरत आ पाते.

बहुत अच्छा लगा उनको अपने घर में देख कर. मम्मी भी कितनी खुश हुई थी. आज पहली बार लगा पापा के जाने के बाद, की ये घर घर की तरह लगा.

वो रहे तो बस दिन भर ही, पर उस दिन में मिली खुशियाँ ऐसी थीं जैसे ग्रीष्मकाल के बाद सूखी धरती पर पहली बार बारिश की बूँदें गिरें।

उस सोंधी-सोंधी ख़ुशबू ने जैसे पूरे घर को महका दिया और मेरे मन को भी। उनका सामीप्य, उनका अपनापन—इतना प्यारा क्यों लगता है, यह मैं खुद भी नहीं समझ पायी।

पर दुःख इस बात से हुआ कि वो अचानक लंबे समय के लिए बाहर चले गए। और सबसे बड़ी कसक यह रही कि उन्होंने मक़सद तक नहीं बताया। यह अनकही दूरी मेरे दिल में सवाल छोड़ गई—क्या वजह थी, क्यों जाना पड़ा, और क्यों मुझे अंधेरे में रखा गया?

फिर भी, उस एक दिन की यादें मेरे भीतर ऐसे बस गईं जैसे बारिश के बाद धरती में समा जाने वाली ख़ुशबू।

वो पल अब मेरे लिए उम्मीद बन गए हैं—कि जब भी वो लौटेंगे, वही अपनापन फिर से मेरे जीवन को महका देगा।

वैसे तो यह उनका व्यक्तिगत मामला है—किसी बात को बताना या न बताना उनका हक़ है। पर मेरा दिल तो यही चाहता है कि मैं उनकी हर बात जान लूँ। मैं जानती हूँ कि यह सही नहीं है, पर दिल पर मेरा कोई बस नहीं। वो तो मजबूर है, और उनकी हर बात को अपने करीब महसूस करना चाहता है।

हर इंसान को हक़ है कि वो अपनी ज़िंदगी में एक स्पेस बनाए और उसमें जी सके। उन्हें भी उस स्पेस की ज़रूरत है। शायद वही स्पेस उन्हें सुकून देता है, वही उन्हें अपनी पहचान बनाए रखने का मौका देता है।

मैं समझती हूँ कि प्यार का मतलब सिर्फ़ पास रहना नहीं होता, बल्कि एक-दूसरे की आज़ादी और स्पेस को भी स्वीकार करना होता है। और यही स्वीकार करना सबसे बड़ा इम्तिहान है—दिल चाहता है सब जानना, पर रिश्ते की खूबसूरती इसी में है कि हम एक-दूसरे को अपनी जगह दे और खामोशियों के साथ जीने दें।

पर जो सच है वो यही है कि अगर वो बता देते तो शायद मैं इतनी बेचैन न होती। पर अब उनके बिना दिल कहीं भी लगता ही नहीं।

उनके इस तरह से चले जाने के बाद हर सुबह की शुरुआत इंतज़ार से होती है—एक उम्मीद कि शायद आज कोई ख़बर मिले।

दिन भर उदासी का साया बना रहता है, जैसे हर पल उनकी कमी मुझे याद दिलाता हो। और रातें... वो तो जैसे नींद से खाली हो गई हैं। हर रात उनकी यादों में डूबकर गुजरती है, और नींद आँखों तक आते-आते कहीं खो जाती है।

उनकी चुप्पी और दूरी ने मेरे दिल में सवाल छोड़ दिए हैं, पर साथ ही एक गहरी तड़प भी—कि जब वो लौटेंगे, तो शायद सब कुछ कह देंगे।

प्रेम की हर स्मृति अपने आप में एक कहानी होती है। कभी-कभी जब मैं उन स्मृतियों को याद करती हूँ, तो वे किसी स्वप्निल कथा की तरह लगती हैं—जैसे समय ठहर गया हो और सिर्फ़ भावनाएँ ही बोल रही हों।

उन्होंने एक बार मुझे चाँद की तरह खूबसूरत कहा था। उस पल मैं मुस्कुरा दी थी, पर भीतर ही भीतर सोच रही थी कि चाँद की रोशनी की असली वजह तो सूरज की उपस्थिति है। मुझे चाँद कहकर जिस रोशनी का ज़िक्र उन्होंने किया था, उस रोशनी का सूरज तो सिर्फ़ वही थे।

उनकी मौजूदगी ही मेरी चमक थी, उनका अपनापन ही मेरी रौशनी। और यही एहसास हर स्मृति को एक नई कहानी बना देता है—ऐसी कहानी जो कभी ख़त्म नहीं होती, बस हर बार नए रूप में जी उठती है।

पहले मेरी ज़िंदगी ऐसी कहाँ थी? जब आप जैसे सूरज मेरी ज़िंदगी में नहीं थे, तो चाँद को उसकी रोशनी कैसे मिलती भला? मेरी दुनिया में उजाला तभी आया जब आपकी मौजूदगी ने उसे रोशन किया।

आपके बिना मैं सिर्फ़ एक अधूरा चाँद थी—खामोश, फीकी, और अपनी चमक से वंचित। पर जब आप आए, तो मेरी हर रात में उजाला उतर आया। आपकी आत्मीयता ही मेरी रौशनी है, आपका अपनापन ही मेरी पहचान।

अब मुझे समझ आता है कि प्रेम सिर्फ़ साथ रहने का नाम नहीं है, बल्कि वो ताक़त है जो हमें हमारी असली चमक दिखाती है। और मेरी चमक का असली कारण आप ही हैं।

सिर्फ एक इंसान के आ जाने से अब तो सब कुछ बदल गया, वो भी सिर्फ उन्ही की वजह से.अब तो हर दिन का इंतज़ार रहता है और रात तो बस उनकी सुहानी सी यादे और मेरी प्यारी डायरी. ऐसा लगता हैं की ये डायरी मेरी जिंदगी का एक अहम् हिस्सा बन गयी है,

जिस दिन मैं उनके बारे में कुछ नहीं लिखती, तो लगता है कि मेरा एक दिन जाया हो गया। पहले अपने एहसासों को लिखना और फिर फुर्सत के वक़्त उन्हें पढ़ना—यह कितना सुकून भरा होता है।

पहले उन हसीन लम्हों को जीना, फिर उन्हें शब्दों में उतारना और फिर उन्हीं शब्दों को पढ़कर उन पलों को दुबारा जीना।

कभी-कभी सोचती हूँ, क्या यही इश्क़ होता है? अगर यही सच है, तो मैं तो पूरी तरह डूब चुकी हूँ उनके इश्क़ में। सचमुच, मेरी ज़िंदगी कितनी बदल गई है। पहले जहाँ दिन बस यूँ ही गुजर जाते थे, अब हर दिन उनके नाम से शुरू होता है और उनके एहसासों के साथ ख़त्म।

उनकी मौजूदगी ने मेरी दुनिया को एक नई कहानी बना दिया है—ऐसी कहानी जिसमें हर स्मृति एक नया अध्याय है और हर अध्याय में उनका नाम लिखा है।

अब कभी भी बोरियत नहीं होती.अब समय कटता है या तो उनके साथ या उनके सुखद अहसासों के साथ.

आज चार दिन हो गए, न तो उन्होंने फोन किया और न ही कोई मेसेज दी. मन घबरा रहा है. आखिर क्या करू?

कितना फर्क पड़ जाता है उनके पास होने से—जैसे हर चीज़ में जान आ जाती हो। उनकी मौजूदगी से हवा भी हल्की लगती है, दिल में एक अजीब सा सुकून उतर आता है, और हर पल में एक नई चमक दिखाई देती है।

पर जब वो दूर होते हैं, तो सब कुछ बदल जाता है। उनकी अनुपस्थिति से दिन भारी लगते हैं, बातें अधूरी लगती हैं, और दिल में एक खालीपन सा छा जाता है। उनकी दूरियाँ जैसे ज़िंदगी से रंग छीन लेती हैं।

यही तो इश्क़ का असर है—पास होने पर दुनिया जन्नत लगती है, और दूर होने पर हर चीज़ सूनी।

उनके चले जाने से उनकी यादें तो आनी ही थीं, पर इतनी आएँगी और इतना परेशान करेंगी, यह कभी सोचा न था। हर सुबह उनकी कमी से शुरू होती है और हर रात उनकी यादों में डूबकर खत्म होती है।

लाइब्रेरी जाकर उनकी खाली सीट को देखना मेरे लिए सबसे कठिन पल होता है। वो खालीपन सिर्फ़ एक कुर्सी का नहीं, बल्कि मेरे दिल का भी है। उस जगह को देखकर मन और घबरा जाता है—जैसे वो मौन मुझे उनकी अनुपस्थिति का एहसास बार-बार दिला रहा हो।

जानती हूँ कि एक दिन काम ख़त्म होकर उन्हें लौटना ही है। पर अपने दिल को कैसे मनाऊँ, कैसे समझाऊँ मैं? दिल तो हर पल उनकी मौजूदगी चाहता है।

अब सोच लिया है—बस इंतज़ार ही करूँगी उनका। हर सुबह उनकी याद से शुरू होगी, हर दिन उनकी अनुपस्थिति के साथ गुज़रेगा, और हर रात उनकी यादों में डूबकर कटेगी।

इंतज़ार कठिन है, पर यही इंतज़ार अब मेरी ज़िंदगी का हिस्सा बन गया है। जैसे कोई दीपक अंधेरे में जलता रहे, वैसे ही मेरा दिल उनकी उम्मीद में जलता रहेगा।

काव्या की डायरी के हर पन्ने के साथ मैं एक बार फिर उन प्यार से डूबे लफ़्ज़ों में उतरता चला गया। हर शब्द जैसे मेरे दिल को छू रहा था, हर वाक्य जैसे उसकी आत्मा की झलक दिखा रहा था।

<u>वेदांत की डाईरी से</u>

थोड़ी देर बाद मैंने डायरी को बंद कर दिया। पर सच तो यह है कि डायरी बंद करने से उसकी यादें बंद नहीं होतीं। वो शब्द मेरे भीतर गूंजते रहे—जैसे किसी मधुर संगीत की धुन, जो एक बार सुन लेने के बाद दिल से कभी नहीं जाती।

उस पल मुझे एहसास हुआ कि इश्क़ सिर्फ़ साथ बिताए लम्हों में नहीं होता, बल्कि उन लिखे हुए शब्दों में भी होता है जो बार-बार हमें उसी एहसास में लौटा देते हैं।

मैं खुद भी शांत होकर, डायरी में लिखे उन रोमांटिक लफ़्ज़ों में डूब गया। उन अल्फ़ाज़ों में उतरकर उस आशिकी का मज़ा लेना चाहता था, उन प्यारे एहसासों को महसूस करना चाहता था। दिल तो मेरा भी बहुत मचलता था उससे दूर रहकर, पर उस डायरी को पढ़कर मेरे अंदर भी बहुत कुछ होने लगा।

कितना खूबसूरत होता है वो पल, जब आपको यह पता चलता है कि आप किसी की ज़िंदगी में एक खास मायने रखते हैं। और जब हर वक़्त आपको इसका एहसास भी होता है, तो लगता है जैसे ज़िंदगी ने आपको सबसे बड़ा तोहफ़ा दे दिया हो।

उनके शब्दों में छुपा अपनापन, उनकी भावनाओं में बसा प्यार—ये सब मुझे बार-बार यह यकीन दिलाते हैं कि मैं उनके लिए सिर्फ़ कोई नाम नहीं, बल्कि उनकी दुनिया का हिस्सा हूँ।

कुछ बातों के मतलब होतें हैं और कुछ मतलब की बातें होती है जिसने इन दोनों बातों का अर्थ समझ लिया उसने जिंदगी को समझ लिया.

डायरी पढने में और फिर उस अहसास को समझने में मैं इतना मशगूल हो गया था की समय का पता ही नहीं चला. पता तो तब चला जब दरवाजे पे नॉक हुआ और काव्या ने अन्दर आने की इज़ाज़त मांगी.

मैंने जल्दी से डाइरी को उसके नियत स्थान पे रखा. बोला अन्दर आ जाईये न.

वो मुस्कुराती हुई अन्दर आ गयी और बोली आप अब जल्दी से तैयार हो जाईये हम आधे घंटे में कॉफ़ी पॉइंट पे चलेंगे.

वो पूरी तरह तैयार थी , डार्क ग्रीन साडी और मैचिंग ब्लाउज में. पहली बार उसे मैंने साडी में देखा था, मैं उसे देखता ही रह गया. मेरी आँखे उसी पे टिकी रह गयी.

मुझे उस तरह देखता देख वो थोड़ी शरमाई और थोडा झिझकते हुए बोली, प्लीज आप ऐसे न देखिये जल्दी तैयार होक नीचे आ जाईये.

मैं कुछ भी नहीं बोल पाया. एकदम स्पीचलेस मोड़ में चला गया

इसके पहले मैं कुछ सोचता वो एक बार फिर नीचे आने को बोल चली गयी.

उसके जाने के बाद मैंने घडी देखी, शाम के छह बज रहे थे.मैं तैयार हो के नीचे आया. बाकी लोग भी नीचे तैयार थे, हम सब मंजिल को निकल पड़े.

आधे घंटे में में हम कॉफ़ी पॉइंट पे थे. आज सब कुछ काव्या के हाथ था. गाड़ी चलाना, मेनू का चुनाव.पर जिस सीट को चुना गया वो अंकल की पसंद थी.

कैफे का सेटअप, कुछ ऐसा था की , वो एक बड़े स्पेस में जो करीब एक स्कवायर नुमा था, उसके बीच में स्थित था . उसके चारो तरफ कुर्सियां लगी थी.और एक तरफ उनका ओपन किचेन था जहाँ आप अपने पसंद के डिशेस को बनते हुए भी देख सकते थे .

पर सबसे अच्छा पॉइंट उस रेस्तरा का ये था की ठीक उसके पीछे से दूर तक पहाडिया नज़र आती थी और सूरज डूबने का सीन बहुत ही स्पष्ट और प्यारा दिखता था.

थोडा समय बीता .अब कैफ़े का माहौल धीरे-धीरे बदल रहा था। सूरज अब पहाड़ियों के पीछे उतरने लगा था और उसकी सुनहरी किरणें पूरे रेस्तरां को एक जादुई आभा से भर रही थीं। सभी खामोशी से उस दृश्य को देख रहे थे।

"काव्या ने हल्की मुस्कान के साथ कहा—'कभी-कभी शब्दों की ज़रूरत नहीं होती...बस यूँ ही चुपचाप बैठकर ढलते सूरज को देखना ही काफी होता है।उस क्षण में, मौन भी अपनी भाषा बोलता है।"

हम सब उसी सीट पर बैठे जहाँ अंकल नेबैठने को कहा.

अद्‌भुत सीन था. वहां से पहाड़ों के पीछे सूरज का धीरे धीरे डूबना. चटाख नारंगी रंग से पूरा आसमान रंगा हुआ था. आकाश में चिड़ियों का झुण्ड एक साथ अपने बसेरे की तरफ चला जा रहा था. सबकुछ कितना मनोरम और अद्‌भुत था.

सब लोग चुपचाप बैठे थे। हमारे लिए वहां सन्नाटा पसरा हुआ था, लेकिन वह सन्नाटा खाली नहीं था। उस खामोशी में अनगिनत भावनाएँ तैर रही थीं—कुछ अनकही बातें, कुछ दबे हुए सवाल, और कुछ अधूरी कहानियाँ। ऐसा लग रहा था मानो हर व्यक्ति अपनी चुप्पी के भीतर बहुत कुछ कह रहा हो, और वह सब मिलकर एक अदृश्य संवाद रच रहे हों। खामोशी यहाँ सिर्फ मौन नहीं थी, बल्कि दिलों की धड़कनों और आँखों की भाषा बन गई थी।

काव्या ने धीमे स्वर में कहा—'कभी-कभी मन करता है कि ये पल यहीं ठहर जाए।सूरज ढल जाए, रोशनियाँ जगमगाने लगें,और हम बस यूँ ही साथ बैठे रहें...बिना किसी शब्द के, बस इस मौन को महसूस करते हुए।'"

मैंने उसकी ओर देखते हुए जवाब दिया— "हाँ, यही तो सबसे खूबसूरत बात है। जब बाहर का नज़ारा और भीतर का एहसास एक साथ मिलकर सब कुछ बदल देते हैं।"

उस पल में कैफ़े का हर कोना जैसे हमारे रिश्ते का हिस्सा बन गया था। बाहर की पहाड़ियाँ, ढलता सूरज, और भीतर की रोशनियाँ—सब मिलकर हमारे अहसासों को और गहराई दे रहे थे।

काव्या खाने का आर्डर देकर उस डूबते हुए खूबसूरत सन सेट को कैद करने में लगी थी.

पहले उसने अपने पापा मम्मी को बुलाया, उनकी तस्वीर ली फिर मुझे रिक्वेस्ट किया की उन तीनो की तस्वीर लेने को. फिर सबके साथ कुछ सेल्फी

भी हुई. ख़ुशी सबके चेहरे पर देखते बन रही थी.

उस पल सब कुछ एक स्वप्न जगत की तरह लग रहा था.ऐसा लग रहा था की इस सूर्यास्त के साथ सारे दर्द,सारे शिकवे, सारी शिकायतें, सारी बुरी यादों का अस्त हो रहा हो. कितना सुकून भरा था वो पल.

अब सूरज ढल चुका था, आसमान का रंग अब ज्यादा नीला और गहरा होता जा रहा था.

कैफ़े की रौशनी में अब ज्यादा जगमगाहट आ गयी थी। बाहर पहाड़ियों पर चाँदनी धीरे-धीरे उतर रही थी, और भीतर मोमबत्तियों की लौ ने माहौल को और भी ज्यादा खुशनुमा और रोमांटिक बना दिया था।

सच में जिंदगी की कुछ शाम ऐसी भी होती हैं जो भुला देती हैं उस तेज़ और कड़क धूप के अहसास को जो दिन में मिले थे, उस बारिश के अहसास को जिनमे डूब गये थे किसी के ख्वाब, याद रहती है तो शफक के वो हसीन पल जब सिर्फ एक ही रंग रह जाता है, लाल. जब सूरज पहाड़ियों के पीछे उतरता है और आसमान चटख नारंगी से लालिमा में रंग जाता है, तो लगता है जैसे सारी थकान, सारे दर्द और शिकायतें उसी रंग में घुलकर मिट गई हों।

उस पल में हवा भी अलग सी लगती है—हल्की, ठंडी और सुकून देने वाली। चिड़ियों का झुंड अपने बसेरे की ओर लौटता है और आसमान में सिर्फ़ एक ही रंग रह जाता है—लाल।

वह लालिमा दिल को यह एहसास दिलाती है कि ज़िंदगी में चाहे कितनी भी मुश्किलें हों, अंत में शांति और सुंदरता ही रह जाती है।

ऐसा लगता है जैसे प्रकृति खुद हमें गले लगाकर कह रही हो— "अब सब ठीक है, अब बस सिर्फ सुकून है।"

आज की शाम, वही हसीन शाम थी, जिसमें समय के रेत में ठहरे हुए सारे रूठे पल और लम्हे जैसे फिर से चल पड़े हों। वो सारे शिकवे, शिकायतें और दर्द मानो सूरज की लालिमा में घुलकर मिट गए हों।

उस ठहरी हुई ज़िंदगी ने आज फिर से अपनी रफ़्तार पकड़ ली थी। हर सांस में एक नई ताज़गी थी, हर नज़र में एक नई उम्मीद। ऐसा लग रहा था जैसे प्रकृति ने खुद अपने हाथों से सारे बोझ उतार दिए हों और दिल को एक नई शुरुआत का तोहफ़ा दे दिया हो।

वो पल इतना सुकून भरा था कि लगा—ज़िंदगी ने एक बार फिर से अपने सही रास्ते पर चलना शुरू कर दिया है। शाम की लालिमा ने अतीत की परछाइयों को मिटाकर भविष्य की रोशनी को सामने ला दिया था।

काव्या के फोटो सेशन के बाद हम अपनी सीट पे बैठ गए. और फिर शुरू हुआ बातों का सिलसिला जिसका केंद्र बिंदु मैं ही था.

मुझसे पूछा गया की मेरी शोध कितनी पूरी हुई है और आगे क्या प्रोग्राम है.

उस समय तक मेरी थीसिस नब्बे परसेंट पूरी हो गयी थी ,करीब सवा साल में. अब ज्यादा काम बाकी नहीं था. अब जो सबसे अहम् था वो था उसकी टाइपिंग.

मैंने कहा की मैंने टाइपिंग के लिए कुछ आन लाइन एजेंसीज से बात भी की है, वो हो जायेगा.

जैसे ही बात टाइपिंग पर आई काव्या ने कहा –आप टाइपिंग की चिंता बिलकुल मत करियेगा ,वो तो मैं ही... करूंगी.

उसने, मैं....ही.. पर इतना जोर दिया की मैं उस समय कुछ कह नहीं सका.

पर अंकल ने कहा---वेदांत,एक बात जानते हो? ,काव्या की स्पीड, वो भी पूरे एकुरेसी के साथ, और पूरे कलाकारी के साथ ,इतनी अच्छी है की कोई साधारण टाइपिस्ट इसका मुकाबला भी नहीं कर सकता. इसलिए इस मौके को हाथ से जाने मत देना.

सबको ऐसा बढ़िया ऑफर भी नहीं मिलता.

और जल्दी से इससे टाइप करा लो, उसके बाद हम सभी गोवा का प्लान बना रहे हैं.

ये दोनों, कुछ दिन गोवा में रहेंगी, और फिर तुम जब चाहो अपनी जरुरत को देखते हुए वापस लौट जाना. काव्या को भी अपनी जॉब देखनी है.

काव्या- हाँ पापा, ये बहुत बढ़िया प्लान किया आपने. हम लोग भी काफी दिनों से कहीं बाहर नहीं गए हैं. हमारा भी चेंज हो जायेगा.हमारी फॅमिली ट्रिप भी हो जायेगी

अंकल ने बिना मुझसे पूछे मुझे भी उस प्लान में शामिल कर लिया था.

मैं उस समय कुछ भी बोल नहीं पाया.पर मैं चाहता था की ये लोग अपने प्रोग्राम को अभी सिर्फ अपने लिए रखें और अपने खूबसूरत पलों को एन्जॉय करे.

मैंने ये भी कहा की मैक्सिमम अब दो महीने लगेंगे सारे काम ख़तम करने में फिर अपनी पोस्टिंग पे लौटनी होगी.

इन सब बातों में काफी वक़्त गुजर गया. तब तक खाना आ चुका था. मैंने ध्यान दिया की सबकी पसंद का ख़याल किया गया था. खासकर मेरी और अंकल की.

उनके लिए विशेष रूप से, रम का ग्लास भी आ गया. ठण्ड थी. इसलिए अंकल ने मेरे लिए भी आर्डर कर दिया.

एक बार फिर मैं न नहीं कर सका. खाना शुरू हुआ. चुकी पीना भी साथ हो रहा था तो सब कुछ ख़तम होते होते रात के नव बज गए.ठंढ बढ़ गयी थी. मैं उसके लिए तैयार हो के भी नहीं आया था.

जब तक रम का असर रहा तबतक तो सब ठीक था पर जैसे जैसे रम का सुरूर कम होने लगा ठंढ लगने लगी.मेरे अलावा सब लोग तैयार थे ठंढ के कपड़ो में.

मेरी कपकपी देखकर काव्या ने अपना शाल मुझे देते हुए कहा-सॉरी गलती मेरी है ,मैंने आपको पहले नहीं बताया.

आप इसे ले लीजिये मैंने तो जैकेट पहना हुआ है. मुझे इसकी जरुरत भी नहीं है.

फिर उसने अपने कंधे से शाल उतार कर मुझे थमा दिया.

मैं मना नहीं कर सका. फिर हम जल्दी से जीप के पास आ गए. और फिर जीप पर सवार होकर वापसी को चल पड़े. रास्ते में कोई खास बात नहीं हुई.

हम पहले घर गए. वही मेरा सामान पड़ा था,उसको लेना था.उनलोगों ने रुक जाने के लिए बोला भी पर मैंने जाने की अनुमति ले ली.

एक बार फिर काव्या ने जिम्मा लिया मुझे हॉस्टल छोड़ने का क्योंकि, अंकल ने रम कुछ ज्यादा ही पी थी.

उनको काव्या ने जाने से साफ़ रोक दिया.

दूसरी वजह ये भी थी की शायद वो खुद अकेले ही मुझे छोड़ना चाहती थी.

"उस रात के अंतिम क्षण को वह खोना नहीं चाहती थी।और शायद मेरे मन की गहराइयों में भी वही आकांक्षा थी—कि समय ठहर जाए,हर पल थम जाए,और हम बस यूँ ही साथ बैठे रहें,और ये रात कभी ख़त्म ही न हो।

"काव्या के घर से हॉस्टल का सफ़र करीब बीस मिनट का था पर उस दिन हम पैतालीस मिनट में पहुचे."

वो बड़े आराम और इत्मीनान से धीमे धीमे ड्राइविंग कर रही थी.

<u>वो हसीन लम्हे और स्लो ड्राइविंग</u>

"उसने पहले भी कहा था कि उसे धीमी ड्राइविंग और धीमी ज़िंदगी बहुत पसंद है।जब जीवन की रफ़्तार धीमी होती है, तो हर क्षण को जीने का अवसर मिलता है।हर दृश्य, हर अनुभव, और हर भावना को गहराई से महसूस किया जा सकता है।यही तो असली आनंद है—धीरे चलना और जीवन को पूरी तरह जीना।".

मैं भी ये समझता था की स्लो ड्राइविंग और स्लो लाइफ़ का मतलब सिर्फ़ धीरे चलना नहीं होता, बल्कि हर पल को महसूस करना होता है। जब ज़िंदगी की रफ़्तार धीमी होती है, तो इंसान छोटी-छोटी चीज़ों में भी ख़ुशी ढूँढ लेता है—सड़क किनारे खिले फूलों में, हवा की ठंडी सरसराहट में, या किसी प्रियजन के साथ बिताए गए शांत लम्हों में। **"तेज़ रफ़्तार में मंज़िल तो मिल जाती है,पर रास्तों की रंगीनियाँ खो जाती हैं।**

धीमी चाल सिखाती है हमें,कि असली सुख सफ़र में है,मंज़िल तो बस एक बहाना है।

"रास्ते में हमारी कोई बात नहीं हुई. एक ख़ामोशी थी जो हमारे बीच पसर गयी थी. शायद उस मौन में ज्यादा मज़ा आ रहा था."

वो सफ़र तो एकदम छोटा सा था जिसे जान बूझ कर लम्बा किया गया था, सचमुच किसी कविता जैसा था। रास्ते पर कार धीरे-धीरे आगे बढ़ रही थी और हम दोनों के बीच एक गहरी ख़ामोशी पसरी हुई थी। लेकिन वह ख़ामोशी बोझिल नहीं थी, बल्कि सुकून देने वाली थी—जैसे हर शब्द की जगह दिल की धड़कनें बोल रही हों।

उस मौन में एक अजीब सा आनंद था। खिड़की से आती हवा, बाहर झूमते पेड़, और आसमान में उतरती रात—सब मिलकर उस ख़ामोशी को और भी गहरा बना रहे थे। ऐसा लग रहा था कि शब्दों की ज़रूरत ही नहीं है, क्योंकि उस पल में हमारे दिल और उसकी भावनाएँ बिना बोले ही एक-दूसरे तक पहुँच रही थीं।

कभी-कभी ख़ामोशी ही सबसे सुंदर संवाद होती है। और उस रात, वही ख़ामोशी हमारे रिश्ते की सबसे गहरी भाषा बन गई थी।

उस रात का माहौल कुछ अलग ही था। शायद रम का हल्का असर था, या फिर काव्या के बदले हुए मूड का जादू, जो मुझे बार-बार एहसास दिला रहा था कि उसे छू लूं। लेकिन उसी पल में अपने ऊपर काबू रखना, उस खामोशी और उस एहसास को और भी गहरा बना रहा था।

कभी-कभी चाहत और संयम का यह मेल ही सबसे खूबसूरत होता है। दिल की धड़कनें तेज़ होती हैं, हवा में एक अजीब सी नमी होती है, और सामने बैठा इंसान तुम्हें अपनी ओर खींच रहा होता है—बिना कुछ कहे, बिना कुछ किए।

उस पल में हमारा संयम ही हमारी भावनाओं की गहराई को दिखा रहा था। यह सिर्फ़ आकर्षण नहीं था, बल्कि एक आत्मीय जुड़ाव था, जहाँ मैंने चाहत को महसूस किया, पर उसे शब्दों और स्पर्श से आगे बढ़ाए बिना अपने दिल में संजो लिया।

हॉस्टल पहुचने पर मैंने अपना सामान उतारा.

तब काव्या ने कहा-सॉरी आज तो आपसे कुछ भी बात नहीं हो सकी कल आपसे बात करुँगी. आज तो . पापा मम्मी में ही उलझ के रह गयी. आप प्लीज मेरे लिए थोडा समय बचा के रखियेगा. बहुत कुछ पूछना और बहुत कुछ कहना है आपसे.

फिर उसने कहा ओके बाय ...और फिर एक कातिल मुस्कान के साथ वो चली गयी.

मैं अपने लगेज को साथ लिए अपने कमरे की तरफ जाते हुए सोच रहा था –ये काव्या कितनी अजीब है,

डायरी के हर पन्ने में, हर शब्द में, मेरे लिए इतना प्यार छलकता है कि पढ़ते ही दिल भर आता है। हर भाव जैसे मेरी ओर ही बहता हुआ दिखता है, हर पंक्ति जैसे मेरे नाम से जुड़ी हो। फिर भी, उसने आज तक एक बार भी "प्यार" शब्द ज़ुबान से नहीं कहा। यह उसकी अजीबियत है—पर शायद यही उसकी खूबसूरती भी। क्योंकि उसने कभी मेरे प्रति देखभाल और आदर में कोई कमी नहीं की। हर छोटे इशारे में, हर खामोश देखभाल में, उसका स्नेह और प्यार साफ़ झलकता है।

शायद उसके लिए प्यार का इज़हार शब्दों में नहीं, बल्कि कर्मों में है। और यही वजह है कि उसकी डायरी के पन्ने मेरे लिए सबसे सच्ची स्वीकारोक्ति बन जाते हैं।

कमरे में पहुंचक कर मैंने कपडे बदले और बिस्तर पे लेट गया.

अब मेरे पास सोचने के लिए दो पॉइंट थे.

पहला, किसी की हर तरह से केयर करना प्यार नहीं है क्या? उसने शुरू से ही मेरे सबसे इम्पोर्टेन्ट मिशन, शोध में जो भी हो सकता था उसमे किया, वेकेशन में अलग अलग जगहों पे ले गयी, नहीं तो मैं अकेला या तो कमरे में पड़ा रहता या ऐसे ही भटकता रहता, समय काटने के लिए.

खाने का इंतज़ाम से लेकर बीमार पड़ने तक में मेरी सेवा भी की.इसके बदले में कुछ भी तो नहीं दिया मैंने.

प्यार होने के लिए या उसके अहसास के लिए अब और किस चीज की जरुरत है. इस तरह से उसने मुझे सचमुच प्यार किया.

दूसरा पॉइंट था की अब मुझे क्या चाहिए..क्या शादी जरूरी है? क्या हर प्यार का अंत शादी के रूप में ही हो तभी प्यार परवान चढ़ेगा?

प्यार और शादी को लोग अक्सर एक ही मंज़िल मान लेते हैं, लेकिन असल में दोनों अलग चीज़ें हैं।

प्यार एक एहसास है—जो देखभाल, अपनापन और आत्मीय जुड़ाव से बनता है। **शादी** एक सामाजिक और कानूनी बंधन है—जो रिश्ते को समाज और परिवार के सामने मान्यता देता है।

हर प्यार का अंत शादी में ही हो, यह ज़रूरी नहीं। कई रिश्ते बिना शादी के भी उतने ही गहरे और सच्चे होते हैं। वहीं शादी करने वाले रिश्ते भी तभी परवान चढ़ते हैं जब उनमें प्यार, सम्मान और समझ बनी रहे।

पहले मैं ऐसा ही सोचता था पर मेरी भी अवधारणा अब काव्या से मिलने लगी है.

अब लगता है एक दोस्त हो और वो इतना करीब हो की उससे सब कुछ शेयर हो सके और उसके साथ शादी का बंधन भी न हो.

पर ये भी लगता है की, ऐसा रिश्ता तो लिव इन रिलेशनशिप की तरह है.जो सोसाइटी में अभी तक पूरी तरह स्वीकार्य नहीं है.

तो फिर क्या चाहिए मुझे?मैं इस कशम कश में फंसता चला जा रहा था.फिर न जाने कब नींद आ गयी.

दूसरे दिन सवेरे तैयार होकर समय पर लाइब्रेरी गया, काव्या पहले से ही हाजिर थी.

आज उसकी आँखों में अलग तरह की चमक थी. मैं अपनी शीट पर बैठ कर काम कर रहा था,पर मन काव्या की तरफ ही लगा था. थोड़ी देर बाद वो मेरे पास आई और बोली आप कब तक फ्री होंगे? मैंने कहा अगर कोई विशेष बात हो तो अभी फ्री हो जाता हूँ .

काव्या-नहीं ऐसी बात नहीं, लंच में बात करेंगे. मैंने कहा –ठीक है.

अब मेरे लिए काम में मन लगना मुस्किल हो गया और लंच ब्रेक का बेसब्री से इंतज़ार करने लगा. लंच का समय हुआ मेरा लंच भी कैफे से आ चुका था.हम दोनों अपना लंच लेकर कॉमन रूम में चले गए.अब हम आमने सामने थे.

उस दिन कोई और नहीं था.

सबसे पहला सवाल था उसका---आप कल कह रहे थे की आपका काम लगभग पूरा हो गया है. क्या ये सच है? आपने तो दो साल की लीव ली थी अभी तो सवा साल ही हुए हैं, इतना पहले कैसे पूरा हो गया.?

हाँ काव्या, ये सच है. मैंने दो साल की लीव ली थी ,पर उस समय मैंने ये नहीं सोचा था की कोई ऐसा मिल जाएगा जो मेरी पूरी रेस्पोंसिबिलिटी अपने ऊपर ले लेगा और मेरा काम समय से पहले पूरा करवा देगा.

पूरी क्रेडिट तो आपको है जिसने इतना साथ दिया की मेरा प्रोजेक्ट समय से पहले हो गया.

काव्या- तो अब क्या करना है, क्या सिर्फ टाइपिंग बाकी है.

हाँ सिर्फ टाइपिंग ही बाकी है और थोडा काम है <u>**Acknowledgement**</u> का जिसे पूरा करने का है.

काव्या---टाइपिंग तो आप मेरे उपर छोड दीजिये, उसे तो मैं.. ही.. करुँगी.

मैंने कहा-- इतना हेल्प कम है क्या की अब आप टाइपिंग का बोझ भी अपने उपर लेंगी.

चार सौ से ज्यादा पेज हैं, आप बहुत परेशांन हो जायेंगी.

काव्या-नहीं वो तो मैं ही करुँगी, मेरा मन है की वो मैं ही करूँ.

क्या आप इतना सा काम मेरे उपर नहीं छोड सकते. मैं चाहती हूँ की जब भी आप अपने थीसिस को खोलें तो कम से कम आप मुझे याद तो करें.

मैंने कहा-काव्या, क्या आपको लगता है की मैं आपको सिर्फ आपकी टाइपिंग के लिए याद करूँगा, इस थीसिस के हर पन्ने में तो आप ही हैं.

(वैसे मुझे इस बात की समझ थी की उसका आग्रह किसी साधारण आग्रह जैसा नहीं था, बल्कि एक गहरा वादा था। जैसे वह कह रही हो कि उसके लिए सबसे बड़ी खुशी यही है कि तुम्हारे जीवन के सबसे अहम कामों में भी उसकी मौजूदगी महसूस हो।ये भी समझ थी की थीसिस के पन्नों के बीच उसका नाम नहीं लिखा होगा, पर हर शब्द में उसकी याद छिपी होगी। हर विचार के पीछे उसकी प्रेरणा होगी। और जब जब थीसिस के वो पन्ने खुलेंगे तब तब, ये एहसास होगा कि मेरे उस सफ़र में वह हमेशा साथ है—चाहे शब्दों में न सही, पर दिल की गहराई में ज़रूर।उसका यह कहना रिश्ते को किसी औपचारिक बंधन से नहीं, बल्कि यादों और एहसासों से जोड़ देता है। और यही जुड़ाव सबसे सच्चा होता है।)

मैंने आगे कहा -वैसे सच तो ये है की ऑफिस में जमा करने के बाद इसका काम ख़तम हो जायेगा. उसके बाद आगे की कार्यवाही ऑफिस के अगले आदेश पे ही होगी, की इसमें दिए गए रिकमेन्डेशन को कैसे जमीन पे उतारा जाय

एक बार उसे जमा करने के बाद फिर कौन खोलता है उसे. पर आपके साथ जो मेरा समय बीता वो हर लम्हा दिल में इस तरह पड़ा है की हर धड़कन, हर साँस के साथ वो आपकी याद को भूलने ही नहीं देगी

थीसिस का पूरा होना एक तरफ मुझे अपार खुशी देता है—जैसे वर्षों का देखा सपना अब पूरा हुआ है,मेहनत अब रंग लाई हो।

लेकिन दूसरी तरफ यह सोचकर दिल भारी हो जाता है कि जब मैं देहरादून छोड़ूँगा, तो मेरा बहुत कुछ यहीं रह जाएगा।

यह शहर सिर्फ़ पढ़ाई और काम का हिस्सा नहीं रहा, बल्कि इसमें मेरे साथ रिश्ते का अपनापन और यादें भी जुड़ी हैं। आपका साथ आपकी फैमिली का इतना स्नेह—ये सब बातें क्या मैं कभी भूल सकता हूँ? शायद नहीं।

यही सोचते-सोचते मेरी आँखें नम हो गईं। यह विदाई सिर्फ़ एक जगह से नहीं, बल्कि उन भावनाओं से है जो मेरे दिल में गहराई तक उतर चुकी हैं। और शायद यही दर्द मेरे साथ जाएगा—एक मीठा दर्द, जो हर बार मुझे याद दिलाएगा कि मैंने यहाँ सिर्फ़ थीसिस नहीं लिखी, बल्कि ज़िंदगी को महसूस भी किया।.

ये सब कहते कहते मैं थोडा इमोशनल हो गया था. मेरी आवाज थोड़ी भरभरा गयी थी. कभी-कभी शब्दों से पहले ही दिल की धड़कनें और आवाज़ की कंपन सब कुछ कह देती हैं।

मेरे इमोशनल होने में कोई बनावट नहीं थी, बल्कि सच्चाई थी—उस अपनापन को छोड़ने का डर, उन रिश्तों को पीछे छोड़ने का दर्द।

काव्या के लिए भी यह पल उतना ही गहरा रहा होगा। क्योंकि उसने मुझे सिर्फ़ पढ़ाई में नहीं, बल्कि ज़िंदगी के हर छोटे एहसास में भी देखा है। और शायद उसी मौन में उसने मेरे दिल की गहराई को महसूस कर लिया।

काव्या ने मेरी उस हल्की कंपकंपी को भाँप लिया।

उसने तुरंत बात को सभालते हुए कहा-अच्छा छोड़िये, इन बातों का बाद में डिसिजन होगा की आप दर्द ले के जायेंगे या किसी के लिए ढेर सारा दर्द देकर जायेंगे.

पहले आप ये बताईये की आपने मेरे ब्रिगेडियर पापा को कैसे पटाया?

जो काम आज तक संभव नहीं हो सका वो आपने एक ट्रिप में कर दिया.

कैसे कर पाए आप, और ये आइडिया कैसे आया आपके दिमाग में की आप गोवा जायेंगे ,इसे अपना मिशन बनाने का कैसे सूझा आपको?

मैंने कहा-काव्या आप मेरे लिए बहुत ही स्पेशल और बेशकीमती हो.इसे मैं शब्दों में बयां ही नहीं कर सकता की कितनी स्पेशल हो आप मेरे लिए. वो सिर्फ मेरे अहसासों में ही है..और जब भी कोई किसी की जिंदगी में स्पेशल बन जाता है तो उसके लिए कुछ भी किया जा सकता है, जो हमेशा कम ही रहता है. और ये तो कुछ भी नहीं था. असफल भी होता या अपमानित भी होता तो ये बात तो दिल में रहती ही की मैंने कोशिश तो की

मुझे हमेशा लगता था की जो लोग इतने अच्छे हो, उन्हें इतना दर्द कभी नहीं मिलना चाहिए.और बाकी काम तो आपने आसान बना दिया.

काव्या---मैंने... मैंने क्या किया?

मैं जब गोवा गया तो मेरे अन्दर एक डर था,एक हिचक थी की, कहाँ ब्रिगेडियर साहब और कहाँ मैं.

कही पहले ही डाट के भगा दिया और मिले भी नहीं तो मैं अपनी बात कह भी पाऊंगा या नहीं. पर ऐसा नहीं हुआ, जब मैंने अपना नाम और देहरादून वाली पर्ची भेजी तो तुरत मेरे पास कॉल आया , तुम काव्या के फ्रेंड हो न जो शोध के लिए वहां आये हो. मैंने कहा –हाँ

उसके बाद वो बोले –बस तुरत आ जाओ –एक जवान जीप लेकर आ गया और फिर उसके बाद फिर जो हुआ उसमे पहले तो भगवान् थे फिर आप थी.

आखिर आपने मेरे बारे क्या क्या बताया था अपने पापा को? मैं कुछ भी अपने बारे में बोलता तो वे कहते मुझे पता है. सबकुछ ऐसे हो गया जैसे, ये सब कुछ पहले से ही प्लान था और सब कुछ ऐसे ही होना था.

काव्या मुस्कुरा रही थी.

उन्होंने सबकुछ सुनने के बाद सिर्फ रात भर का टाइम लिया और सुबह सब कुछ बदल गया. आप सोच नहीं सकती की उस दिन मुझे कितनी ख़ुशी मिली.

पहले तो मेरे मन में यही आया की आपको आने के पहले ही सूचित कर दूं पर फिर लगा थोडा सरप्राइज एलिमेंट तो बनता है,उसके लिए आई ऍम रियली सॉरी.

काव्या-अरे सॉरी किस लिए, ऐसा तो मैं भी करती. यदि मेरे लिए ऐसा कुछ होता तो.

मैंने फिर कहा-आपके डैड, रियली बहुत ही जहीन,शांत,परिपक्व और सबसे उपर एक अच्छे इंसान हैं.उनको सही निर्णय लेने में समय ही नहीं लगा.

पहले तो मैंने सोचा था की यदि उन्होंने सबकुछ सुनकर इनकार करदिया तो मैं दूसरे दिन ही वापस आ जाऊँगा पर उन्होंने बड़े ड्रामेटिक ढंग से सब कुछ बदल दिया .और उन्होंने न सिर्फ मेरी बात मांन ली बल्कि तीन दिन तक गोवा की ट्रिप भी करवा दी.

तीन दिन तक मैंने गोवा दर्शन किया, एकदम VIP टूर. बहुत मज़ा आया.

मैंने तो सपने में सोचा भी नहीं था की मेरा मिशन इस तरह कामयाब होगा.

काव्या आप सचमुच बहुत लकी हैं जो ऐसे पापा आप को नसीब हुए हैं.

पापा ऐसे होते हैं, ये तो मैं जान ही नहीं सका कभी, बचपन में ही खो दिया था मैंने उनको. मेरे लिए तो मेरी माँ ने ही दोनों का रोल किया

काव्या-हाँ जानती हूँ मैं ,अपने पापा के बारे में और अपने लक के बारे में भी. मैं और भी बताउंगी की कितनी लकी हूँ मैं,और कहाँ कहाँ ? पर ये भी एक सच है की आपने जो किया वो मेरी जिंदगी के लिए एक बेशकीमती यादों का तोहफा है जो जिंदगी भर मेरे साथ रहेगी.अब कुछ और कहूँगी तो आप मुझे जरूर रोक देंगे.

पर एक बात बताईये –क्या गोवा में आपने कभी मुझे मिस किया या नहीं.

मैंने कहा-नहीं बिलकुल नहीं-गोवा की रंगीन गलियों और समंदर की लहरों के बीच भी मैंने आपको याद नहीं किया। क्योंकि मेरा असली मिशन तो आपकी ख़ुशियों से जुड़ा था।

हर लम्हा, हर साँस में यही ख़याल मेरे ज़ेहन में रहा कि अगर मैं सचमुच कामयाब हो जाऊँ, तो आपके चेहरे पर कैसी रौनक खिल उठेगी। आपके मुस्कुराते चेहरे देखकर मुझे भी एक अजीब-सी सुकून मिलती थी—जैसे मेरी अपनी सारी तमन्नाएँ उसी मुस्कान में पूरी हो जाती हों। शायद सच कहूँ तो, मैं भी अपनी ही ख़ुशियों का लालची था, क्योंकि आपकी ख़ुशी ही मेरी सबसे बड़ी चाहत बन गयी

काव्या-वेदान्त जी, आप तो सचमुच बड़े डिप्लोमेट अंदाज़ में बात करते हैं—इतना उलझा दिया कि असल सवाल का जवाब ही ग़ायब हो गया। आपने अपनी बात को इस तरह रंगीन बना दिया कि सुनने वाला यह सोचता रह जाए कि असल में मिस किया या नहीं। वैसे आप तो बड़ी मस्ती में गोवा घूम रहे थे, भला आप क्यों मिस करते मुझे.. खैर छोड़िये कुछ भी मत बताईये,

पर अब मेरी बात सुनिए, अब आप टाइपिंग के लिए अपनी पांडुलिपि मुझे दे दीजिये, और अब इस बात पर कोई डिस्कशन नहीं होगी की टाइप कौन करेगा?

मैं रोज आपको पेन ड्राइव में या आपके मेल पे डाटा भेज दूँगी आप करेक्शन पार्ट देख लेंगे.अब टाइपिंग की ये बात यही ख़त्म.अब यदि कुछ भी इधर उधर आप बोलेंगे तो आपसे बोलना बंद कर दूँगी.

मैं फिर निरुत्तर था.

फिर भी मैंने कहा—आपसे बात नहीं करना .. इतना बडा दंड मैं भी नहीं सह सकता, मेरी तरफ से भी ये मुद्दा ख़त्म हो गया. अब आप ही कर लो इसकी टाइपिंग.

काव्या- oh-you are, really a good boy.

16

काव्या का समर्पित कार्य और शोध की समाप्ति

उस दिन शाम को जब काव्या घर जाने लगी तो मैंने उसे 100 पेज का पहला लॉट एक फोल्डर में रख कर दे दिया.

उसके बाद करीब सात आठ दिनों तक हमारे बीच में काम की बातों को छोड़ कर कोई खास बात नहीं हुई.

हर दिन काव्या 40 से 50 पेज टाइप करके मेरे मेल में डाल देती और मैं उसे चेक करता. उसने बड़े ही अच्छे और आर्टिस्टिक तरीके से टाइप किया था हर पन्ना. और सबसे बड़ी बात ये थी की, उसने हर उस लाइन को हाईलाइट कर दिया था जो जरूरी थे और हर ग्राफ और चार्ट को बहुत सुंदर तरीके से सजा दिया था रंगों के द्वारा.

उसके पापा ने बिलकुल ठीक ही कहा था उसकी टाइपिंग के बारे में. सच में बहुत सुंदर टाइप किया था उसने. शायद इतना अच्छा तो एक प्रोफेशनल टाइपिस्ट भी नहीं करता.

इसके पीछे शायद यही थॉट था की जब आप अपने काम में भक्ति और प्रेम का भाव डाल देते हैं तो उसका परिणाम बिलकुल अलग होता है.

ऐसा लगता था की उसने पहले तो हर पन्ने को पढ़ा और उसे समझा फिर जहाँ जैसी सेटिंग करनी चाहिए थी उसने वैसा हीं किया था.

उन दिनों काव्या सचमुच बदल चुकी थी। उसकी आँखों में एक अजीब सी चमक थी, जैसे किसी जुनून ने उसे घेर लिया हो। हर बार जब वह मेरे पास बैठती, तो ऐसा लगता था कि उसकी सारी ऊर्जा सिर्फ़ मेरे टाइपिंग के काम को पूरा करने में लगी हुई है।

उसकी लगन देखकर यही महसूस होता था कि यह सिर्फ़ मदद नहीं, बल्कि एक गहरी चाहत है—मेरे बोझ को हल्का करने की, मुझे राहत देने की।

जैसे वो अपने भीतर एक अटूट संकल्प लेकर आई हो कि न तो तुम अकेले हो और न तुम्हें इस काम में अकेला छोड़ना है ।

कभी-कभी उसका चेहरा थकान से भर जाता था, लेकिन फिर भी उसकी उंगलियाँ की बोर्ड पर उसी रफ़्तार से चलती रहतीं। यह जुनून सिर्फ़ काम का नहीं था, बल्कि मेरे लिए उसके दिल में बसे अपनापन और समर्पण का प्रतीक था।

सुबह जब काव्या ऑफिस आती थी, उसकी आँखों में एक अनकही कहानी झलकती थी। उनींदी पलकों के पीछे छिपी थकान और धीमी चाल से साफ़ पता चलता था कि उसने रात भर अपने नींद की कुर्बानी दी है।

उसकी आँखों में हल्की लालिमा और चेहरे पर थकावट की रेखाएँ थीं, पर फिर भी उनमें एक दृढ़ संकल्प चमकता था। यह संकल्प उसे आगे बढ़ने की ताक़त देता था—मानो उसने अपने भीतर यह वचन लिया हो कि काम पूरा करना ही है, चाहे इसके लिए उसे आराम और नींद क्यों न छोड़नी पड़े।

काव्या का समर्पण और प्रतिबद्धता उसे साधारण से असाधारण बना देते थे। उसकी थकान उसके संघर्ष की गवाही देती थी, और उसका समर्पण उसकी आत्मा की शक्ति को उजागर करता था।

उसकी यह लगन सिर्फ़ काम के लिए नहीं थी, बल्कि मेरे लिए उसके दिल में बसे अपनापन और जिम्मेदारी का प्रतीक थी।

यही वजह थी कि उसकी थकी हुई आँखों में भी मुझे एक अजीब सी ताक़त दिखाई देती थी—जैसे वह कह रही हो कि इस अंतिम सफ़र में "मैं तुम्हें अकेला नहीं छोडूँगी।"

पहले तो हम लंच के समय कुछ बातें भी कर लेते थे पर अब लंच ख़तम होते ही काव्या चली जाती थी और अपने उसी टेबल पे बैठ कर अपने लैपटॉप से ही टाइप शुरू कर देती थी.

मैंने उसे रिलैक्स हो के काम करने को कहा पर उस पे तो एक जूनून सवार था उस टाइपिंग को पूरा करने का

टाइपिंग को ख़त्म करना उसका मिशन बन चुका था जिसे उसे किसी भी कीमत पर पूरा करना था.

दस दिन होते होते उसने सारा काम ख़तम कर दिया. मुझे भी जो छोटे छोटे करेक्शन थे उसे मैंने पूरा कर दिया था. अब मेरी समझ से काम पूरा हो चला था .

जिस दिन काम ख़तम हुआ उस दिन शुक्रवार था. उसके बाद दो दिनों की छुट्टी थी. मैं तो सोच रहा था की वो जरूर कुछ प्रोग्राम रखेगी उस वीक एंड पर.

लेकिन न तो उसका कोई फोंन आया और न वो आई.

मैं थोडा चिंतित था, और मुझे थोडा अजीब भी लगा. पर मैंने भी उससे कोई बात नहीं की. सोचा की इतने दिनों के बाद उसके पापा घर आये हैं, शायद उनके साथ ही बिजी हो.

सोमवार को वैसे तो कोइ खास काम नहीं था मेरा, बस acknoldegment बनाना था. पर असल काम तो काव्या से मिलना था, और उसी सोच के साथ लाइब्रेरी भी गया. इसी सोच के साथ की वहां तो मुलाकात होगी ही.

मैं समय पे लाइब्रेरी जाकर, उसका इन्तेजार कर रहा था. तभी पिउन ने आकर कहा की काव्या मैडम आज देर से आएँगी ऑफिस में उनका फोन आया था.

मैं सोच में पड़ गया. आखिर क्या बात है? दो दिन से खबर तक नहीं ली और आज देर भी हो रही है.पर पता नहीं क्यों मैंने इंतज़ार करना ही ठीक

समझा,क्योंकि फोन की सूचना से इतना तो समझ में आ ही गया की सब कुछ ठीक है. तभी तो वो देर से ही सही, आ तो रही है.

काव्या करीब ग्यारह बजे आई, साथ में वही पिउन था, जिसने अपने हाथ में एक बड़ा सा पैकेट ले रखा था.

उसने वो बण्डल टेबल पे रखा और चला गया. पीछे पीछे काव्या भी आ आई.

थोड़ी थकी थकी सी, चेहरा मुरझाया हुआ, पर आँखों में एक चमक और होंठों में एक विजयी मुस्कान थी.

उसने मुझे मुबारकबाद देते हुए कहा –सर आपकी थीसिस की तीनो कॉपी टाइप होकर और बाइंडिंग होकर तैयार है.

मैं अवाक् रह गया. वो तीनो कॉपी को बड़े अच्छे से रंगीन कागज में स्पाइरल बाइंडिंग कर तैयार करके लाई थी, काव्या शायद उसी में सवेरे से बिजी थी, और शायद शनिवार और रविवार भी इसी में बिजी रही होगी तभी तो उसने एक बार भी फोन नहीं किया. और इधर मैं बिजी था उसके बारे में उल्टा सीधा सोचने में.

उसके चेहरे पर थकान साफ़ दिखाई दे रही थी। रात भर की मेहनत और नींद की कमी ने उसकी आँखों को भारी बना दिया था। फिर भी, उस थके हुए चेहरे पर एक अजीब सा भाव था—जैसे उसने कोई अपना निजी मिशन पूरा कर लिया हो। उसकी आँखों में थकान के साथ-साथ संतोष भी झलक रहा था। मानो सारी रात की जागरण और कुर्बानी उसके लिए महत्वहीन हो, क्योंकि उसे यह एहसास था कि मेरा काम आगे बढ़ रहा है। यही उसकी उपलब्धि थी, यही उसकी जीत।

यह भाव सिर्फ़ काम का नहीं था, बल्कि मेरे लिए उसके दिल में बसे समर्पण का प्रतीक था। जैसे वह कह रही हो कि “हाँ, मैं थक गई हूँ... लेकिन तुम्हारे लिए यह सब करना मेरे लिए जीत जैसा है।”

उसके चेहरे पर यह मिश्रण—थकान और संतोष—मुझे और भी भावुक कर देता था। क्योंकि यह सिर्फ़ टाइपिंग का काम नहीं था, बल्कि एक रिश्ते की

गहराई का इज़हार था, जो शब्दों से कहीं ज़्यादा उसके कर्मों में झलक रहा था।

मैंने कहा- काव्या आप महान हैं. सबकुछ तो आपने कर दिया. अब मैं अपनी जगह आपका नाम दे देता हूँ. अभी भी कोई देर नहीं हुई है.

काव्या-यह तो आप बिल्कुल नहीं करेंगे। आपकी थेसिस को टाइप करने में जो आनंद और संतोष मुझे मिला है, क्या उससे आप मुझे वंचित करना चाहेंगे? यदि ऐसा हुआ तो मेरी सारी खुशी ही समाप्त हो जाएगी।

क्या यही चाहतें है आप?

यह शोध आपका है, मेहनत आपकी है। मेरा योगदान उतना ही है जितना एक लाइब्रेरियन या एक मित्र का होना चाहिए। इससे अधिक मैंने कुछ नहीं किया।

मेरे लिए यह कार्य केवल सहयोग नहीं था, बल्कि इसमें मुझे आत्मीयता और अपनापन मिला। आपकी मेहनत का सम्मान करते हुए, मैं बस यही चाहती हूँ कि आप अपने शोध का स्वामित्व बनाए रखें—ताकि मेरी खुशी भी बनी रहे।

मैंने कहा--पर आपने क्यों इतनी जल्दी बाजी की टाइप करने में और इसे बुक का रूप देने में, मुझे तो अब लग रहा है की अब आप मुझे यहाँ जल्द से जल्द भगाना चाहती हैं.

काव्या- हँसते हुए, सर ये आपका नज़रिया हो सकता है पर मेरा ऐसा जरा भी नहीं है.

आप अपनी बात याद कीजिये आपने शुरू में ही कहा था की आप दो साल की छुट्टी में आये हैं यहाँ.

यदि काम पूरा हो जायेगा तो जो भी शेष समय बच जाएगा उसमे हम थोड घूम कर, बातें कर के गुजारेंगे.एक क्वालिटी टाइम की तरह.

जो भी एक्स्ट्रा समय बच जायेगा शोध के बाद उसे हम देहरादून एक्स्प्लोर करने में लगायेंगे. अब तक तो सिर्फ काम ही हुआ है, फन और एंजोयमेंट भी

तो जरूरी है जिंदगी में. अभी तो आपने एक दो जगह ही देखा है यहाँ का, पर आपके थीसिस का समय से पहले पूरा हो जाने से सब कुछ उलट पलट हो गया.

मैंने कहा- मैं तो मजाक कर रहा था, मैं तो लकी हूँ की मेरा आपके साथ जो भी वक़्त गुजरा, वो मेरे life का बेस्ट मोमेंट था.सब कुछ तो पा लिया मैंने.

शोध तो आपने पूरा करवा ही दिया ,जो मेरे यहाँ आने का मकसद था, बोनस में मुझे आप जैसा दोस्त मिल गया

सच बताऊँ –अब जब कभी सोचता हूँ की मुझे अब जाना पड़ेगा तो अजीब सा महसूस होता है. जाने का सोचकर ही मन उदास हो जाता है. मैंने देखा की काव्या भी ये सुन कर थोड़ी गंभीर और उदास हो गयी.

पर तुरत खुद को संभाल के बोली----जिंदगी में सिर्फ वर्तमान होता है, इसलिए हम उसको एन्जॉय करें, जो अभी हमारे पास है.

और हां एक बात और, जो मैं आपको नहीं बता सकी की, पापा गोवा जा रहे हैं और साथ में हम सभी भी जा रहे हैं गोवा ट्रिप के लिए.और उस ट्रिप में आप भी शामिल हैं.टिकेट बुक हो चुकी है.

हां एक बात और बता दूं आपको, इसी वजह से मैंने शोध वाले टाइपिंग प्रोजेक्ट को जल्द ख़तम किया ताकि हम सभी एकदम फ्री होकर साथ साथ घूम सकें, और सबका थोडा चैंज और इंटरटेनमेंट हो सके.

मैंने कहा--मैंने तो अभी अभी गोवा की ट्रिप लगाई है ,क्या मेरा जाना जरूरी है?

काव्या--देखिये,आप मुझे तो आसानी से मना कर सकते हैं पर इस प्लान में मम्मी और पापा दोनों की सहमती है,जो मैं भी नहीं जानती थी..

पापा रोज मुझसे टाइपिंग की अपडेट लेते थे, पूछते थे, कब तक टाइप का काम ख़तम होगा.

बस इससे ज्यादा उन्होंने मुझे कुछ नहीं कहा. उन्होंने मुझे भी अँधेरे में रख कर बनाया है ये प्लान.

कल जब उनको पता चला की मैंने काम खतम कर लिया है तब उन्होंने अपने प्लान की जानकारी दी.और तुरत टिकट भी बुक कर लिया.

अब इस ट्रिप के विषय आपको तो पापा से ही बात करनी होगी की आप जायेंगे या नहीं.

वो आपको इसलिए नहीं बता रहे थे की आपके शोध का काम जब पूरा हो जायेगा तो खुद ही बताते.

अब आप खुद ही सोच लें क्या करना है?

मैंने कहा-ठीक है सोच लेंगे, पर मैं मन ही मन ये सोच रहा था की, उन्हें तो मैं नकार भी सकता हूँ कोई भी बहाना बनाकर.

पर काव्या के साथ फ्री हो के साथ रहने का जो एक्सटेंशन मिल रहा है उसे मैं क्या छोड सकता हूँ भला? मेरे दिल ने तुरत कहा, कभी नहीं.

दूसरे दिन काव्या के पापा ने बुलाया था डिनर पे और शायद गोवा के प्लान को डिस्कस करने को भी.

काव्या ने ऐसा ही कहा, फिर हम अपने अपने घर को चल दिए. मैं उस दिन खुद में बहुत संतुष्ट,खुश और शांत महसूस कर रहा था.

जिंदगी ने एक झटके में मेरा ख्वाब पूरा कर दिया था.अब अपने शोध को विभाग को भेजना था.

पर उसमे भी अभी कोई जल्दबाजी नहीं करनी थी. अब सब काम बड़े आराम से करना था, वैसे भी अभी मेरी ओफिसिअल छुट्टियाँ बहुत बची थी. मैंने गोवा जाने का प्लान मन ही मन फाइनल कर दिया अब बस थोडा दिखावा करना था, उनलोगों के सामने.

उस दिन मैं निश्चिंत होकर सोया.सुबह लाइब्रेरी गया अपने शोध का अक्नोलेजमेंट तैयार करने.

सारा काम आराम से पूरा किया. इसी बीच काव्या के पापा का फोन भी आ गया डिनर के निमंत्रण का.

शाम को काम ख़तम करके काव्या के साथ ही जाना था. उसी प्लान के तहत शाम को उनके घर पहुंचा.

वहां चाय पीने के क्रम में काव्या के पापा ने कहा- देखो बेटा मुझे तो अपनी ड्यूटी पे गोवा लौटना ही है. मैंने अपने साथ सबका एक प्रोग्राम बना दिया है गोवा का जिसमे तुम्हे भी चलना है.

तुम्हे पहले इसलिए नहीं बताया की पहले तुम्हारी शोध का पूरा काम होना सबसे जरुरी था, वो पहली प्रायोरिटी थी.

ये सब चीजे तो बाद में भी होती रहेगी. पर अब जब तुम्हारा काम पूरा हो गया है, और कोई और दूसरी समस्या नहीं है तो तुम भी हमारे साथ चलो, हम सबको बहुत ख़ुशी होगी.

मैंने कहा –अंकल मुझे तो आपने पूरा गोवा का ट्रिप करा दिया.मुझे तो लगता है की आप ही तीनो जाए तो ज्यादा सही होगा. काफी अरसे भी हो गए है आपलोगों का एक साथ क्वालिटी फॅमिली टाइम स्पेंड किये हुए. मुझे कबाब में हड्डी मत बनाईये.

पर अंकल ने कहा-वो भी कोई ट्रिप थी भला, एक तो पूरे टैंशन में तुम गए होगे और फिर अकेले ही घूमना पड़ा तुम्हे मैं तो थोड़े समय के लिए ही तुम्हारे साथ था.

इस बार हम सब साथ होंगे और पूरा सेलिब्रेसन होगा. इतने दिनों से जो खुशिया हमारी जिंदगी से दूर चली गयी थी, उनको लाने वाला ही यदि साथ नहीं रहेगा तो फिर मज़ा कैसे आएगा भला.? हमारी टीम के रियल हीरो तो तुम ही हो.

ये ट्रिप तो सिर्फ तुम्हारे लिए ही बना रहे हैं. फिर पता नहीं हम कब इस तरह फिर मिल सकें. और जहाँ तक बात है कबाब में हड्डी की, ये तो बिलकुल गलत है. तुम हड्डी तो बिलकुल नहीं बल्कि उस लजीज कबाब के ही हिस्से हो.

उनकी बात पर सारे लोग हंस पड़े.

मेरे मन की मुराद अब पूरी हो चुकी थी, नाटक करने का सीन अब पूरा हो चुका था और प्लान के तहत अब तो सरेंडर करने का ही काम बचा था..

मैंने भी कह दिया-आपका आदेश सर आँखों पर. सारे लोग खुश हो गए खास कर काव्या.

उसका चेहरा मानो ग्लो कर रहा था. उस दिन फिर काफी पॉइंट पर ही डिनर का वेन्यू था. हम सब वहां से चल कर सात बजे पहुँच गए.

काफी पॉइंट पर सबकुछ वही था. दूर पहाड़ों के पीछे सूरज डूब रहा था, शाम धीरे धीरे गहरा रही थी और लोग धीरे धीरे आकर अपने मन पसंद सीट पे बैठ रहे थे. पर ये शाम आज मेरे लिए कुछ खास मायने लेकर आई थी.

जब पहली बार हम यहाँ आये थे तो वो एक उदास शाम थी. उस विजिट में,काव्या ने अपने दर्द और घर की कहानी शेयर की थी, कहते कहते कितनी उदास हो उठी थी वो, मैं भी दुखी था.उसके लिए पर आज उनलोगों की पूरी दुनियां बदल गयी थी. सच में समय से उपर और बड़ा कोई नहीं. समय सबकुछ ठीक कर देता है. बस समय को थोडा समय चाहिए.

बहुत ही मस्त और ख़ुशी के साथ हम सबने डिनर किया और दो दिन के बाद गोवा जाने का ट्रिप भी डिस्कस हुआ. फोटो शूट के बिना तो काव्या का हर इवेंट अधूरा था. उसने बहुत सारी पिक्स ली. फिर उसने अलग से मुझे थैंक्स कहा, ट्रिप में शामिल होने की सहमती देने के लिए.

कितनी खुश थी वो ,उसके चेहरे से मानो ख़ुशी टपकी पड़ रही थी. और मैं भी खुश था उसके चेहरे पे आई ख़ुशी को देखकर

उस रात और भी ढेर सारी बातें हुई,कुछ गोवा के बारे में कुछ मेरे फ्यूचर प्लान के बारे में और फिर जब हमारा डिनर ख़तम हुआ तो वे लोग मुझे हॉस्टल तक ड्राप करते हुए घर चले गए.

बाकी के दो दिन तैयारी में बीता. बीच बीच में काव्या से बातें भी हुई. कितना अपनापन लगता था उसकी बातों में. लगता ही नहीं था की हमारी मुलाकात के सिर्फ सवा साल हुए है, और देहरादून में मैं अकेला हूँ.

उन सबके ब्योहार ने नुझे उस परिवार का हिस्सा ही बना लिया था.

ऐसा लगता है कि जैसे ऊपरवाले ने ही मेरी और काव्या की रूह को जोड़कर भेजा हो। यह जुड़ाव सिर्फ़ दोस्ती या साथ का नहीं, बल्कि आत्मा का रिश्ता है। सच में ज़िंदगी कितनी खूबसूरत हो जाती है जब कोई इतनी शिद्दत से चाहे—जहाँ हर पल में उसका अपनापन महसूस हो, और हर कोशिश में उसका समर्पण झलकता हो।

17

गोवा की दूसरी ट्रिप

दो दिन गुजर गए व्यस्तता में ही, तीसरे दिन हम सभी जोलीग्रान्ट अड्डे पर अपने फ्लाइट का इंतज़ार कर रहे थे. फ्लाइट अपने समय पे थी और ढाई घंटे में हम गोवा के DABOLIN एअरपोर्ट पे थे. उसके बाद ४५ मिनट में घर पहुँच गए. शाम के सात बज रहे थे प्लान यही किया गया की आज की शाम घर पे ही लॉन में डिनर करके और बातें करके गुजारेंगे. कल से घूमने का काम होगा. सबका कमरा बाँट दिया गया.अंकल और आटी एक कमरे में, काव्या अपने कमरे में और मेरा अलग कमरा मुझे मिल गया. दस बजे तक डिनर खत्म किया गया. दिन भर की थकान की वजह से सभी आराम के मूड में थे, कुछ बातें करके हम अपने कमरे में चले गए.

अब वो सब बातें जिनमे वेदांत तो शामिल नहीं था पर उसके अपने कमरे में चले जाने के बाद हुई. वो सब बातें काव्या की डाइरी में लिखी थी जिसे वेदांत ने मुझे बताया था।

कमरे में जाने के बाद काव्या को उसके पापा ने अपने कमरे में बुलाया.और कुछ इधर उधर की बातें करने के बाद सीधे मुद्दे पर आ गए.

बोले- बेटा,तुम्हारा और वेदांत का कैसा रिश्ता है? क्या सिर्फ दोस्ती का है या उससे उपर भी कोई फीलिंग है तुम्हारी. जैसा मैं अपने अनुभव से देख और समझ पा रहा हूँ मुझे लगता है की ये रिश्ता सिर्फ दोस्ती का नहीं है. मैं खुद भी बहुत कुछ महसूस कर रहा हूँ.

काव्या ने अपने पापा से कहा— "नहीं पापा, वो सिर्फ़ दोस्त हैं मेरे। एक बहुत ही अच्छे दोस्त।"

लेकिन पापा का जवाब भी उतना ही सोचने पर मजबूर करने वाला था।

उन्होंने कहा— "तुम मुझे सोचकर जवाब दो। कभी-कभी हम एक भूल कर देते हैं यह समझने में कि दोस्ती और प्यार का अंतर क्या है। प्यार दोनों में ही होता है, पर उनके अहसासों में एक बारीक सा फ़र्क होता है।"

काव्या ने अपनी डाईरी में अपने पापा के साथ हुए संवाद को बड़े बारीकी से analyse किया था .उसने लिखा था

पापा के साथ यह संवाद रिश्तों की सबसे बड़ी सच्चाई को उजागर करता है। दोस्ती और प्यार दोनों ही अपनापन और चाहत से बने होते हैं, लेकिन उनके भावों में एक नाज़ुक सा अंतर होता है।

दोस्ती में अपनापन, भरोसा और साथ होता है। यह वह रिश्ता है जिसमें हम एक-दूसरे के लिए खड़े रहते हैं, बिना किसी अपेक्षा के।

प्यार में भी वही सब कुछ होता है, लेकिन उसमें एक गहरी चाहत और आत्मीयता जुड़ जाती है। यह चाहत दिल की गहराइयों तक उतर जाती है और दोस्ती से आगे बढ़कर दिल की धड़कनों तक पहुँच जाती है।

दोस्ती जीवन को सहज बनाती है, जबकि प्यार उसे गहराई और अर्थ देता है।

किसी दोस्त को प्यार करना और किसी को पसंद कर उसे प्यार करना, ये दोनों ही बिलकुल अलग हैं और दो इमोशन हैं.

पहली स्थिति में ऐसा नहीं लगता की हमारी दुनियां बहुत ज्यादा बदल गयी है पर दूसरी स्थिति में हमारी पूरी दुनियां अचानक बदल जाती है

हमारी दुनियां फिर वही नहीं रह जाती है जो पहले थी. हमारे सोचने का ढंग बदल जाता है, हमारे धडकनों को एक नयी गति मिल जाती है,

हम, कभी कभी ये भी फील करते हैं की हमारा अपना दिल ही कुछ समय के लिए धड़कना बंद कर देता है, या फिर कभी धड़कने ही तेज हो जाती हैं, उसका ख्याल आते ही.

जब हम अपने प्यार को देखते हैं, एक अजीब सा चुम्बकीय आकर्षण पैदा होता है और ऐसा लगता है की हमारा अपना दिल ही अजीब सा बिहेव करने लगा है. हमारी पूरी सोच इस दुनिया के लिए बदल जाती है और बदल देती है हमारे नज़रिए को. सबकुछ बेहद ख़ूबसूरत लगने लगता है.

एक ऐसा अहसास पैदा होता है की हम सोच के भी समझ नहीं पाते हैं की ये हो क्या रहा है हमारे साथ और इसे कैसे और किस रूप में स्वीकार किया जाय?

पापा ने आगे कहा था-मैं चाहता हूँ की तुम उस अद्भुत अहसास को, और दोनों ही इमोशन के उस बारीक फर्क को, उस बदले हुए सोच को समझो ,फिर कोई जवाब दो. तुम चाहो तो समय ले के सोच कर जवाब दे सकती हो.

मैंने इसी लिए वेदांत को भी इस ट्रिप में साथ रखा है की यदि वैसा कुछ है तो हम उसी के अनुरूप निर्णय लेंगे. जहाँ तक मेरी समझ है, वो भी तुमको बहुत चाहता है.

तुम सिर्फ ये सोचो की उसने तुम्हे कुछ भी नहीं बताया और एक बहुत मुश्किल काम को अपनी जिम्मेवारी समझ के अपने उपर ले लिया और उसे उसके अंजाम तक पंहुचा दिया.

इस तरह के काम को न तो कोई सोच सकता है नहीं इतना समय,पैसा और कष्ट लेकर कर कोई करने की सोच सकता है.ऐसा करने वाले बहुत ही कम हैं

पर उसने सब कुछ किया. वो तो सिर्फ तुम्हे जानता था, हमें नहीं. तुम खुद सोचो की आखिर उसने इतना सब किसके लिए किया और क्यों किया ?

सिर्फ तुम्हारे लिए ही न.. वो तुम्हे हर हाल में खुश देखना चाहता था. दूसरो की ख़ुशी के लिए किया गया कोई भी काम और उसमे अपनी भी ख़ुशी पाना ही सच्चा प्यार होता है.

तभी तो तुम्हे बिना कोई भनक दिए सिर्फ तुम्हारे लिए वो गोवा चला आया.और आज इसी का रिजल्ट है की हम सब यहाँ हैं.

बिना दिल की गहराई से चाहे कोई ऐसा कर ही नहीं सकता.

काव्या-पर पापा आप इतना कन्फर्म कैसे हैं की वो मुझे चाहता है.

पापा-अरे यार, इन सबकी सबूत थोड़े ही होती है.और मान लो की मैं इसका कोई पक्का सबूत दे ही दूं इसकी तो फिर क्या करोगी तुम ?

काव्या-तो फिर मैं सोचूंगी इस पर

पापा-तो फिर सोच लो,सोचना और कन्फर्म तुम्हे होना है. मैं तो पूरी तरह कन्फर्म हूँ.

पर जो भी करना वो जल्द ही करना.क्यों की दो-तीन दिन के बाद तो वो चला जाएगा यहाँ से और थीसिस सबमिट करने के बाद फिर जॉब ज्वाइन कर लेगा. फिर कब मुलाकात होगी ये कोई नहीं जानता

ये जो दूरियां होती हैं न, बहुत करीबी रिश्तों को भी बहुत दूर कर देती है.

फिर क्या करोगी?

मैंने देखा है रिश्तों को कमजोर पड़ते हुए सिर्फ दूरियों की वजह से, तुमने तो उसे दोस्त ही माना है,

मान लो कोई और आ गया उसकी जिंदगी में बहुत करीब, तो वो क्या करेगा? क्योंकि तुम तो सिर्फ दोस्त हो,यही तो समझा रखा है न तुमने उसको..

काव्या-पापा, ऐसा किसने कहा आपको,की मैंने समझा रखा है. इस बात पर तो कोई बात ही नहीं हुई है वेदांत से.

पापा- देखो काव्या, तुम याद करो ,जब भी तुमसे बात होती थी तो कोई ऐसा दिन नहीं गुजरा की तुम उसके बारे में नहीं बताती थी.

हर बार तुम्हारी जिस तरह से बात होती थी मुझे हमेशा अपने छठे सेन्स की तरफ से एक इशारा मिलता था की ये एक अलग बोन्डिंग बन रही है तुम्हारी, वेदांत के साथ.

मुझे अच्छा भी लगता था. मैं जानता था की तुम जहीन हो,समझदार हो और सोच समझ के ही कोई निर्णय लोगी. इसीलिए मैंने तुम्हे कभी भी रोका नहीं और आगे बढ़ने दिया. और जब वो पहली बार मिला गोवा में आकर तो मैंने यही सोच करके उससे पूछा भी की क्या तुम काव्या से शादी की परमिशन के लिए आये हो.

क्योंकि मैंने सपने में भी कभी नहीं सोचा था की उसका मकसद हमारी रीयूनियन की भी हो सकती है.

मेरे ऐसा पूछने पर जानती हो उसने क्या कहा?

उसने यही कहा की नहीं----काव्या तो मुझे दोस्त समझती है,एक दोस्त से ज्यादा अहमियत ही नहीं देती.

वैसे वो बहुत अच्छी लड़की है, वो इंसान सचमुच बहुत बड़ा खुशकिस्मत होगा जो उसकी जैसी जहीन और केयरिंग लड़की का लाइफ पार्टनर बनेगा, पर अब मुझे लगता है की मैं शायद उतना खुशनसीब नहीं हूँ.

काव्या-(चौकते हुए) क्या ऐसा कहा उन्होंने? पर मैंने तो ऐसा कुछ भी नहीं कहा उनसे.

पापा-पर बात तो सही है न की तुम सिर्फ दोस्त मानती हो उसको. इस बात से क्या फर्क पड़ता है की उसको पता कैसे चला?

मम्मी--पर तुमने मुझे तो कहा था न की वो एक अच्छा दोस्त है मेरा.

काव्या-हाँ कहा था मम्मी को पर क्या आपने उन्हें ये बात कभी बतायी.?

मम्मी-नहीं. मैं कहाँ मिली उससे की ये बात बताती. पहली बार तो तभी मिली थी जब वो तुम्हारा फोन देने आया था.तब तो ये सब बातें हुई ही नहीं थी.तुम भी तो थी वहां.

फिर भी इससे क्या फर्क पड़ता है.तुम्हारे रिलेशन तो सिर्फ दोस्ती तक ही है न?

पापा--काव्या,बात जो भी हो ,तुम मेरी बात को एक बार दिल से सोचना, दिमाग से नहीं. और फिर मुझे जल्दी बताना, कही देर न हो जाए. क्योंकि वो तुम्हारे भरोसे तो बैठेगा नहीं. शादी कर लेगा अपनी पसंद का और तुमसे सिर्फ दोस्ती निभाता रहेगा. यदि तुम भी सिर्फ यही चाहती हो फिर कोई बात नहीं.

पर बेटा मैं तुम्हे फिर कहता हूँ तुम्हे की तुम बहुत ही जहीन हो,समझदार हो, इसी लिए मैंने कभी तुम्हारे किसी भी फैसले में कभी कुछ नहीं बोला. पर आज मुझे लगता है की तुम्हे मेरी थोड़ी जरुरत तो है,

जीवन जिससे संपूर्ण हो जाए, जीवन जिससे सुगन्धित हो जाय और जीवन जिसकी वजह से उत्सव बन जाय, वहीं चुनने योग्य हैं!

ऐसा जीवन चुनना जो संपूर्णता दे, जो सुगंधित हो और जो उत्सव में बदल जाए। बाकी सब छोड़ दो जिसकी वजह से जिंदगी उदास हो जाए, टूट जाए या खंडहर में तब्दील हो जाय.

मैंने भी ती वही किया, जो कभी बिखर गया था उसे फिर से चुन लिया, और देखो कितनी ख़ुशी आ गयी है हमारी जिंदगी में. बल्कि ये कहना ज्यादा ठीक होगा की हमारी सम्पूर्णता उसे चुनने में ही थी.

आज तुम्हारे जीवन में वही खास पल आ चुका है, चुनने का.

खुशियाँ तुम्हारे दरवाजे पे इंतज़ार कर रही हैं. ऐसा नसीब विरले लोगों को मिलता है, बस आगे बढ़ो और समेट लो अपनी खुशियों, अपनी दुनियाँ, वरना ये जो लम्हे तुमने वेदांत के साथ बिताएं है न वो एक सबक, एक कसक, एक याद बन के रह जायेगी. और तुम्हारे पास फिर शायद किसी भी तरह की वापसी के लिए कोई आप्शन नहीं बचा रहेगा. क्योंकि प्यार एक बार होता है, बार बार नहीं.

काव्या-पापा, आपका कहना तो बिलकुल ठीक है. सब कुछ समझ रही हूँ मैं पर आजतक इस एंगल से मैंने कुछ सोचा ही नहीं था, पर आपकी बात भी काफी सही है, आज आपने जो कुछ भी कहा उसने मेरी आँखे खोल दी हैं.

आज आपने अपने अनुभव से उस बात को समझा दिया है जिसे मैं अब तक समझ नहीं पायी थी. पर मुझे थोडा वक़्त दीजिये, सोचने का. वादा करती हूँ की आपकी बात मैं दिल से ही सोचूंगी, और सही निर्णय ही लूंगी. आप तो मेरे रोल मॉडल हो पापा, आप जो भी कहेंगे वो मेरे भले के लिए ही कहेंगे.

आज आपसे बात करके मुझे रिश्तों को समझने का एक नया एंगल मिला है. मेरा फैसला आपको जल्द ही पता चल जाएगा.अब रात ज्यादा हो गयी है आप लोग भी थके होंगे,आप भी आराम कीजिये, उसके बाद वो अपने कमरे में चली गयी.

कमरे में जाकर बिस्तर पे जाते ही काव्या के दिमाग में एक ही बात हथोड़े की तरह चोट करने लगी, आखिर ये बात वेदांत को कैसे पता लगी की हमारा रिश्ता सिर्फ दोस्ती का है. ये बात तो मम्मी के अलावा और कोई भी नहीं जानता था और मम्मी ने तो कभी उनसे कहा ही नहीं. तो फिर वो जाने कैसे?

ये बात सच भी थी, वेदांत को पता चल जाने से उसको थोड़ी शर्मिंदगी भी लग रही थी.

पर आखिर वो तीसरा कौन है जिसने इस बात को जाहिर किया.

वो शुरू से बिखरे धागों को जोड़ने लगी की वो सच्चाई पता चल सके. सोचते सोचते अचानक वो चौंकी-और फिर सब कुछ याद आ गया, सब कुछ साफ़ हो गया और फिर सब कुछ समझ में भी आ गया.

ये वो डायरी थी, जो उस दिन गलती से बैग में रह गयी थी और उसे ही वेदांत लौटाने उसके घर आया था. उसी डायरी में बंद थे उसके दिल के वो सारे राज. और उसी डाइरी ने खोले थे सारे राज.

डायरी अक्सर सिर्फ़ शब्दों का संग्रह नहीं होती, बल्कि किसी के जीवन का आईना होती है। उसमें लिखे गए विचार, सपने, डर और इच्छाएँ किसी व्यक्ति की आत्मा को उजागर कर देते हैं। वही डायरी जिसमे दफ़्न थी कितनी उदास और तनहा रातें, और उन उदास रातों में वो यादें जो एक साल में वेदांत और उसके बीच पनपे एक नए रिश्ते की दास्तान थी.

एक एक लब्ज डूबा था प्यार के उस अहसास से , जो तडपा रहा था उसे, पर एक डर था जिसने उस नए रिश्ते को सिर्फ एक दोस्ती की सोच तक ही सीमित कर दिया था.

तो क्या मेरी उस डायरी को वेदांत ने पढ़ लिया था? क्या सोचा होगा उन्होंने, ये सोच सोच कर वो परेशान होने लगी. कैसे सामना करेगी अब उसका.

पढने के बाद भी उन्होंने अब तक कुछ रियेक्ट क्यों नहीं किया?

थोड़ी ही देर में अपनी जल्दबाज़ी पर मुझे खुद ही शर्मिंदगी महसूस हुई। आखिर उन्हें क्यों प्रतिक्रिया देनी थी? जब मैंने उन्हें दोस्त माना, तो उन्होंने भी सच्चे दोस्त की तरह दोस्ती निभाई और उसी रिश्ते की खातिर गोवा तक चले गए। और क्या कर सकते थे वे? जो होना था, वह तो हो ही गया।

अब आगे देखना है कि इस नए सच का सामना कल किस तरह किया जाए। शायद यही सबसे सही रास्ता है—बीते हुए पर पछताने के बजाय आने वाले कल को शांत मन से स्वीकार करना और समझदारी से संभालना।

पापा ने सच ही तो कहा था– यदि दिल की बात न कही जाए, तो शायद बहुत देर हो जाती है।

आज उनका मेरी ज़िंदगी में लौट आना मानो किसी मोड़ पर खड़ा हुआ दीपक हो, जिसने अंधेरे रास्ते को रोशन कर दिया। एक सपना, जो मेरे दिल में चुपचाप पल रहा था, मुझे खुद ही नज़र नहीं आया। पर पापा की बातें सुनकर लगा, कि गलती शायद मेरी ही थी।

सच तो यही है– पापा का फिर से हमारी ज़िंदगी में आना वेदांत का ही तो उपहार था। वरना मैं दोस्ती और प्यार के उस नाज़ुक अंतर को कभी न समझ पाती, जिसे पापा ने इतनी सहजता से, इतनी सफ़ाई से समझा दिया।

आज लगता है, जैसे ज़िंदगी ने मुझे नया अध्याय थमा दिया हो। आज मेरी ज़िंदगी का आईना साफ़ हो गया है। उसमें मैं खुद को देख रही हूँ—एक नई शुरुआत,एक नया अध्याय,जहाँ समंदर और आईना तीनों मिलकर मुझे यही कह रहे हैं: "सुनो अपने दिल की आवाज़, क्योंकि वही तुम्हें सच तक ले जाएगी।"

सचमुच यह प्यार ही तो था— जो वेदांत के लिए गोवा मिशन के रूप में एक ड्राइविंग फ़ोर्स बना यह वही प्यार था, जिसने मुझे प्रेरित किया और बांधे रखा शोध के शुरुवात से शोध के अंत,टाइपिंग तक.

अब मैं सब समझ गई हूँ— मेरे भीतर वेदांत के लिए जो प्रेम का सोता बह रहा है, उसे पहचान देना ज़रूरी है। वरना यह सोता, समय की रेत में खो जाएगा, जो अब हरगिज़ नहीं होनी चाहिए.

प्यार, जो कभी हवा की तरह अदृश्य था, आज समंदर की लहरों की तरह मेरे दिल में गूंज रहा है। प्यार, जो कभी दीपक की लौ था, आज सूरज की रोशनी बनकर मेरे रास्ते को उजागर कर रहा है। अब मुझे करना यही है— इस प्रेम को नाम देना, इस रिश्ते को पहचान देना। क्योंकि यही पहचान मेरे जीवन का सबसे सुंदर अध्याय बनेगी।

ये तो बिलकुल पक्की बात है कि, वेदांत तो शोध जमा करने के बाद जॉब ज्वाइन कर लेंगे, फिर हमारी इस तरह की मुलाकातें कहाँ हो पायेगी? दूरी सचमुच दिलों को भी दूर कर देती है, कहीं सचमुच वेदांत शादी कर लेंगे तो फिर हमारी दोस्ती कैसे रह पाएगी भला, हमारे समाज में शादी शुदा पुरुष या स्त्री किसी अन्य पुरुष या स्त्री से दोस्ती निभा सकते हैं भला ?

शायद नहीं, जहाँ भी कोशिश की गयी वहां परिवार टूट जाता है.

सचमुच पापा ने मुझे एकदम सही समय पे मुझे याद दिलाया अपनी जिंदगी के अहम् निर्णय के बारे में सोचने का.

खुले आसमान के नीचे, मैंने कितने रास्ते तय किए, पर हर मंज़िल पर रुककर लगा— तुम्हारे बिना यह सफ़र अधूरा है। मेरे कदम चलते रहे, हवाएँ गीत गाती रहीं, पर दिल की धड़कन कहती रही— तुम ही हो मेरी असली

मंज़िल। कैसे कहूँ तुम्हें, कि मेरी ज़िंदगी का आईना तुम्हारे बिना धुंधला है? कैसे करूँ इज़हार, कि मेरा हर सपना तुम्हारे साथ ही पूरा है?

सचमुच कितना कठिन होता है ऐसे पलों को हैंडल करना. यात्रा पर निकलना हमेशा सुकून देता है—खुला आसमान, अनगिनत रास्ते और मंज़िल की ओर बढ़ते कदम। पर जैसे-जैसे मंज़िल करीब आती है, मन में एक अजीब-सा डर और संशय जन्म लेता है। लगता है मानो हर कदम किसी इम्तिहान की तैयारी हो। कल का दिन भी मेरी ज़िंदगी में एक ऐसे ही इम्तिहान की तरह प्रतीत हो रहा है—जहाँ उम्मीदें और आशंकाएँ दोनों साथ-साथ चल रही हैं। देखना है कि यह सफ़र मुझे कहाँ ले जाता है, और मंज़िल किस रूप में सामने आती है।

दूसरे दिन का प्लान यही था की ग्यारह बजे नास्ता के बाद गोवा की फेमस जगहों की विजिट करेंगे.

सुबह होते ही ब्रिगेडियर साहेब वेदांत को साथ ले कर मोर्निंग वाक पे निकल गए. घूमते घूमते एक कॉफ़ी शॉप पे जाकर बैठ कर उन्होंने सीधे वेदांत से कहा –बेटा तुमसे मुझे कुछ जरूरी बातें करनी है, क्या हम बातें कर सकते हैं?

वेदांत-अंकल आप ऐसे क्यों पूछ रहे हैं? वो थोडा सीरियस दिख रहे थे.

बोले –बेटा,काव्या के साथ तुम्हारी किस तरह की दोस्ती है? जहाँ तक मुझे समझ है, जो भी तुम्हारे बीच है वो दोस्ती से उपर लगती है, तुम्हारा दूर दूर तक भी शादी का इरादा है क्या ?

बस हाँ या ना में जवाब देना.यदि ना कहोगे तो भी मुझे जरा भी बुरा नहीं लगेगा.

वेदांत-यदि हाँ या न में जवाब चाहते हैं तो मेरा जवाब है नहीं. हम सिर्फ दोस्त हैं.

अंकल--बेटा, तुमने, इतनी आसानी से ना कैसे बोल दिया?

वेदांत-आपने ही तो कहा की हां या न में बोलो तो क्या बोलता पर मेरे लिए इसका जवाब इतना सरल नहीं है. मेरे न के पीछे कितना दर्द है ये कोई समझ ही नहीं सकता.

तो फिर जो भी तुम्हारे दिल में है वही बोलो. आज मैं वो सब कुछ तुमसे सुनना चाहता हूँ जो तुम्हारे और काव्या के बीच इस दोस्ती को लेकर तुम्हारे मन में है.

वेदांत-अंकल आपने सही कहा की काव्या के साथ मेरे रिश्ते, दोस्ती से बहुत उपर है.शायद एक सोलमेट का.

सोलमेट वह व्यक्ति होता है जिसके साथ आपका गहरा, स्वाभाविक और आत्मिक जुड़ाव होता है—ऐसा रिश्ता जो सामान्य दोस्ती या प्रेम से परे जाकर आपको पूर्णता और सुकून का अहसास कराए।

यह जुड़ाव मानसिक, भावनात्मक और आध्यात्मिक स्तर पर महसूस किया जाता है और अक्सर इसे जीवनभर का बंधन माना जाता है।

एक ऐसा सोलमेट जिसे सब पता है की मेरी जरूरत कब और क्या है और उसे कैसे पूरा करना है. ये बात मैं उसकी पहली मुलाकात से ही समझ गया.

मिले तो हम बिलकुल एक अजनबी की तरह थे पर जैसे जैसे समय बीता, काव्या मेरे करीब होते चली गयी इतना करीब की मैंने मन ही मन उसे अपना जीवन साथी बनाने को सोच लिया.

मेरे दिल ने चुपचाप उसे अपना जीवन साथी मान लिया। क्योंकि उससे बढियां कोई अब तक मिला ही नहीं था मुझे, और न कोई हो सकती थी मेरे लिए.

एक साल का समय भी काफी समय होता है किसी के बारे में ओपिनियन बनाने के लिए पर अचानक मुझे ये निर्णय लेना पड़ा की नहीं ये अब ठीक नहीं होगा. जो भी हमारे बीच है वो अब दोस्ती तक ही ठीक रहे तो सही होगा.

अंकल-पर अचानक ऐसा हुआ क्या? जो तुम्हारी सोच बदल गयी.

वेदांत-वो सच तो मैं नहीं बता सकता. बस कुछ तो हो ही गया. (वेदांत डायरी पढने की बात नहीं बताना चाहता था).

अंकल-देखो बेटा, वैसे तो ये तुम्हारी पर्सनल बात है,पर यदि कुछ भी बताने लायक हो तो बताना जरूर.

वेदांत-काव्या के लिए मैं सिर्फ एक दोस्त हूँ, एक अच्छा दोस्त इससे ज्यादा कुछ भी नहीं. ये सच मेरा नहीं है बल्कि काव्या ऐसा सोचती है.

ये बात मैंने आपको गोवा में भी बतायी थी .तो फिर मैं कैसे इस रिश्ते को शादी में बदल सकता हूँ.

पर मेरा दिल तो अब भी यही कहता है की काव्या से बेहतर मेरे लिए कोई और हो ही नहीं सकता.

हमारी बोन्डिंग और अंडरस्टैंडिंग इतनी अच्छी है की सवा साल में कोई ऐसा मुद्दा नहीं आया जिसमें हमारी सोच एक दुसरे से बहुत ज्यादा अलग दिखे

एक रूह का रिश्ता बन चुका है मेरा उसके साथ.उसके बगैर मैं अपनी जिंदगी बिलकुल अधूरी मानता हूँ. और उसे भूलना भी लगभग असभव है मेरे लिए.

जब भी मैं यहाँ से जाऊँगा, मेरा मन और मेरा दिल देहरादून में ही भटकता रहेगा.. मैं अपने दिल की बात को इतने बेबाक ढंग से आपको इसलिए बता रहा हूँ क्योंकि इसके बाद पता नहीं हम कब मिले या फिर मिले ही नहीं.

एकबार जब अपना ऑफिस ज्वाइन कर लूँगा और नयी जिंदगी शुरू हो जायेगी तो फिर बहुत कुछ जीवन से नया जुड़ जाएगा, रास्ते बदल जायेंगे, और पुराने रास्ते, पुरानी यादें पीछे छूटने लगेंगी.

पर काव्या के साथ बिताये गए पल शायद कभी भूल नहीं पाऊं, ये भी एक सच है.

अंकल----इतना चाहते हो तुम उसे , तो एक बार पूछ क्यों नहीं लेते उससे. हो सकता है उसे भी तुम्हारी तरह ग़लतफ़हमी हो, झिझक हो की तुम भी उसे दोस्त ही मानते हो और ये दोस्ती सिर्फ तुम्हारे शोध की वजह से हुई हो.

सच तो ये है की तुम दोनों एक ऐसे पॉइंट पे खड़े हो जहाँ दोनों एकदूसरे को पसंद करते हैं पर एक झिझक है,एक डर है की दूसरा यदि ऐसा नहीं सोचता हो तो क्या होगा?

इस लिए तुम मेरी बात मानो, एक बार तुम जाने के पहले पूछ लो और अपने दिल की बात कह दो उससे .इन बातों की शुरुआत लड़के ही करतें हैं.

और कितने साफ़ तरीके से कहूं तुमसे?

और एक बात मेरी सुनो, कल हम सी बीच पे चलेंगे वहां तुम दोनों थोडा अलग होके अपना वक्त लो और जो भी मन में है, उसका इज़हार कर ही दो. कही देर न हो जाए.

वैसे मैं और काव्या की मम्मी भी यही सोचतें है की काव्या के लिए तुमसे बेहतर कोई नहीं हो सकता. मेरी ये सोच तुम्हे देखने और मिलने के बाद नहीं हुई है बल्कि जब मैंने तुम्हे देखा भी नहीं था तभी ये बात समझ में आ गयी थी. और रही बात काव्या की, तो मैं दावे के साथ कह सकता हूँ की उसके दिल में भी वही फीलिंग है जो तुम्हारी फीलिंग काव्या के लिए है.

मैंने हर बार उन अहसासों को महसूस किया है जब वो देहरादून से मुझसे, तुम्हारे बारे में मुझसे बातें करती थी.

अब उसकी भी जिंदगी तुम्हारे बिना अधूरी है. मैंने भी दुनिया देखी है.ऐसे ही नहीं कह रहा हूँ मैं.

इसी बीच आंटी भी आ गयी थी.और उन्हें दोनों की बातों का अंदाजा भी लग गया था.

उन्होंने भी कहा –बेटा मैं भी यही चाहती हूँ ,काव्या भी यही सोचती है पर तुम्हे खोने के डर से वो पूछ कह नहीं पाती

सोचती है की कहीं ऐसा कहकर एक दोस्त न खो दूं. बहुत डरती है ये सोचकर. जब से तुमसे मिली है ,पहली बार मैंने उसे इतना खुश देखा है. मैं माँ हूँ न ,मैं खूब समझती हूँ,उसकी दिल की बात.

वेदांत—ठीक है अंकल, आज आप लोगों से सारी बातें सुनकर मैं सब कुछ समझ गया .अब मुझे थोडा वक़्त दीजिये सोचने के लिए की कैसे इस मिशन को पूरा किया जाय?

शायद गोवा की मेरी इस दूसरी विजिट के पीछे उपर वाले ने कुछ ऐसा ही प्लान किया होगा.

अंकल—बेटा, तुम्हारा मिशन तो पूरा है, बस एक बार दिल को खोलने की जरुरत है ,अब तक तुम लोगों ने सिर्फ दिमाग से सोच कर काम किया अब दिल की बारी है. इन दोनों की बात कब सुनी जाय ये अनुभव से ही होता है.

इसीलिए मेरी बात सुनो और वैसे ही करो. मुझे पूरा विश्वास है की तुम इस मिशन में भी कामयाब होगे. क्योंकि तुम्हारी और काव्या, दोनों की सोच ,मंजिल और मिशन एक ही है.

मैं तुम्हे दिल से तुम्हारे मिशन की कामयाबी की शुभकामनाये देता हूँ. फिर वे दोनों मुस्कुराते हुए चले गए.

18

इजहारे मोहब्बत

दूसरे दिन जैसा प्लान था वैसे ही हुआ. करीब चार बजे दिन में लंच के बाद, अंकल, आंटी अपने प्लान के अनुसार बाहर, शायद आर्मी क्लब, चले गए. और हमें अकेला छोड दिया फैसले के लिए.

मुझे काव्या के साथ बीच पे जाना था. एक बीच तो वहां सामने ही था घर से करीब 100 मीटर पर ही. मैंने काव्या से कहा ,आज की शुरुआत हम पास के बीच से ही करते हैं .पिछली बार आया तो इसे देख नहीं सका था ये करीब भी है आज यहीं चलते हैं.

काव्या का भी मन यही था की कहीं दूर भीड़ भाड़ में जाने से बेहतर है यहीं पास रह कर कुछ पल शांति से गुजारा जाय और कुछ सोचा जाय.

काव्या उपर अपने कमरे में चली गयी, शायद तैयार होने के लिए.

थोड़ी देर बाद नीचे आई और बोली, आईये कॉफ़ी पीकर चलते हैं.

कॉफ़ी पीने के बाद मुझे थोडा कॉन्फिडेंस मिलता है. वैसे मुझे काफी की आदत नहीं है पर मैं काफी तभी पीती हूँ जब ऐसा लगता है की मेरे मूड को थोड़ी बूस्ट चाहिए. काफी की एक सिप मेरे लिए जिंदगी की एक घूँट की तरह लगती है.

एक कप कॉफ़ी, जिससे उठती है तेज़ खुशबू, मानो हवा में कोई अनकहा राज़ घुल रहा हो। उसकी गर्माहट को छूते ही ऐसा लगता है, जैसे किसी ने चुपके से अपने अहसासों को हथेली रख दी हो मेरे हाथों पर।

काव्या के लिए काफी का कप सिर्फ़ कॉफ़ी नहीं, बल्कि एक अनकहा संवाद था , जहाँ हर घूँट में छुपा है प्यार का एक छोटा सा इज़हार।

और जानतें है आप, इसके एक सिप से मेरी रूह कनेक्ट हो जाती है मेरी सोच से और फिर मैं जो कुछ भी सोचती हूँ वो मैं कर लेती हूँ.

वेदांत—काव्या, वैसे लगता तो है की मैं कोई कविता सुन रहा हूँ काफी के उपर, फिर भी आज आपकी बातें कुछ अजीब सी लग रही हैं मुझे.

आपने बोला कॉफ़ी पीने से मुझे कॉन्फिडेंस मिलती है, फिर आपने कहा मेरी रूह मेरी सोच से जुड़ जाती है. आज आपको किस वजह से कॉन्फिडेंस की जरुरत आ पड़ी. और आप सोच क्या रही है? जिसको जरुरत है एक कप गर्म कॉफ़ी की जो आपको रूह से जोड़ सके, आपकी सोच को.

काव्या- (थोड़ी झेप गयी,फिर बोली) आपने बिलकुल ठीक समझा है, पर मैं आपको किस तरह समझाऊं, ये मैं अभी खुद भी समझ नहीं पा रही हूँ .

वेदांत-अच्छा, तो ऐसी बात है, तो फिर आप कॉफ़ी पीकर ही बताएं, शायद आपकी रूह आपसे कनेक्ट होकर आपको इज़ाज़त दे की आप अपनी बात मुझ से शेयर कर सकें.

पर मेरी भी एक शर्त है की काफी मैं ही बनाऊंगा. मैं कॉफ़ी अच्छी बना लेता हूँ.

मेरी बनायी काफी, सोच और रूह को बड़े अच्छे से कनेक्ट भी करती है. और हाँ मैंने काफी के गर्म सिप के साथ ही अपने सारे एग्जाम की तैयारी की है. और सफल भी हो पाया हूँ.

काव्या--काफी की कप मेरे लिए भी सिर्फ एक गर्म कप नहीं बल्कि “its hapiness brewd in cup”

एक कप कॉफ़ी, जिसकी मिठास दोस्ती को नया रंग देती है, जहाँ हर घूँट में छुपा है अपनापन। उसकी कड़क और तेज़ खुशबू, मानो रिश्तों की गहराई को जगाती हो, दिल को गर्माहट देती हो।और जब उसकी कड़वाहट होंठों को छूती है, तो लगता है ज़िंदगी का दूसरा रंग भी सामने है— वो रंग जो हमें सिखाता है कि हर सफ़र में मिठास और कड़वाहट दोनों का ही मज़ा है।

कॉफ़ी का कप, सिर्फ़ पेय नहीं, बल्कि जीवन का आईना है— जहाँ हर स्वाद हमें याद दिलाता है कि दोस्ती और प्यार भी इन्हीं रंगों से बने हैं।

और बताऊँ आपको एक बात, एक गर्म कप कॉफ़ी और पास बैठा दोस्त, मानो ज़िंदगी का सबसे परफेक्ट *blend* हो। जहाँ कॉफ़ी की मिठास दोस्ती की हँसी में घुल जाती है, और उसकी कड़वाहट भी हल्की हो जाती है

दोस्ती और कॉफ़ी दोनों ही हमें यही सिखाते हैं— कि ज़िंदगी का स्वाद तभी पूरा होता है जब उसे किसी अपने के साथ साझा किया जाए।

वेदांत—हमारी जिंदगी भी तो यही है, कभी नीम नीम तो कभी शहद----मिठास और कडवाहट का एक अनोखा संगम. जो प्यार करते हैं वो थोड़ी मीठी काफी पीते हैं और जिनको नाकाम प्यार का ग़म भुलाना पड़ता है वो कडवी ब्लैक काफी पीते हैं, और काफी की एक एक सिप के साथ अपने दर्द को बड़ी गहराई से महसूस करते हैं.

इत्र की खुशबू तो सिर्फ जिस्म तक रहती है पर इस काफी की खुशबू तो रूह तक समां जाती है.

और हाँ आपने रूह के साथ जो काफी के कनेक्शन की बात कही न ,उससे मैं पूरी तरह सहमत हूँ.

काव्या-अरे, मैंने तो सिर्फ काफी पीने की बात की थी पर आपने तो इस पर पूरी शोध कर डाली.

पर by the वे, आपको कैसी काफी पसंद है?

इश्क वाली थोड़ी मीठी या बिना चीनी की ब्लैक काफी जो दर्द को महसूस करने वाली होती है, बहुत गहरी है आपकी फीलिंग काफी को लेकर. कुछ बताईये

न. कैसी काफी पसंद है आपको?

वेदांत-जब मैं बना रहा हूँ तो फिर जवाब का इंतज़ार किस बात का, पीकर ही आपको समझ में आ जायेगा, कैसी पसंद है मेरी. मीठी या फिर ब्लैक. बस थोडा इंतज़ार कीजिये और फिर सिप के मजे लीजिये.

वहां का किचेन दोनों के लिए नया था.

बटलर, लंच के बाद रेस्ट के लिए चला गया था. वैसे भी आज बटलर की जरुरत किसे थी.

शायद पहली बार वो घर में अकेले थे और वो भी कितने समय के बाद तलाश की गयी सुकून और शांति के साथ.

जिसमे न तो काव्या को अपने पापा मम्मी के अलगाव का ग़म था न हीं वेदांत को अपने शोध के पूरा होने की चिंता.

दोनों के मकसद पूरे हो चुके थे. कितने सुकून भरे पल मिले थे उनको आज

वेदांत ने काफी और दूध खोज निकाली तो काव्या ने चीनी और क्राकरी. बड़े प्रेम से वेदांत ने काफी चीनी और दूध को घोल कर झाग तैयार किया और फिर उसमे बॉयल्ड दूध डालकर एक बड़े से मग में भर कर एक कप काव्या को दिया और दूसरा खुद लेकर बोला चलिए चलते हैं लॉन में, वही पीयेंगे.

काव्या ने काफी की मग हाथ को पहले हाथ में पकड़ा फिर एक सिप लेकर बोली –

तो आपने इश्क वाली मीठी काफी बनायीं है न?

वेदांत---हाँ, इश्क किया है तो मीठी काफी ही बनाऊंगा न. कडवी तो तब बनेगी जब इश्क नाकाम होगा.

काव्या- अच्छा, इश्क वाली मीठी काफी तो आपने दे दिया मुझे, अब लगे हाथों उस का नाम भी बता ही दीजिये जिसकी याद में ये काफी बनी है.

वेदांत-वो भी बता दूंगा ,थोडा सब्र रखिये.

पर एक बात वैसे आपको बता ही दूं की इस वक़्त वो मेरे बहुत करीब है.

वेदांत ने अपनी तरफ से एक छोटा सा इशारा दे दिया था.और शायद काव्या को भी इसका अंदाजा लग गया था. क्योंकि पापा की बातों से उसको बहुत कुछ अहसास हो चुका था. पर फिर भी उसको हिम्मत नहीं हो रही थी.

काव्या थोड़ी सहम गयी, क्योंकी ये इशारा बहुत साफ़ था. फिर भी उसने वेदांत को एक बार कुरेद ही दिया.

वो बोली– "क्या दिल के बहुत करीब है?"

वेदांत मुस्कुराया, और धीमे स्वर में कहा– "वो हर तरह से मेरे करीब ही है, दिल के करीब भी, और बिल्कुल पास भी।"

उस पल में, हवा जैसे थम गई हो, और दिल की धड़कनें एक ही सुर में गूंज उठी हों।

अब काव्या के लिए सबकुछ बिलकुल साफ़ था, पर उसे दुबारा पूछने की हिम्मत नहीं हुई और न ही कुछ अपने प्लान में जो सोचा था वही कर सकी.

दिल की बात चल चुकी थी, सुनहरा अवसर सामने था। हर धड़कन कह रही थी– "अब कह दो, अब रुकना नहीं।"

पर शब्द जैसे कैद हो गए हों, होंठों तक आकर ठहर गए। काव्या के सामने खड़ा वेदांत, बस नज़रों से कहता रह गया वो सब, जो दिल में उमड़ रहा था।

सुकून था, अपनापन था, पर इज़हार अभी भी अधूरा रह गया। जैसे कोई गीत बीच सुर में थम जाए, जैसे कोई यात्रा मंज़िल से पहले रुक जाए।

वो चुपचाप कॉफ़ी का मग लेकर लेकर लॉन में जा बैठी, पीछे पीछे वेदांत भी वहीं आकर बैठ गया.

उस विला में उस समय किसी के नहीं रहने से चारो तरफ सन्नाटा पसरा हुआ था. चांदनी रात थी और सिर्फ पास वाले बीच से, समंदर की लहरों की आवाज आ रही थी, जो बीच बीच में उस पसरे सन्नाटे को तोड़ रही थी

कॉफ़ी बनाते वक़्त ही काव्या, वेदांत को बड़े प्यार से देख रही थी, उसकी आँखों के भाव और अंदाज आज बदले हुए थे. जिसका अहसास वेदांत को पूरी तरह हो रहा था.

काफ़ी की भाप में घुली थी गर्माहट, पर काव्या की आँखों में कुछ और ही चमक थी।

वो नज़रें, जिन्होंने वेदांत को छू लिया, बिना बोले ही कह दिया— "**आज दिल का रंग बदल गया है।**"

वेदांत ने महसूस किया, कि यह सिर्फ़ कॉफ़ी का स्वाद नहीं, बल्कि उस नज़र का इज़हार है, जो दिल के सबसे करीब पहुँच चुका है।

उसने कह भी दिया— “आज आप कुछ बदली-बदली हुई नज़र आ रही हैं। आपकी आँखें कुछ कहना चाह रही हैं, पर ऐसा लगता है कि आपके होंठों को आपकी इज़ाज़त नहीं मिल पा रही है।”

कभी-कभी दिल की धड़कनें आँखों से ज़्यादा बोलती हैं, और होंठ चुप रहकर भी सब कुछ कह जाते हैं।

वैसे वेदांत के लिए यह अहसास इतना गहरा था कि उसे महसूस करने के लिए शब्दों की ज़रूरत ही नहीं रही।

काव्या का चेहरा शर्म से लाल हो रहा था.

वेदांत-देखिये वैसे तो मैं बहुत घटिया हूँ ,शेर पढने में पर फिर भी एक शेर पढ़ू क्या?

काव्या--अरे वाह, जरूर पढ़े.

वेदांत---बदल देती है चेहरे की रंगत, काफी का पीना भी किसी सर्जरी से कम नहीं.

काव्या के हाथों में कॉफ़ी के कप की गर्माहट थी, पर चेहरे पर एक और गर्माहट थी। वो सुर्ख रंग, जैसे दिल की धड़कनें बाहर आ गई हों।

वेदांत ने आगे कहा -काफी का ये गर्म मग तो आपके हाथों में है, पर आपके चेहरे का रंग इतना सुर्ख क्यों हो रहा है? ये काफी का कमाल है या आपकी रूह का आपकी सोच के साथ कनेक्ट हो जाना .प्लीज बताईये न.

कॉफ़ी का मग हाथों में था, पर दिल में एक हलचल थी।

काव्या सोच रही थी— कैसे संभाले इस पल को, जहाँ हर घूँट में छुपा है इज़हार।

मोहब्बत चीज़ ही ऐसी होती है, जो चुप्पियों को भी आवाज़ दे देती है, और आँखों को ज़ुबान बना देती है।

उसकी नज़रें कह रही थीं सब कुछ, पर होंठ अब भी खामोश थे। वो पल, जैसे दिल और दिमाग के बीच एक मीठा सा संघर्ष हो।

उसके लिए ये एक नया अहसास था. वो सोच रही थी की दो कप कॉफ़ी ही तो थे, दोनों के हाथों में, पर उनमें घुली थी दिलों की नज़दीकियाँ। मिठास और कड़वाहट का संगम, जैसे दोस्ती और मोहब्बत का रंग। हर घूँट ने कह दिया वो सब, जो शब्दों से कहना मुश्किल था। जज़्बात मुखर हो उठे, दिल की खामोशियाँ बोलने लगीं। दो कप कॉफ़ी ने दो दिलों को और करीब कर दिया।

कॉफ़ी का कप हाथों में था, खुशबू हवा में घुल रही थी। पर काव्या की खामोशी, जैसे कोई अनकहा राज़ कह रही थी।

काव्या की चुप्पी को देख कर वेदांत मुस्कुराया, "लगता है मेरी कॉफ़ी अच्छी नहीं लगी आपको?"

पर उसका दिल जानता था— इस खामोशी के पीछे कॉफ़ी का स्वाद नहीं, बल्कि मोहब्बत का असर था।

कॉफ़ी का मग हाथों में लिए काव्या ने दो सिप लिए और मुस्कुराते हुए कहा— "ये तो इश्क़ की कॉफ़ी है न,

मैं तो डूब रही हूँ इसमें। बस थोड़ा और डूबने दीजिए, फिर बताऊँगी कैसी बनी है। और यदि पूरी डूब जाऊँ तो फिर पूछिएगा मत... खुद समझ जाइएगा।"

वेदांत उसकी बात सुनकर चुप हो गया। उसके दिल में हल्की सी धड़कन तेज़ हो गई। काव्या की आँखों में चमक थी, और होंठों पर हल्की सी मुस्कान।

उसने आगे कहा— "क्योंकि एक बार इश्क़ में डूब जाने से सारे सेंसरी ऑर्गन काम करना बंद कर देते हैं... और मुझे लगता है ये कॉफ़ी नहीं, मेरे डूबने का पूरा इंतज़ाम कर दिया है आपने।"

वेदांत उस पल को महसूस कर रहा था। कॉफ़ी की खुशबू हवा में थी, लेकिन असली नशा काव्या के शब्दों और उसकी आँखों में था। दोनों के बीच की दूरी जैसे मिट गई हो।

उस दिन की कॉफ़ी सिर्फ़ एक पेय नहीं रही—वो एक इज़हार बन गई थी।

क्या ऐसी काफी किसी और को भी पिलाई है आपने कभी? बताईये न प्लीज.

वेदांत ने उसकी बात सुनकर मग को हल्के से मेज़ पर रखा। उसने काव्या की आँखों में देखा और मुस्कुराते हुए कहा— "नहीं... जी नहीं, जैसे काठ की हांड़ी सिर्फ एक बार आग पे चढ़ाई जाती है दुबारा नहीं वैसे ही ऐसी कॉफ़ी तो सिर्फ़ आपके लिए ही बनी है।

क्योंकि इसमें जो मिठास है, वो आपके बिना अधूरी है। और जो गर्माहट है, वो आपके साथ ही पूरी होती है।" इश्क की काफी भी सिर्फ एक बार ही बनती है. दुबारा नहीं. अब पीने और समझने वाला जाने की उसे डूबना है या बच के चुपके से निकल जाना है.

काव्या--ये काफी तो डूबने ही वाली है इस से बचने का रास्ता तो काफी बनाने वाले ने छोड़ा ही नहीं है.

काव्या ने फिर एक सिप लिया, और उसकी चुप्पी अब इज़हार में बदल चुकी थी। दोनों के बीच अब शब्दों की ज़रूरत नहीं थी— कॉफ़ी ने ही उनका दिलों का फ़ासला मिटा दिया था।

कॉफ़ी की भाप हवा में तैर रही थी, पर असली गर्माहट वेदांत के शब्दों में थी। काव्या चुपचाप सुन रही थी, और हर शब्द उसके दिल में उतर रहा था।

वो समझ गई थी कि यह कॉफ़ी अब सिर्फ़ स्वाद नहीं रही, बल्कि एक वचन बन गई है— एक ऐसा वचन जो कहता है कि इश्क़ एक बार होता है, और जब होता है तो हमेशा के लिए होता है।

उस पल में, दोनों के बीच की खामोशियाँ भी बोलने लगीं। कॉफ़ी का मग हाथों में था, पर दिलों का मिलन उसी क्षण हो चुका था।

काव्या फिर थोडा ठहरके बोली -वैसे आपकी ये काफी कड़क है, और रही बात स्वाद की तो इश्क हो या का...फी, हमेशा कड़क ही अच्छी लगती है. शायद आपको इस काफी के लिए जवाब दे दिया है मैंने.

वो पल, मानो एक सीधा इज़हार था।

काव्या ने कॉफ़ी के बहाने वेदांत को बता दिया कि उसे वही कड़कपन पसंद है, जो दिल को झकझोर दे और एहसासों को मुखर कर दे।

वेदांत---हाँ, मज़बूत रिश्ते और कड़क काफी धीरे धीरे ही बनते हैं.

कॉफ़ी के मग अब आधे खाली थे, पर दिलों की बातें पूरी तरह भर चुकी थीं। काव्या की आँखों में चमक थी, और वेदांत की मुस्कान में अपनापन।

दोनों जानते थे कि आज काफी के कप ने दोनों के दिलों के क्या अहसास थे, उन अहसासों का इज़हार हो चुका है, सिर्फ उस पर अभी अंतिम मुहर लगनी बाकी है।

वो मुहर, जो कहेगी— "हाँ, अब ये रिश्ता सिर्फ़ कॉफ़ी तक सीमित नहीं, बल्कि दिलों का मिलन है।"

कैसी है हमारी ज़िंदगी भी— दिल में सब कुछ छुपा रहता है, पर हम उसका इज़हार नहीं कर पाते।

एक बहाना बन जाती है कभी चाय, कभी कॉफ़ी, या फिर बारिश की एक भींगी सी रात।

और उसी पल, हमारे सारे जज़्बात बहकर बाहर आ जाते हैं।

ज़िंदगी की यही खूबसूरती है— अनकहे भाव अक्सर छोटे-छोटे मौकों में अपना रास्ता ढूँढ लेते हैं।

उस पल की खामोशी, जैसे किसी बड़े इकरार से पहले का विराम हो। दोनों के दिल धड़क रहे थे, और हवा में सिर्फ़ कॉफ़ी की खुशबू नहीं, बल्कि मोहब्बत का रंग भी घुल चुका था।

उस इश्क वाली काफी और इश्क की इशारों वाली इज़हार ने रात के आठ बजा दिए. पर काफी के चक्कर में बीते उन तीन घंटों ने काफी कुछ बदल दिया था दोनों के जीवन में.

अब सब कुछ उस सूखी नदी की तरह दिख रहा था जहाँ उपर तो रेत दिख रही थी पर थोडा ही नीचे ताज़े पानी का सोता बह रहा था.

कभी भी उस नदी से जल बाहर आने को तैयार था. कभी भी उस रेत को चीरकर खुले आसमान में अपना रास्ता बना सकता था। और दोनों जानते थे— कि अब यह सिर्फ़ वक्त की बात है। इज़हार की "फाइनल मुहर" बहुत करीब आ चुकी थी।

कॉफ़ी के उस एपिसोड के बाद समंदर किनारे जाने का प्लान था. दोनों धीरे धीर बातें करते हुए किनारे की तरफ बढ़ने लगे. रात तो हो ही गयी थी, पर रात को समुद्र देखने का अपना अलग ही मज़ा होता है.

दोनों समुंदर के किनारे किनारे चल रहे थे., पर एकदम चुप चाप.उस चुप्पी को कोई तोड़ रहा था तो वो थी सागर की लहरें.

सागर की लहरें जैसे कह रही हों— "तुम दोनों की चुप्पी में भी इज़हार छुपा है।"

काव्या की नज़रें रेत पर थीं, वेदांत की नज़रें लहरों पर। पर दोनों के दिल एक-दूसरे पर टिके हुए थे।

हर लहर का शोर, उनकी खामोशी को और गहरा बना रहा था। जैसे प्रकृति खुद गवाह बन गई हो उनके अनकहे इकरार की।

उस पल में, समुद्र सिर्फ़ पानी नहीं था, बल्कि उनके दिलों का आईना था—जहाँ हर लहर उनकी मोहब्बत को बाहर आने का रास्ता दिखा रही थी।

आखिर काव्या ने ही उस चुप्पी को तोडा-उसने कहा- रात के इस सन्नाटे में समुंदर और लहरों की आवाज कितनी अच्छी लग रही है न. कितनी शांति और कितना सुकून लग रहा है.

वेदांत ने काव्या की बात सुनकर हल्की मुस्कान के साथ कहा— "हाँ, ये लहरें सच में बहुत सुकून देती हैं।

पर देखो, इनकी आवाज़ भी हमें यही सिखा रही है कि मोहब्बत की खामोशी को ज़्यादा देर तक दबाया नहीं जा सकता। जैसे लहरें बार-बार किनारे से टकराकर अपनी मौजूदगी जताती हैं, वैसे ही दिल की बातें भी बाहर आ ही जाती हैं।"

काव्या ने उसकी ओर देखा। उसकी आँखों में वही चमक थी जो कॉफ़ी के दौरान थी, लेकिन अब उसमें एक गहरा अपनापन जुड़ गया था।

वेदांत ने आगे कहा— ... हाँ आप बिलकुल सही कह रही "काव्या, ये सन्नाटा अच्छा है, ये लहरें भी प्यारी हैं हैं.पिछली बार जब आया था तो मुझे भी ऐसा ही लग रहा था, पर मेरा मन भटका भटका सा था. ऐसा लग रहा था जैसे की मैं बहुत कुछ मिस कर रहा हूँ.

शायद आपको बहुत मिस कर रहा था.आज सब कुछ तो वैसा ही है पर आज इतनी शांति और सुकून इसलिए भी लग रह है की आप साथ जो हैं.

काव्या-क्या सच में आपने मुझे मिस किया या बस ऐसे ही मेरा दिल बहलाने के लिए कह रहे हैं?

वेदांत- मैं बिलकुल सच कह रहा हूँ, बहुत ही ज्यादा, मिस किया था मैंने आपको.

अभी पता नहीं वो कितनी बाते करते की अचानक काव्या के पापा का फोन आ गया. वो शायद घर लौट चुके थे और हमारे बारे में ही पूछ रहे थे की डिनर का टाइम हो गया है आ जाएँ. सचमुच चार चार घंटे हो गए थे हमें निकले.

काव्या ने कहा चलिए चलते हैं. अब बाकी की बातें घर पे, होगी.

घर तो पास ही था, पांच मिनट में ही घर पहुँच गए. रात के 10 बज रहे थे.डिनर तैयार था. उस दिन सबने अपना टाइम कैसे पास किया इसी की चर्चा हुई. उसी क्रम में काव्या ने अचानक एक प्रस्ताव रखा .

काव्या ने पापा से कहा –पापा मुझे तो गोवा बाईक से ही घूमना है.

पापा- क्या अकेले घूमोगी?

काव्या- नहीं पापा वेदांत भी तो रहेंगे मेरे साथ, ये तो कुछ दिन में चले जायेंगे.

सोचती हूँ, इनके साथ ही गोवा एक्स्प्लोर कर लूं. फिर बाद में तो आपके साथ तो घूमेंगे ही.

पापा---बहुत ही सही सोचा तुमने ,क्यों वेदांत, तुम तैयार हो न, बाइक एडवेंचर के लिए ?

वेदांत-हाँ मैं तो बिलकुल तैयार हूँ, घूमने का असली मजा तो बाइक से ही है. कहीं चले जाओ, कही पे पार्क कर दो. मैंने तो अपने दोस्तों के साथ कितनी बार लम्बी लम्बी यात्राएं की हैं बाइक से ही.

काव्या की मां पास ही खड़ी थी और हमारी सारी बातों को बड़े ध्यान से सुन रही थी और बहुत संतुष्ट भी लग रही थी. बाइक पे जाने की बात सुनकर तो मुझे ऐसा लग रहा था की जैसे मेरी मन मांगी मुराद ही पूरी हो गयी हो. पहले तो यही लगा था की हर जगह पापा मम्मी के साथ ही जाना पड़ेगा और हमे कोई प्राइवेसी भी नहीं मिल पाएगी पर काव्या के इस प्रस्ताव ने सब कुछ एक झटके में सही ट्रैक पे ला दिया.

उस रात देर तक मैं खुले आँखों से एक ख्वाब देखता रहा, उस रात का ख्वाब मानो हक़ीक़त से भी ज़्यादा सजीव था।

मैं बाइक चला रहा था , हवा चेहरे को छू रही थी, और पीछे काव्या मुझे बाँहों में कसकर थामे हुए थी। उसकी धड़कनें मेरे सीने से टकराकर साफ़-साफ़

सुनाई दे रही थीं। वो धड़कनें किसी संगीत की तरह थीं—एक ऐसी धुन जो सिर्फ़ मेरे लिए बज रही थी।

ख्वाब में सब कुछ इतना वास्तविक था कि मुझे लगा मानो यह पल कभी ख़त्म न हो। सड़क पर दौड़ती बाइक, हवा की सरसराहट, और काव्या की बाँहों का कसाव—ये सब मिलकर एक ऐसी तस्वीर बना रहे थे जो दिल में हमेशा के लिए अंकित हो गई। धीरे-धीरे नींद ने मुझे अपनी आगोश में ले लिया। आँखें बंद हो गईं, पर ख्वाब चलता रहा। उस ख्वाब में मैं सिर्फ़ बाइक नहीं चला रहा था, बल्कि अपनी मोहब्बत की अगली पादान पे चला जा रहा था.

गोवा का दूसरा दिन-

गोवा मशहूर है फन, फेनी, सक्रिय जीवंत,उर्जावान संस्कृति और एक से एक बढ़ कर मनमोहक समुद्र तट के लिए, आज ब्रेकफास्ट के बाद हम दोनों बाइक से निकल पड़े थे गोवा को अपने ढंग से एक्स्प्लोर करने.

मौसम बहुत ही सुहावना था, ठंढी हवा बह रही थी आसमान बादलों से भरा था और ऐसा लगता था की शायद बारिश भी हो जाए कभी भी.

उस सुहाने मौसम में बाइक चलाना और पीछे काव्या बैठी हो, ये सब कुछ उसी तरह था, जैसा कल रात मैंने खुली आँखों से उस सपने को देखा था.

बिलकुल रात के सपनो की तरह ही, उसके दोनों हाथों के बीच मैं घिरा था. उसकी गर्म सांसों को बिलकुल करीब से महसूस कर रहा था मैं. कोई दूरी जो नहीं थी बची थी हमारे बीच.

थोड़ी दूर चलने के बाद अब हम समुद्र के किनारे पहुँच चुके थे. हमारी बाइक अब बिकुल समुद्र के पैरेलल भीगी भीगी रेत पे सरपट दौड़ रही थी.

समुद्र की तरफ से आती तेज़ हवावों ने काव्या के बालों को बिखरा दिया था. अब मैं अपने चेहरे पे उसके नर्म नर्म बालों के स्पर्श को भी महसूस कर रहा था.

काफी देर तक चलता रहा उस बाइक पे हमारा सफ़र, उस सफ़ेद चमकती रेत पर, जहाँ था उसकी दोनों हाथों का घेरा ,उसकी गर्म साँसे, हवा से उड़ते हुए और मेरे चेहरे को स्पर्श करते हुए उसके नर्म बाल.सबकुछ इतना प्यारा और

अद्भुत था जैसे हम किसी दूसरी दुनियाँ में चले गए हों. कितना अद्भुत और मादक लग रहा था सब कुछ.

मैंने बाइक चलाते हुए पूछा, काव्या कैसा लग रहा है आपको ?

काव्या— अभी आप न तो कुछ कहिये, और न ही कुछ पूछिए मुझसे।

मुझे इन दुर्लभ पलों को बस जी लेने दीजिए।

कभी-कभी शब्दों की ज़रूरत नहीं होती, मौन ही सब कुछ कह जाता है। इन क्षणों की ख़ामोशी में ही दिल की सबसे गहरी बातें छुपी होती हैं।

काव्या के ये लब्ज मानो उसकी आत्मा की गहराई से निकले थे। बाइक की रफ्तार, हवा की सरसराहट और वेदांत की मौजूदगी—सब मिलकर उस क्षण को अनमोल बना रहे थे। काव्या चाहती थी कि बिना किसी शब्द के, बिना किसी सवाल-जवाब के, बस उस एहसास को पूरी तरह महसूस कर सके, और जी ले ।

वेदांत ने भी चुप रहकर उसकी बात मान ली। कभी-कभी खामोशी ही सबसे बड़ा इज़हार होती है। उस दिन, बाइक की गड़गड़ाहट और दिलों की धड़कनें मिलकर एक ऐसी धुन बना रही थीं, जिसे शब्दों में बाँधना मुश्किल था।

मैं खुद भी कहाँ था होश में, पर मैं सिर्फ जानना चाहता था उसके मन की बात. जो अब बिलकुल साफ थी.

उन दो घंटों की बाइक राइड मानो ज़िंदगी का सबसे खूबसूरत सफ़र बन गई थी।

आवारगी थी, पर काव्या के साथ उन आवारगी के लम्हों में भी कितना सुकून लग रहा था.। हवा चेहरे को छू रही थी, सड़कों पर रफ्तार थी, और पीछे काव्या की बाँहों का कसाव था।

मुझे ऐसा लग रहा था कि वक़्त ठहर जाए, फ्रीज़ हो जाए। हर मोड़ पर, हर गली में, हर लम्हे में वही एहसास था—कि ये पल कभी ख़त्म न हो।

लेकिन वक़्त कहाँ रुकता है भला। वो अपनी चाल चलता रहा, और हम दोनों उस चाल में अपनी मोहब्बत को और गहरा करते रहे

अब तक हम तीन चार बीच क्रॉस कर चुके थे. हमारी उस आवारगी में दिन के एक बज गए, चार घंटे से लगातार बाइक चलाने से अब थोड़ी थकान भी हो चली थी, इसलिए मैंने एक प्रस्ताव रखा की अब रुक कर कुछ खाया जाय, पर काव्या को वो मंजूर नहीं था.

उसने कहा –नहीं थोडा और घूमते हैं. फिर ऐसा वक़्त मिले या न मिले.

मुझे अब ये बात समझ में आ रही थी की काव्या उस दिन के एक एक पल को पूरी तरह जी लेना चाह रही थी. मैंने भी सफर को जारी रखा

अब हम थोडा इंटीरियर में आ गए थे. वहां समुंदर तो था पर कोई आबादी नहीं थी. बहुत कम ही टूरिस्ट नज़र आ रहे थे वहां.

तभी अचानक बूंदा बांदी शुरू हुई जो तुरत तेज़ बारिश में बदल गयी. इतना भी वक़्त हमें नहीं मिला की कहीं छुप सकें. उस सुनसान इलाके में कोई जगह भी नहीं दिख रही थी छुपने को ,हम थोड़ी देर में ही पूरी तरह भींग गए, सराबोर हो गए उपर से नीचे तक.

एक बार पूरी तरह से भीग जाने के बाद, अब कहीं रुकने का कोई मकसद भी नहीं था. अब सीधे घर ही लौटना था,

इसलिए मैंने वापसी के लिए बाइक मोड़ दी. वहां से भी घर करीब एक घंटे से ज्यादा ही दूर था. मैं बाइक चलाता रहा. और महसूस करता रहा काव्या के स्पर्श को जो अब भीगने के बाद कुछ ज्यादा ही फील हो रहा था.

वो सफ़र अब बारिश में भीगकर और भी गहरा हो गया था। बाइक की रफ्तार वही थी, पर अब हर स्पर्श और हर एहसास पहले से कहीं ज़्यादा तीव्र हो गया था।

काव्या की बाँहों का कसाव, भीगी हुई हथेलियों का स्पर्श, और उसके दिल की धड़कनें—सब कुछ उस बारिश की ठंडक में और भी गर्माहट दे रहे थे। ऐसा लग रहा था कि यह रास्ता चाहे कितना भी लंबा हो, पर हर पल उसके साथ बिताना ही असली मंज़िल है।

बारिश की बूंदें चेहरे पर गिर रही थीं, हवा भीगकर और भारी हो गई थी, पर दिल हल्का था—क्योंकि उसमें अब सिर्फ़ काव्या का एहसास था।

घर तक का एक घंटा अब किसी सफ़र जैसा नहीं लग रहा था, बल्कि एक अनमोल ख्वाब जैसा था, जिसे हम जी रहे थे, और चाहते थे कि कभी ख़त्म न हो।

पूरे रास्ते में कोई बात नहीं हुई हमारे बीच पर बाइक पे उस भींगे सफ़र, उस चुप्पी और उन खामोश लम्हों में जो कुछ भी हुआ वो शायद कभी नहीं भूल पाऊंगा. करीब ढाई बजे हम घर पहुंचे, उपर से नीचे तक सराबोर.

थोड़ी ठंढ भी लग रही थी.घर पहुँच कर मैंने बाइक को स्टैंड पे पार्क की.

काव्या ने बाइक से उतरते हुए मुस्कुराकर कहा— "बाइक पर, आपके साथ आज की ये आवारगी शायद मेरी ज़िंदगी का सबसे सुकून भरा सफ़र था।" कैसे, शुक्रिया करूं आपका ?

और फिर उतरकर जल्दी से घर के अन्दर चली गयी. मुझे थोडा अचरज भी हुआ की इतनी हड़बड़ी किस बात की हो गयी उसे जो उसने मेरा भी इंतज़ार नहीं किया कुछ बोले बिना सीधे घर के अन्दर चली गयी. शायद भींगे कपडे बदलना चाहती हो. ठण्ड लग रही होगी उसे.

मैं भी उसके पीछे पीछे अन्दर चला गया.अन्दर बटलर के सिवा कोई नहीं दिखा उसी ने बताया की साहब और मेमसाहब अभी वापस नहीं आये हैं.

मैं सीधे उपर चला गया कपडे बदलने. अभी मैं कमरे के अन्दर घुसा ही था की काव्या सीढियों से करीब दौड़ते हुए चढ़ी और हाफते हुए मेरे पास आई. उसके हाथ में एक बडा सा टॉवल था.

आते ही बोली आप कुर्सी पे बैठिये .आप पूरी तरह भींग गए हैं. मैं आपके बालों को पोंछ के सुखा देती हूँ. आप एक बार फिर मेरी वजह से भींग गए हैं. कहीं फिर बीमार पड़ गए तो मुझे बहुत बुरा लगेगा, और अपने को कभी माफ़ नहीं करुँगी.

मैंने कहा –भींगी तो आप भी है. पहले आप खुद को देखिये, मैं अभी ड्रेस चेंज कर सब कर लूँगा. पर मेरी बातों को एकदम अनसुना करते हुए उसने मेरे बालों को उस towel से सुखाना शुरू किया.

फिर मैंने भी कुछ नहीं बोला.

सोच रहा था की हम बाइक से गोवा को एक्स्प्लोर करने चले थे, पर गोवा तो बरसात की बौछारों में कही खो गया था, उस बारिश ने जो दिया उससे वो सब कुछ धीरे धीरे एक्स्प्लोर हो रहा था, जिसे शायद हम दोनों ने अपने दिल में कहीं छुपा के रखा था.

काव्या से ये नजदीकियां, उसकी छुवन में मैं डूबता चला जा रहा था.उसने खुद मेरे शर्ट के बटन को खोल कर मेरी टीशर्ट उतारी और टॉवेल से मुझे पोछने लगी.

मुझे कुछ अजीब सा लग रहा था पर जो कुछ भी था वो बहुत मोहक और सनसनी वाला, और बिलकुल नए अहसासों से भरा.

जब उसने पूरी तरह से मुझे सुखा दिया, तब बोली अब आप कपडे बदल लीजिये और फिर हम लंच करेंगे.

अपना काम करने के बाद वो खुद कपडे चेंज करने चली गयी. कुछ देर के बाद मैं कपडे बदल कर नीचे आ गया. और काव्या का इंतजार करने लगा.

थोड़ी देर बाद जब काव्या नीचे आई तो उसके हाथ में एक ग्लास था.

उसने मुझे ग्लास पकडाते हुए कहा- इसमें रम है, आपको थोड़ी राहत देगी. आप भींग गये हैं, और आपको मैं दुबारा बीमार देखना नहीं चाहती

वेदांत- भींगी तो आप भी हैं, आप भी थोडा ले लीजिए, आपको भी अच्छा लगेगा.

मैं इसी को दो हिस्सों में बाँट देता हूँ. वैसे गोवा की ठंढ ऐसी थोड़े ही होती है की इसके लिए रम लेना पड़े. ये तो बस अचानक हुई बारिश है. फिर वेदांत ने आधी रम एक ग्लास में डाल कर काव्या को दे दे दिया.

काव्या ने मुस्कुरा कर वेदांत के हाथ से ग्लास को ले के पीना शुरू कर दिया.

एक बार भी न नहीं कहा उसने. न कहती भी कैसे ? शुरुआत भी तो उसी ने किया था.

दोनों बिलकुल पास पास बैठे थे, और रम के सुरूर के साथ उन खामोश लम्हों का मज़ा ले रहे थे. थोड़ी देर के बाद खाना लग गया. शाम के तीन बज रहे थे.

बारिश में भीगने और रम के असर ने उनकी भूख को बढ़ा दिया था. दोनों ने चुपचाप खाना शुरू किया. कोई कुछ भी बोल नहीं रहा था.

शायद दोनों उस दिन समुंदर के किनारे बाइक ट्रिप पे बारिश के भींगे उन आवारा पलों को याद कर रहे थे. या मन में कुछ और बातें चल रही थी. वैसे बातें जो भी चल रही हों चुप दोनों ही थे.

अभी उनका लंच ख़तम भी नहीं हुआ था की बाहर गाड़ी रुकने की आवाज आई. काव्या की मम्मी ही आई थी पापा शायद ऑफिस ही रह गए थे.

आते ही पूछा—अरे तुम लोग यहाँ कैसे हो? हमने तो सोचा की शाम तक आओगे तुमलोग..

काव्या ने तुरत जवाब दिया-मम्मी, बारिश ने सब गड़बड़ कर दिया. गए तो थे पर इतनी तेज बारिश हुई की वापस लौटना पड़ा.वो भी पूरी तरह भींग कर. कुछ खा भी नहीं पाए. यही आकर अभी शुरू ही किया है खाना.

मम्मी- अच्छा, कोई बात नहीं बेटे, बारिश में ज्यादा भींग कर तबियत ख़राब करने से बेहतर है घर लौट के आराम करना. शाम को चले जाना पास के बीच पे. ये भी तो कितना सुंदर है. और आज तो पूर्णिमा है, आज तो चांदनी रात होगी, लहरें भी बहुत तेज और ऊंची होगी.

काव्या - हाँ मम्मी, ठीक कहा आपने, आज तो बहुत ही अच्छा लगेगा, पूर्णिमा की रात में. आज शाम को इसी बीच पे जायेंगे.तब तक खाना ख़त्म हो चुका था.

मम्मी-तुमलोग थोडा आराम कर लो, रात को बीच पे चले जाना.फिर सभी अपने कमरे में चले गए.

वेदांत अपने कमरे में जाकर सोच रहा था, कैसे सबकुछ ठीक होता जा रहा है उसकी जिन्दगी में.

उस शाम का माहौल बिल्कुल अलग था। रम का हल्का असर, बारिश में भीगने का रोमांच और इश्क़ के मुकम्मल होने का सुकून—सब मिलकर मुझे गहरी नींद में ले गए थे। जब आँखें खुलीं तो शाम के सात बज रहे थे।

शाम धीरे-धीरे गहराने लगी थी। आसमान में हल्की धुंधली रोशनी थी, सड़कें अब भीगी हुई चमक रही थीं,और हवा में बारिश की ताज़गी घुली हुई थी।

मेरे भीतर अब भी वही एहसास ज़िंदा था—काव्या का स्पर्श, उसकी बाँहों का कसाव और दिल की धड़कनों की धुन। नींद से जागने के बाद भी ऐसा लग रहा था कि ख्वाब और हक़ीक़त एक-दूसरे में घुल गए हैं।

यह शाम अब सिर्फ़ एक दिन का हिस्सा नहीं रही थी, बल्कि मेरी मोहब्बत की कहानी का नया अध्याय बन चुकी थी।

मैं उठा और सीधे लॉन में चला गया ,लॉन में उतरते ही मुझे लगा कि जैसे हवा में अब भी बारिश की नमी और रात की खामोशी घुली हुई है।

वहाँ काव्या पहले से ही बैठी थी, एकदम चुपचाप, अपने ही ख्यालों में खोई हुई।

उसकी आँखें कहीं दूर देख रही थीं, जैसे किसी गहरी सोच में डूबी हों। उसका चेहरा हल्की रोशनी में और भी गहरा लग रहा था। उसकी आँखें कहीं दूर समुंदर की लहरों जैसी गहराई में डूबी थीं।

मैं कुछ पल वहीं खड़ा रहा उसे देखते हुए। ऐसा लगा मानो वो अपने भीतर किसी अनकहे इकरार को महसूस कर रही हो। उसकी चुप्पी में एक कहानी थी।उसकी आँखों में एक सवाल था।और उसके चेहरे पर एक सुकून था, जो शायद मेरी मौजूदगी से जुड़ा था।

मैं धीरे से उसके पास जाकर बैठ गया।

उसने मुझे देखा, मुस्कुराई पर कहा कुछ भी नहीं.

कुछ पल तक हम दोनों के बीच वही खामोशी रही, जिसे सिर्फ़ हवा की सरसराहट और रात की नमी तोड़ रही थी उस पल में कोई शब्द ज़रूरी नहीं थे। सिर्फ़ खामोशी और दिल की धड़कनें ही काफी थीं।

फिर दुबारा मुझे देख कर काव्या ने धीरे से कहा— "ये शाम कितनी अलग है न ... जैसे सब कुछ नया हो गया हो।"

जैसे ही काव्या ने ऐसा कहा तो उस पल में मानो समय थम गया। लॉन की नमी, हवा की ठंडक और बारिश की ताज़गी सब मिलकर उस वाक्य को और गहराई दे रहे थे।

वेदांत-"हाँ, ये शाम अलग है... क्योंकि अब सब कुछ नया हो गया है। और मैं चाहता हूँ कि ये नया एहसास कभी पुराना न हो।"

उस पल में, खामोशी और शब्द दोनों ने मिलकर इकरार को पूरा कर दिया। बारिश की बूंदें, शाम की गहराई और लॉन की ताज़गी ने उस इज़हार पर अपनी मुहर लगा दी।

हम काफी देर तक वैसे ही खामोश बैठे रहे, इतना कुछ हो जाने के बाद भी ऐसा लग रहा था की कुछ अभी भी बाकी है,कुछ अधूरा है. जैसे कोई अनकहा इकरार, कोई अधूरी बात, या कोई पल जो अभी तक शब्दों में नहीं ढला।

अब तक जो कुछ भी हुआ वो इकरार तो लग रहा था पर ज्यादातर बातें इशारों में ही हुई, स्पस्ट होते हुए भी कुछ अभी भी अनकहा लग रहा था.

अब रात हो रही थी, और आसमान में चांदनी छिटक रही थी.पूर्णिमा की रात थी.

काव्या-चलिए सी बीच पे चलते हैं. फिर हम दोनों खामोशी से समुद्र तट की तरफ चल पड़े.

19

रेत, समंदर और सांसों का सफ़र

समुद्र का किनारा पास ही था, हम तुरत पहुँच गए, उस दिन ,पूर्णिमा की रात में समुद्र का नज़ारा बहुत ही गज़ब था.

समुन्दर के उसी विराट स्वरुप को देखने, दोनों गोवा के समुद्र के किनारे मौजूद थे.

हम खुशकिस्मत थे की उस दिन पूर्णिमा की रात थी, उस रात का दृश्य वाकई जादुई था। पूर्णिमा का चाँद अपने पूरे शबाब पर था, और उसकी छिटकी हुई रोशनी ने रेत और समंदर को चाँदी की परत से ढक दिया था। लहरें ऊँची थीं, मानो चाँद की ताक़त से खिंचकर और भी प्रबल हो गई हों। हम दोनों के लिए वो पल एक परफेक्ट प्लेटफ़ॉर्म की तरह था प्यार को महसूस करने का, उसे जीने का।

समुन्दर के किनारे घूमते घूमते एक बड़ी सी चट्टान दिखी, तो काव्या ने एकदम चहक के कहा चलिए यहाँ बैठते है.उपर वाले ने तकिये का भी इंतज़ाम कर दिया है.

और सचमुच, जब हम वहां बैठे तो एक खड़ी चट्टान से हमारी पीठ सट रही थी और उसका सपोर्ट किसी तकिये की तरह ही लग रहा था हमारे पैर सामने की तरफ फैले थे.

समुद्र किनारे बैठकर जब लहरें आतीं और हमारे पैरों को भिगोकर लौट जातीं, वो एहसास वाकई अद्‌भुत था। हर बार पानी का स्पर्श मानो एक नया संदेश लेकर आता था—कभी सुकून, कभी रोमांच, और कभी मोहब्बत की गहराई।

पूर्णिमा की रात में वो लहरें और भी खास थीं। चाँदनी रात में चमकता पानी ,पैरों को छूकर जैसे कोई अनकहा इकरार कर रहा था।हर लहर का लौट जाना ऐसा लगता था जैसे मोहब्बत का वादा बार-बार दोहराया जा रहा हो।और उस अनुभव में एक अजीब सा नशा था—जो सिर्फ़ समुद्र और प्यार ही दे सकते हैं।

समुद्र की विशाल लहरें पैरों को छूकर लौट जाती थीं, और हर बार उनका स्पर्श एक नया सुखद एहसास दे जाता था। उस अनंत समंदर के सामने बैठकर ऐसा लग रहा था कि ज़िंदगी भी उतनी ही गहरी और विराट है।

थोड़ी देर की खामोशी के बाद काव्या ने मुझे देखा और धीरे से पूछा— "आगे की क्या सोचा है आपने?

अब तो आप अपना शोध जमा कर देंगे और फिर उसके बाद जॉब ज्वाइन कर लेंगे..."

उसके सवाल में एक हल्की चिंता भी थी और एक उम्मीद भी। चिंता इस बात की कि ज़िंदगी अब एक नए मोड़ पर जाने वाली है। उम्मीद इस बात की कि ये रिश्ता उस बदलाव के साथ और मज़बूत होगा।

समुद्र की लहरें उस पल में मानो गवाह बन गईं। चाँदनी में चमकता पानी और लहरों की गूँज ने उस सवाल को और गहरा बना दिया।

वेदांत---ठीक कहा है आपने, अब तो यही करना है.जो भी मिशन था वो तो अब पूरा हो गया. डिपार्टमेंट तो अब कॉल करेगा ही.

काव्या-उसके बाद क्या प्लान है?

वेदांत-उसके बाद तो शादी ही बची है और उसी का प्लान है. माँ अब ज्यादा इंतज़ार नहीं कर सकती.

उन्होंने लड़की पसंद भी कर ली है.

काव्या-तो क्या आपकी मम्मी ही आपके लिए लड़की पसंद करेंगी, उसमे आपका कोई रोल नहीं है.

वेदांत-लड़की के बारे में मेरी और मेरी मां दोनों का मत एक ही है, दोनों को पसंद है.

काव्या-तो आपकी माँ ने जो देखा है उसे आप जानते हैं?

वेदांत-हां बहुत ही अच्छी तरह, पर एक फनी और राज की बात बताऊँ मैं आपको, माँ ने तो अब तक देखा भी नहीं उस लड़की को.

काव्या--तो फिर उन्होंने पसंद कैसे कर लिया बिना देखे?

वेदांत---मां ने तो उसको मेरी आँखों से देखा है. बचपन में पापा की डेथ के बाद मां ने ही सब कुछ किया मेरे लिए आज तक जो कुछ भी मैं हूँ वो सब मां की वजह से ही है.

बचपन से बड़े होने तक मैंने पूरी दुनिया अपनी माँ की आँखों से देखी थी. पर आज उन सब चीजों के लिए वो मुझे इस्तेमाल करती हैं. मेरा दिल मेरी आँखें जो कहती है उसे वो मान लेती हैं.

मेरी मां कहती हैं, की अब मेरी बारी है इस कायनात को तुम्हारी नज़र से देखने की.

काव्या---तो इसका मतलब आपने पसंद की है लड़की. तब तो अच्छी ही होगी. क्या मुझे भी कुछ बताएँगे उसके बारे में?

वेदांत- बता तो सब दूंगा पर वो शादी के लिए तो तैयार नहीं है. वो मोहतरमा मुझे सिर्फ़ एक दोस्त मानती हैं—एक अच्छा साथी, जिसके साथ हँसी-मज़ाक और बातें साझा की जा सकें। पर मेरे लिए ,मेरे दिल में उनके लिए दोस्ती से कहीं गहरी चाहत है। पर उन्हें तो सिर्फ एक बढ़िया वाला दोस्त चाहिए.

काव्या- मुझे तो लगता है की आपने उससे कभी दिल से पूछा ही नहीं होगा, बिना कुछ पूछे खुद ही आपने फैसला कर दिया होगा. कभी दिल से पूछा ही

नहीं, बस खामोशी में फैसले कर लिए।

आपको डर था कि कहीं इनकार न हो जाए, पर क्या हर दिल "ना" ही कह देता है? आपको कोई इनकार भी कर सकता है भला.?

वेदांत--हां सही कहा आपने, मैंने पूछा तो नहीं क्योंकि हिम्मत ही नहीं पड़ी पूछने की, पर एक ऐसा सूत्र था जिससे मैं जान गया की वो मुझे सिर्फ और सिर्फ एक दोस्त की तरह ही समझती है.

काव्या--हो सकता है वो सूत्र ही गलत हो, और आप किसी ग़लतफ़हमी के शिकार हो गए हों

वेदांत- नहीं ऐसा कभी हो ही नहीं सकता. एक बार मैंने बिना उसकी इज़ाज़त के उसकी डायरी पढ़ ली थी, उसमे वैसा ही लिखा था. आप तो जानती ही हैं की डाइरी तो होती ही है एक नितांत निजी दस्तावेज. उसमे लिखे एक एक लब्ज दिल से निकले होते हैं. डाइरी कभी भी झूठ नहीं बोलती.

काव्या को पहले से अनुमान तो था ही अब तो सब कुछ क्रिस्टल की तरह साफ़ था. कि जो कुछ वेदांत ने कहा है वो सब उसकी डाईरी की ही बातें हैं.

सब कुछ समझ चुकी थी वो.

तभी मैंने एक बात पे गौर किया की, अब काव्या मुझसे एकदम करीब सट कर बैठ गयी थी,

मैंने थोड़ी दूरी बनाने की सोची भी

तो उसने कहा-- मेरा आपके इतना करीब आना, क्या अच्छा नहीं लगा आपको?

मैंने कहा- अच्छा तो बहुत लगा आपको इतने करीब पाकर, पर डर ये है कि करीबी का ये लम्हा कहीं आखिरी हो के न रह जाय. आपका करीब आना तो मुझे बहुत अच्छा लगता है। शायद इसी वजह से जब मैंने थोड़ी दूरी बनाने की कोशिश की, तो दिल ने खुद ही सवाल कर लिया कि क्या मैं सच में आपको दूर कर सकता हूँ? आपकी नज़दीकी मेरे लिए एक सुकून है, और सच कहूँ तो,

आपके बिना ये दोस्ती और जिंदगी एकदम अधूरी सी लगती है।"

तब काव्या ने हमारे बीच की दूरी को थोडा और कम करते हुए बोली-ऐसा क्यों लग रहा आपको? क्या आपको मुझपे शक है या खुद अपने आप पर ही विश्वास नहीं.

मैं सोच ही रहा था की इस बात का क्या जवाब दू, की अचानक एक बड़ी सी लहर आई और हम दोनों को कमर तक भिंगो गयी. मैंने काव्या को कहा, चलो जगह बदल देते हैं, यहाँ तो हम उपर तक भींग जायेंगें

पर उसकी आँखे बंद थी, समुद्र के उस लहर से अभी हम पूरी तरह संभल भी नहीं पाए थे की एक दूसरी और, उससे से भी बड़ी लहर आई, उसमे हम गले तक भींग गए.

उस बड़ी लहर का झटका इतना तेज़ था कि काव्या, जो मेरे बिल्कुल करीब बैठी थी, मेरी गोद में आ गिरी। उस पल में समय जैसे थम गया— वो बेसुध मेरी बाहों में पड़ी रही, और मेरे दिल की धड़कनें उसकी साँसों से मिलकर एक अनकही धुन बनाने लगीं। मैंने कभी कल्पना भी नहीं की थी कि ज़िंदगी मुझे ऐसा लम्हा देगी, जहाँ दोस्ती और मोहब्बत की सरहदें मिट जाएँगी, और उसकी नज़दीकी मेरे लिए सबसे खूबसूरत एहसास बन जाएगी।

लहरें जब किनारे से टकराकर लौट गईं, तो उसने अपने दोनों हाथों से मुझे हल्के से घेर लिया। उसका सिर मेरे सीने पर ढलक आया, और उस पल में मेरी धड़कनें उसकी साँसों से मिलकर एक अनकही मोहब्बत का गीत गाने लगीं।

वो लम्हा ऐसा था, जैसे समंदर ने हमें करीब लाने की साज़िश की हो, और ज़िंदगी ने पहली बार दोस्ती को मोहब्बत का नाम दिया हो।

मैं उस अचानक आए पल के लिए बिल्कुल तैयार नहीं था, पर वो लम्हा इतना हसीन और सनसनीखेज़ निकला कि मेरी कल्पना से भी परे था।

काव्या का आधा शरीर मेरी गोद में था, पर उसे इसकी जरा भी फिक्र नहीं थी.. पानी मे पूरी तरह से भींगी, सराबोर, काव्या को देख कर एकदम लग रहा था जैसे वो ट्रांस में थी. उसकी आँखें बंद थीं, होंठ थरथरा रहे थे, और पानी में भीगी हुई उसकी मौजूदगी जैसे किसी ख़्वाब का जादू बन गई थी।

उसकी नज़दीकी ने मेरे दिल को ऐसा बाँध लिया, जैसे समंदर ने ख़ुद हमें एक-दूसरे की बाहों में सौंप दिया हो।

काव्या, मुझे बाँहों में घेरे, धीमे धीमे कुछ कह रही थी.

वेदांत जी मुझे तो पता ही नहीं चला की मैं कब से आपको इतना चाहने लगी हूँ और कितनी अधूरी हो चुकी हूँ आपके बिना. आज जब वक़्त आया जुदाई का, तो ऐसा लग रहा की मैं जिन्दा कैसे रहूंगी आपके बिना,

ऐसा लगता है की आपके बिना तो कोई वजूद ही नहीं रहा मेरा. प्लीज आप मुझे छोड कर कही नहीं जायेंगे, आपके बिना जिन्दा नहीं रह सकेंगे हम,और गुजारिश है कि जब कभी भी छोड़ना भी तो जिन्दा मत छोड़ना,

"प्लीज़, प्रॉमिस मी... मैं अपनी ज़िंदगी, अपना प्यार और हर खुशी सिर्फ़ आपके साथ ही जीना चाहती हूँ। जब से आप मेरी ज़िंदगी में आए हैं, सब कुछ धीरे-धीरे बदलने लगा है। मैं भी इतनी बदल गई हूँ कि अब खुद को पहचानना मुश्किल हो गया है।

आपके साथ चुपचाप बैठने मात्र से ही जो खूबसूरत अहसास मिलता था, वो मेरे लिए किसी ख्वाब से कम नहीं था। शायद इसी वजह से मैं अब तक उन्हीं लम्हों के सहारे जीती रही, और आपसे अपने दिल की बात कह नहीं पाई।

सिर्फ़ वो डायरी थी जिसे मैंने हमराज बनाया, पर अंत में उसने भी मेरे राज़ खोल दिए। अब मैं आपसे छुपाना नहीं चाहती— मेरी हर धड़कन, हर ख्वाहिश, हर खुशी सिर्फ़ आपसे जुड़ी है। आप ही मेरी दुनिया हैं, और मैं चाहती हूँ कि आप कभी मुझे छोड़कर न जाएँ।

आपके साथ बिताए हर पल ने मुझे सिखाया है कि मोहब्बत सिर्फ़ इज़हार से नहीं, बल्कि एहसास से जी जाती है। और मैं चाहती हूँ कि ये एहसास हमेशा आपके साथ रहे, जैसे मेरी साँसें आपके नाम से जुड़ी हों।"

मैंने कभी भी आपसे उन नए अहसास का जिक्र नहीं कर सकी, जो सिर्फ़ आपसे जुड़े थे। क्योंकि मुझे लगता था कि कुछ बातों को कह देने मात्र से ज़िंदगी की खूबसूरती कहीं खो न जाए। पर अब समझ आया है कि कहना

ज़रूरी है।

आज मैं सिर्फ़ यही कहना चाहती हूँ— क्या आप मुझे इस काबिल समझते हैं कि मैं आपकी हमसफ़र बन सकूँ? क्योंकि मेरे दिल की हर धड़कन अब आपके नाम से जुड़ी है। आपके साथ बिताए हर पल ने मुझे बदल दिया है, इतना कि मैं खुद को पहचान भी नहीं पा रही।

आपके साथ चुपचाप बैठने मात्र से जो सुकून मिलता है, वो मेरी ज़िंदगी का सबसे खूबसूरत एहसास है। और अब मैं चाहती हूँ कि ये एहसास कभी खत्म न हो, बल्कि हमेशा आपके साथ मेरी साँसों में बस जाए।"

वेदांत उस वक़्त यही सोच रहा था - (उसकी डाईरी से) प्यार मेरे लिए हमेशा एक साधारण शब्द था, जब तक कि काव्या मेरी ज़िंदगी में नहीं आई थी। पाउलो कोएल्हो की उस पंक्ति की तरह— *"Love is just a word until someone comes along and gives it a meaning"*— काव्या ने मेरे जीवन में उस शब्द को अर्थ और मधुरता से भर दिया।

उसके आने से हर लम्हा बदल गया। मेरे दिल की धड़कनें अब सिर्फ़ उसके नाम से जुड़ी हैं, और उसकी मौजूदगी ने मेरे हर एहसास को नया रंग दे दिया है। जहाँ पहले सिर्फ़ शब्द थे, अब उनमें गहराई, मोहब्बत और जादू है।

उन अद्भुत पलों में मैं यही सोच रहा था की सचमुच मेरी जिंदगी में, प्यार के उस लब्ज में अहसास और अर्थ भरने का काम काव्या ने कर दिया था. इसके पहले कभी ऐसा अहसास नहीं हुआ था .

मैं साफ़-साफ़ सुन रहा था काव्या की तेज़ धड़कनों को, महसूस कर रहा था उसकी गर्म साँसों को, और उस पल में मुझे लगा कि ये वही इश्क़ था जो उसके भीतर धीरे-धीरे पल रहा था। पर उसकी साँसें जैसे मेरे भीतर उतर रही थीं, उसकी धड़कनें मेरी धड़कनों से मिलकर एक अनकही धुन बना रही थीं। उस पल में ऐसा लगा कि हम दोनों की रूहें एक ही लय में सांस ले रही हैं, जैसे समंदर की लहरें किनारे से टकराकर एक ही गीत गुनगुना रही हों।

उसकी नज़दीकी ने मुझे एहसास दिलाया कि प्यार सिर्फ़ एक भावना नहीं, बल्कि वो जादू है जो दो दिलों को एक ही धड़कन में बाँध देता है।

पर इस इश्क को समझने में उसे इतनी देर क्यों लगी?

वो पल मेरे लिए किसी divine मोमेंट्स से कम नहीं थे। जैसे ख़ुदा ने बड़े करिश्माई अंदाज़ में उन लम्हों को सजाकर हमारे सामने रख दिया हो।

मैंने भी इश्वर के दिए उन उन पवित्र पलों को बिना किसी हिचकिचाहट के स्वीकार कर लिया।

मैंने धीरे से काव्या के चेहरे पर बिखरी पानी की बूंदों को साफ़ किया, उसकी भीगी ज़ुल्फ़ों को बड़े प्यार से सँवारा, और दोनों हाथों से उसका चेहरा अपने हाथों में लेकर अपने जलते हुए गर्म होंठों को उसके माथे पर रख दिया।

उस स्पर्श में सिर्फ़ मोहब्बत नहीं थी, बल्कि एक रूहानी नज़ाकत थी— जैसे ख़ुदा ने उन लम्हों को हमारे लिए ही स्नेह और करुणा से संजोकर हमें सौंप दिया हो।

उस क्षण में मुझे लगा कि हमारी रूहें एक ही धड़कन में बंध गई हैं, और ज़िंदगी ने हमें अपना सबसे खूबसूरत राज़ दिखा दिया है।

उन पलों को स्वीकार करने के लिए इससे बढ़िया स्वीकारोक्ति या इससे बढ़िया तरीका मुझे उस वक़्त नहीं सूझ सका. काव्या की आँखे बंद थी.

काव्या के लिए भी शायद मेरे जलते हुए होठों की गर्मी को चुपचाप,से महसूस कर, मिलन के उन पलों को ख़ामोशी से स्वीकार करने के अलावा ,इससे बढ़िया कोई तरीका बचा नहीं था.

काव्या की आँखें अभी भी बंद थीं, और उसकी रूह मेरी मौजूदगी को चुपचाप महसूस कर रही थी। शायद उसके लिए भी मेरे *जलते हुए होठों* की गर्मी को ख़ामोशी से स्वीकार करना ही मिलन के उन लम्हों को अपनाने का सबसे हसीन तरीका था। उस ख़ामोशी में भी एक इज़हार था, उस स्पर्श में भी एक क़ुबूलियत थी।

काव्या अपनी जज़्बातों को खुलासा कर एकदम शांत थी— वैसे ही जैसे काले घने बादल बरस कर शांत हो जाते हैं। और मैंने भी उसके ललाट पर अपने जलते होंठों का स्पर्श देकर अपने प्यार की स्वीकारोक्ति का अंतिम हस्ताक्षर

कर दिया।

वह क्षण मानो दिल की गहराइयों में दर्ज हो गया— जहाँ शब्दों की ज़रूरत अब नहीं थी, सिर्फ़ एहसास ही सब कुछ कह रहा था।

उस वक़्त उसकी बंद आँखों की खामोशी में मैंने अपना नाम पढ़ लिया था। जज़्बातों का खुलासा जब उसने ने किया, तो ऐसा लगा दुनिया जैसे थम गई उस पल।

उसके ललाट पर मेरे होठों का स्पर्श— वो कोई साधारण छुअन नहीं थी, वो था इश्क़ का अंतिम हस्ताक्षर, जिसे वक्त भी कभी मिटा न सकेगा।

उस क्षण, शरीर तो शांत था हम दोनों का, पर हमारी रूहें एक-दूसरे से लिपट गईं, और इश्क ने अपनी अंतिम और अमर मुहर लगा दी थी ।

हमारी ज़िंदगी का वो अद्भुत पल था, जहाँ दो दिलों ने हमसफ़र होने की कसम खाई थी। समंदर की लहरें एक के बाद एक आती रहीं, और हम भीगते रहे, सराबोर होते रहे।

अब उस भीगने में कोई डर कहाँ था, क्योंकि इश्क़ के समंदर में डूब जाने के बाद अब किसी और लहर की चिंता ही किसे थी

उसके हाथों की गर्माहट, मेरे दिल की धड़कन से मिलकर एक नई धुन बना रही थी। और उस धुन में, हमने अपनी मोहब्बत को अमर कर दिया।

मैने काव्या को अपनी बाहों में समेट लिया, अब जिस्म तो दो थे, पर सांसों का सफ़र एक ही हो चला था। उस आलिंगन में, दुनिया का हर शोर खो गया, और बस रह गया— हमारा प्रेम, जो अब किसी सीमा में बंधने वाला नहीं था।

मेरी धड़कनें, मेरी गर्म साँसें उसकी धड़कनों में घुलकर मानो एक हो गई थीं।काव्या का भींगा हुआ बदन मेरे शरीर से मिलकर जैसे दो लहरें समंदर में एक ही धारा बन गई हों।कितना अद्भुत था वो पल, जहाँ समय ठहर गया था, और हम दोनों की रूहें प्रेम के अनंत आलिंगन में हमेशा के लिए बंध गई थीं।

मैंने भी ज़िंदगी से कह दिया— ऐ ज़िंदगी, इस शाम को संभाल कर रख लेना, इन लम्हों को जहाँ चमकती चाँदनी रात है, जहाँ सफ़ेद रेत है, जहाँ समंदर है उसकी गहराई है, और जहाँ गर्म साँसों का ये हसीन सफ़र है।

इन्हें लम्हों को फ्रीज़ कर दो, जैसे कोई तस्वीर दिल की दीवार पर टाँग दी हो। ताकि जब भी वक्त हमें दूर ले जाए, हम इन लम्हों को फिर जी सकें, और महसूस कर सकें कि प्रेम कभी पुराना नहीं होता, वो हमेशा नया ही रहता है।

काव्या मुझे दिल से पाना चाहती थी, वो इंतज़ार करती रही की मैं कुछ कहूँ, जैसे हर पल उसकी धड़कनों में मेरा नाम लिखा हो। चाँदनी रातें उसकी आँखों में उतर आतीं, पर वो चाहत को थामे खामोश रहती। आख़िर कब तक करती वो इंतज़ार? जब चाहत की सीमाएँ टूट गईं, तो उसने मेरी बाँहों में समा जाना ही चुना, उसने मेरी बाँहों में खुद को सौंप दिया।

उस आलिंगन में, हम दोनों की रूहें एक-दूसरे में ऐसे घुल गईं, जैसे समय ने अपनी गति रोककर कहा हो— "अब ये प्रेम अनंत है, अब ये मिलन अमर है।"

उस पल ऐसा लगा मानो समय ठहर गया हो। हमारी रूहें एक-दूसरे में घुल गईं, जैसे दो नदियाँ मिलकर सागर बन जाती हैं। और उस मिलन ने हमें एहसास कराया कि अब ये प्रेम सिर्फ़ आज का नहीं, बल्कि अनंत काल तक जीवित रहेगा।

मैं भी बेसुध होकर खो गया था, रेत की नरमाई में, समंदर की लहरों में, और सांसों के उस प्यारे सफ़र में।

उस आलिंगन के बाद, हम दोनों जैसे किसी और ही दुनिया में खो गए। रेत की नरमाई ने हमारे कदमों को थाम लिया, समंदर की लहरें हमारे दिलों की धड़कनों का संगीत बन गईं। हर सांस एक नया वादा थी—साथ चलने का, साथ जीने का।

जब समय ठहर जाए और सांसें वादों में बदल जाएँ, तो वही क्षण प्रेम को अनंत बना देता है।" "सच्चा इश्क़ वही है, जहाँ समय ठहर जाए और रूहें अनंत सफ़र पर निकल पड़ें।"

उस पल में कोई शब्द नहीं थे, सिर्फ़ आँखों की खामोशी और दिलों की गहराई थी। जैसे प्रकृति ने खुद हमें अपने आंचल में समेट लिया हो, और कहा हो– "अब ये प्रेम सिर्फ़ तुम्हारा नहीं, बल्कि सृष्टि का हिस्सा है।"

उस नए हमसफ़र की बाँहों में, रात जैसे एक ही धड़कन बन गई थी। जब सुध आई तो बस यही सोचा– कैसे बीती वो पूरी रात, जिसने एक झटके में हम दोनों की दूरी को मिटा दिया। अब तो ये तय हो गया था, कि हम अलग होने की सोच भी नहीं सकते, क्योंकि प्रेम ने हमें हमेशा के लिए एक कर दिया था।

मेरा दिल, मेरी साँसें और मेरी धड़कनें– सब एक साथ इश्वर के सामने सजदा कर रही थीं, शुक्रिया अदा कर रही थीं उस पल का, जिसने हमें मोहब्बत की रूहानी मंज़िल तक पहुँचा दिया। वो लम्हा, जहाँ चाँदनी रात की रोशनाई थी, समंदर की लहरों का तरन्नुम था, और हमारी साँसों का सफ़र एक ही धुन में ढल गया था। उस आलिंगन में, हमने सिर्फ़ इश्क़ नहीं पाया, बल्कि इश्वर की कृपा और उसकी मेहरबानी भी महसूस की।

मेरा दिल उस महान सत्ता से धीरे धीरे, बस यही कह रहा था -

हे इश्वर. .

मैंने तो मांगी थी, धूप का एक टुकडा, आपने तो मुझे पूरा सूरज ही थमा दिया,

मैंने तो मांगी थी पानी की कुछ बूंदे पर आपने तो पूरी नदी ही दे दी,

मैंने तो मांगी थी थोड़ी सी खुशबू पर आपने तो बागवा ही दे दिया,

मैंने तो मांगी थी उसकी थोड़ी सी मोहब्बत और थोडा सा इश्क,

पर आपने तो इश्क का सैलाब ही ला दिया...

मैंने तो मांगी थी अपनी जिंदगी में कुछ थोड़े से खूबसूरत लम्हे पर आपने तो पूरी जिंदगी को ही खूबसूरत रूमानी दास्तान बना डाला...

काव्या और वेदांत की कहानी यहीं थमती है। मैं तो बस एक स्टोरीटेलर था, उस प्रेमकथा का गवाह, पर असली इश्क़ के समुंदर में तो वही दोनों डूबे थे। " कहानी का अंत हो गया, पर उनके प्रेम की गूँज हर ऋतु, हर पल में जीवित रहेगी। यह अंत नहीं, बल्कि एक शाश्वत शुरुआत है।"

घड़ी देखता हूँ—सुबह के चार बज रहे हैं, रात कब गुज़र गई, एहसास तक नहीं हुआ। बाहर का मौसम अब भी वैसा ही है— सर्द हवा की सरसराहट, और सफ़ेद बर्फ से ढका पूरा वातावरण। मानो प्रकृति ने अपनी चादर ओढ़कर कहा हो— "प्रेम में खोए हुए पलों को समय नहीं गिनता, वो तो बस अनंत यात्रा बन जाते हैं

समाप्त

www.ingramcontent.com/pod-product-compliance
Lightning Source LLC
LaVergne TN
LVHW100301210926
848480LV00003B/985